父亲的革命

许卫国 著

作家出版社

那一年中国共产党诞生，那一年父亲出生，于是他们一生有缘……

——题记

目 录

→

楔　子

1980年起，我们家形势开始大好，不是小好，而且一段时间里越来越好，形势大好的重要标志是父亲顺利离休，工资看涨。一条在革命风雨中颠簸的小船终于靠岸了。有人说，老许啊，该享福了。父亲无言以对，在他的内心里他知道这才是万里长征走完第一步。他要继续革命。

离休以后的父亲，每天还是准时出发，往他过去上班的地方走去，中午按时回来，其实那里已经时过境迁了，他的位置也有了新主。接班人已经把他那把老旧的木椅子扔了，换成了皮垫椅子。现在父亲没地方坐了，他就到处走走，在家属区遇到熟人聊聊，可人家都很忙，打个招呼就说，对不起，我还要开会；我还要去买菜。父亲就知趣地走了。几个退休的老工人在驴唇不对马嘴地乱谈国内外大事，个个都像亲历者似的。他们见到父亲就暂停话题，问父亲，退休和你们离休一样不一样？父亲说就是多拿几块钱。内行人说，你说的不对，离休拿百分之百工资，吃药打针都不要钱。父亲说，乖，还能指望吃药打针不要钱？话不投机，时辰到了，父亲回家。一路上，父亲觉得上午什么事也没干，心情很不好。

当时我们家分了好几亩地，母亲七凑八凑还从魏营乡买了一辆二手手扶拖拉机回来。我们兄妹早已陆续进入青年少年行列，干这点农活基本近似娱乐健身。乡亲们自己有了土地，收的粮食都是自己的，私欲就被激发，就像打了兴奋剂，效力是明显的，可是兴奋剂药效结束，就身心疲惫，看着一天六顿也吃不完的粮食，不知下一步干什么，于是就滋生很多不良习惯——推牌九，打麻将，耍酒疯，上青阳街闲逛。父亲看到很多乡亲洋乎起来，雪白馒头吃不完随手就扔了，父亲还想教育人家忆苦思甜。人家说，现在各家过各家日子，我又不是吃你家的，我爱怎么着就怎么着。父亲很痛心，觉得这样下去很危险，别人不听，就来教训我们，我们在他掌握之中。父亲文化不高，但是几十年积累的革命理论足以使我们沉默，有时我敢于反驳几句，很快就被他高声呵斥压倒，并说，像你这样人，要是在过去，我早就给你毙了。说实话，我小时候不怕母亲打骂，有时在打骂过程中还嬉皮笑脸，可就怕父亲训斥，真比挨打难受多了。我们与父亲思想上有分歧，但在农业生产上无异议，父亲自然乐于参加我们的行列，指导我们收麦子，命令我们抬土垫地基盖房子，父亲当然也身体力行，看我们干活漫不经心、半死不活的样子，他就夺过我们手中工具干起来，说实话，我虽然都是二十来岁的人，干活真不是父亲对手。

父亲似乎不考虑我们的前途，似乎把这几亩地种好，有吃有喝就足矣了。特别是中秋节在我们吃到符离集烧鸡，喝到青岛啤酒，父亲总是从没有苦哪来甜的因果关系来启发我们，鼓励我们继续艰苦奋斗。中秋明月刚刚升起，父亲就说，明早把猪圈里的臊泥撂出来，拖到地里准备种麦子，争取八百斤一亩，过年，一人给你们一个猪蹄子。

当时我虽居小高庄，但胸怀大理想，和北京都有联系——订了一本《人民文学》。很多同学都上了大学，而我志存高远，要当作家，于是随大流考了一次大学，差了几分，不觉遗憾，反而给我坚定当作家的决心，其实，实际是赌气，更有点恼羞成怒，愤怒出诗人。县教育局通知我去复习并鼓励我：凭你这基础，来年一定能考上，我并不理会他们的鼓励，一意孤行。当时我真有点想当然，幻想一鸣惊人，超过那些虽一鸣但不太惊人的人。文学这东西易于使它的狂热爱好者心高气傲，也逐渐会对体力劳动失去热情，言行似乎也与他人不一个节奏一个腔调，而吃喝又有超人之势，从现象看去就有点好吃懒做的做派了。父亲最看不起的就是好吃懒惰的人，他认为，一个人，你就是四书五经（这是他最高学历和知识标准）倒背如流，如果伸手不拿四两，也是少才无料，百无一用。母亲则更形象更残酷描述懒鬼们，她这样说，你留那劲留涨棺材啊？而父亲总是举青阳县城一个例子，说那人好吃懒做，大学毕业，一肚子货就是倒不出来，事事不能干，最后被开除回家，饿死了。说完总是对我点题和总结：那人就是你影子。在乡村，手不识闲是受尊敬的，手不释卷是受鄙夷的，你手里整天拿着农具，则有口皆碑，说媳妇都容易，你手里若是整天拿着书，人家会说，那家伙，二流子，哪家女人找他算眼瞎了。喝西北风也不能天天有啊。那时我在小高庄就是一个二流子形象。父亲承认我基本还是铁，但又恨铁不成钢，最要命的是我还发育很正常，看到同龄人都抱着孩子去老丈人那里汇报战果了，我又考虑到先成家，再成作家。成家现实，作家浪漫，成家近在咫尺，作家似乎有点遥遥无期。父亲理解我，和母亲也一直认为，也许娶了媳妇有了孩子就会知道过日子，有压力，这样就会把二流子习气一扫而光，起码有所改变。这是小高庄很多成功事例的规律，很多青年，平时也二流子，一旦谈婚论嫁，马上如接受组织考验似的，顿时有了起色，用所有老人的评价是——知道过日子了。庄户人家，知道过日子是基本标准，日子不讲好坏，就是和正常人家一样，起早睡晚，春耕秋收，会精打细算，会人情来往就行了，他们做梦也不会有我这样要当什么作家的远大理想。还一鸣惊人呢。

我还偷着练杠铃，练吊环，还买一本《武术》拜其为师父，按照图解比画，当然这都是偷偷进行，父亲一旦看到，就挖苦说，你干活要有这劲头多好？好的你不学，尽学流里流气的东西！其实，他年轻时也是尚武的。这段时间我不仅练武术，还时常去青阳城看电影，有黑猫、栓住子、小来子、龅牙六、二傻子及其他人，人员时有变动，而“黑栓小”是“常务”，有时手头有几块钱就先去四美饭店（因五讲四美得名）喝点酒。酒是最低一档，一看商标就知。超不过两色，普通白纸，木刻水印似的。好酒商标是铜版纸胶印且五颜六色还烫金。一房间几张桌子，谁吃什么菜，喝什么酒一目了然，黑猫虚荣，就把泗洪特酿、双沟普曲、泗县白酒等商标撕了，这反而引起邻桌怀疑和笑话，聪明的人是把双沟山河大曲（全国名酒）瓶子拿来灌上泗洪特酿、泗县白酒等，内心不舒服，面子好看。同样都是郊区来的土痞子，看到没有商标的酒瓶，又看到仅仅是几碟花生米、豆腐、千张，最好不过土豆炒肉丝，就优越起来，挑衅地说，呦，还没见过无名牌大曲呢。这一说，会有两种后果出现，一种息事宁人，因看到对方实力，忍气吞声，吃完走人，出了门小声骂几句算是报复；另一种是，都看过《少林寺》了，拳脚似乎都不含糊，本是热血儿郎，再加酒精激昂，难免大战一场，杯盏交错，碗碟飞旋，噼里啪啦，胆小者早已窜出门外，只有老板大喊：要打出去打！在我这里撒野没你们好果子吃！老板有底气，在青阳城开饭店谁不是黑白两道呢。一阵急风暴雨过后，失败方以“你等着，我认识你是小高庄的”愤愤离去，胜利方自不言语，擦干血迹，继续喝酒。看二闲的人就说，都是那些电影放的，把小青年都教坏了。其实我们看电影也知道欣赏，也受到教育，看到英雄人物心潮激荡，特别是看到刘晓庆、李秀明、张瑜这些美女，不仅激荡，连邪念都烟消云散了。邪念属于现实，崇拜多浪漫。不久有了镭射录像，片子是港台的，令人耳目一新，演员风流倜傥，故事稀奇古怪，对白也好听，不像大陆那么生硬，过于正规。文化馆那个放录像的人称小老郑的红得发紫——脸色也这样，他会偶尔放点刺激性的东西，比如男女赤裸联欢的场面，夸张、直接、尽情的大型活动。这是当时我们做梦都达不到的境界，我们顿时就像杀了人犯了罪，心慌而头晕，口渴嗓子干，声音陡然沙哑。我们一道来的几个都面面相觑，好似路人，直到散场，二傻子还坐在那里站不起来，起来还弯着腰，一脸囧相，大家都有这个反应，只是已经消逝，他还在高潮。栓住子就取笑他，说，你低头看看，怎么像打伞？

我一天天长大，天天深夜才回，父母十分担心我学坏——这并不是杞人忧天，我一直使父母放心不下——因为从生下来就调皮，就不安分。鉴于"娶了媳妇就知道过日子"这个历史经验，父亲被逼无奈带我去青阳城里他老战友家相亲，女孩是老战友的侄女，他们希望下一代能喜结连理，使老一辈友谊薪火相传而越发火光冲天。我去时，见那女孩果然细皮嫩肉，依仗叔叔的局长地位，又很有优越感，在那低头用心剪裁一件衣服，并不把我一顾，估计之前也有人知会她今天要相亲。会面时间似乎很短，也很长，周围发生了什么很快就记不清了，可我仗着巴尔扎克、拜伦、泰戈尔等人来壮胆，似乎觉得此时我还是以一个文人的姿态存在的。可是回来的路上，父亲就指责我，为什么你腿老是哈哈瑟瑟（颤抖），为什么吹口哨（嘴唇舌头气流联动发成的声音，有时会成为下意识，类似走黑路唱歌），为什么抓耳挠腮？我真不知道我当时竟然做了这么多小动作，我矢口否认，父亲越发生气，骂我没个人样，到哪儿都没正形，好在当时现场并没有结果，人家说三天后回信，是同意还是不同意。万一同意呢？父亲想到此就不再说话，走了好长一段才说，你看你，一个裤脚卷多高，一个裤脚踩鞋底呢。三天以后，回信了，人家女孩说，现在还小，暂时不考虑。那女孩至今我都记得那模样，特像金正恩。

这事对我是有刺激的，就那个模样还看不起我？对照自己，确实对边幅衣着是无视的，没有艺术细胞的女孩是看不惯的。对于世俗，我至今都理解那些搞形式主义的人。对待女人我也不能脱俗。我想买一块钟山或上海牌手表，买一双三接头皮鞋，买一件藏青色毛呢中山装（这在当时是未婚青年招牌服装），武装一下，可是没钱。

苏联曾有电影《列宁在1918》，在电影不多的年代我们对其情有独钟，现在我想搞一部《许卫国在1983》。

这年春天，我们家来了一个六十多岁的老奶奶，满头银发，圆圆的脸庞，皮肤不比当时农村二十来岁女孩差，虽然看上去有点沧桑和风霜，但难掩富贵人家的底色。她言语并不多，且主动和我们说话。父亲见到她时一言不发，老人和他说话，他洋洋不睬，就听母亲在低声说父亲的不是，该理睬她的是父亲。我们和母亲从来没见过她，也没听说过她。更奇怪的是，父亲还要我们小一辈少和她啰唆，还要提高警惕。这样，一家子只有母亲烧茶倒水，前后照应她，当然，都是女性，年龄差异也不大，母亲担当应酬也较合适。但父亲不理不睬也似乎没有道理。她来后，不见我们家菜饭标准有所提升，这绝不是父亲待人之道，过去，来了客人，热情不说，就是借钱也要把客人招待好。

后来，我们才知道父亲几十年前就认识她，她是父亲小爷的老婆，父亲该喊她小娘，父亲的小爷是父亲三祖父的儿子，这种关系是没出五服的关系，在农村是很亲的。“打仗亲兄弟，上阵父子兵”都属于这个范畴。父亲的冷淡使我们似乎懂事了，知道遇事该思考为什么。

这位老人，按辈分我们喊她小奶奶。她从金陵来，但父亲说她丈夫在台湾，这里就复杂了。这引起我们的好奇心。从老人和母亲的言谈中，我获知：小奶奶的丈夫是国民党要员，且铁心反共，拒绝共产党的劝降，1949 年他提前逃往台湾，留下十根金条给她和女儿留作盘缠，再三叮嘱随后立即去台。谁知，解放军行动太快，航班没登上，又被身强力壮的大兵挤下轮船，总统府人去楼空，无人照应，娘俩由富豪成为难民被解放军安置在浦口，国民党人去楼空，留下大量空屋子，她们娘俩还分了一套房子。女儿还小，倒是心安理得，做妈的心里有数，灾难就要开始。果然没过几天，就开始登记户口，甄别人员性质，解放军都是身经百战，火眼金睛，就看你们这身行头和肤色，也不是一个阶级，一审一问，水落石出。当时政府也没难为她们，睁一眼闭一眼不跟她们较真，还把她们作为统战对象。1953 年秋天的一个早上，来了两个人，鬼鬼祟祟地说是从那边过来的，要她们娘儿俩准备一下，晚上跟他们上船去那边。其中一人还拿出船票给她看。她的丈夫一直就是搞特务工作的，她虽为家庭妇女，多少也受到过一些训练。她当即就认为这是有人来试探她，于是，就严词训斥，大骂国民党如何不是东西，共产党如何的好，并声称报告政府。那两人呻吟一声，掉头就跑了。三十年后证明，此事就是她丈夫安排的。她的丈夫能耐不是一般的大，他在中统几乎干了一辈子，在大陆时军衔已是少将，去台后专门搜集解放军团以上干部家庭资料，见缝插针，找缝下蛆，利用广播、有无线电、信件、传单等策反这些干部：某某首长，你的老婆被怎么了，你的父亲被怎么了，家里如何贫困潦倒，到台湾即可升官发财，荣华富贵。以此来动摇军心，并称他们的军舰只要通过台湾海峡，他就保证安全登陆台湾，这接人的事对他们来说只是小儿科。

那两人回去报告情形，她丈夫虽说反动，三纲五常、道德伦理也是有的，他不娶妾，不去妓院，他坚持与原配夫人只要没有意外一定会从一而终的。当时在台湾第一要保命，保国民党的命，还要保自已的命，他们常做噩梦于徐蚌；第二要忍受青年独有的孤独，还有乡愁，还有生活习惯，还有当局的审查，还要维稳，总之，在他觉得夫人已经叛变后，夫妻关系就没什么挽回余地，于是，他饥不择食地找了一个当地老婆。老婆年龄很轻，作为玩伴尚可，作为居家过日子就显得无知和轻浮。这女人不会做饭，更不会做老家的烙包皮饼、擀豆面条、烀小鱼锅贴，更不要说下酱豆、做萝卜丸子、摊煎饼了，那只能是对牛弹琴。洗衣服虽简单，但她懒得洗，花钱请保姆。按理说，他花得起这点小钱请保姆，但他以老家传统认为女人做家务是本分，特别是这种年富力强的女人，不做家务会闲得出事。别看她家务样样不会，可平日里仗着丈夫的地位和薪水衣食无忧，打打麻将，喝喝茶，看个电影跳个舞，生了俩女儿好吃懒做如出一辙，还有过之无不及。读书不到初一就退学，上班不到三天就被开除。后来还吸K粉，整天和那些五彩斑斓的男人鬼混。老人家当然看不惯这些，虽说他反动，但他也知道做人持家的道理，虽然“中华民国”完蛋了，但他们还是幸运的，一是保住了命，二还发了大财，香港有超市，台湾有大酒店，自己还有一座山，有别墅，有游泳池，有网球场，黄金玉石字画古董还有几箱子，但是，这样下去，待自己百年之后，败家女会彻底败掉这些家产。他重男轻女，很看重家族的血脉传递，女儿不是正统，还是小老婆生的。他认为即便自己没有儿子，也要从家族过继一个儿子，没儿子人选，孙子也可以，总之只要是许氏家族的后代，只要合适都可以来继承他的财产，这叫肥水不流外人田。谁是外人，目前就是他的小老婆和两个妖精一样的女儿。他把这些意思告诉大陆的老婆，老婆当然有共同语言，同样是肥水不流外人田的坚定立场，且有过之无不及。这次她到家乡来，小奶奶就是落实老头子指示，来考察人选的。经过她到老家走访十几户，又来到青阳城郊我们家重点考察，经过综合评比，我成为不二人选。

如果接下来顺利，我会使那些做梦都想发财的人眼睛不仅限于发红，而是血流如注，我还不会承担故意杀人的罪过；会使那个看不上我的女孩痛哭三天，撞墙，揪发，茶饭不思；回来时，当地领导一行会站在高速出口，会站在宾馆门口鼓掌点头哈腰，会频频举杯说，许总啊，一路辛苦，家乡人民欢迎您，早就盼望您能回来；他们会在百忙之中陪我参观洪泽湖湿地、工业园区，喋喋不休，毫无倦意，兴致始终勃勃地背诵家乡简介、招商引资优惠政策，以及他们的丰功伟绩和宏伟计划，希望我们能合作共赢……我们这里您知道，空气好，交通比您走时好多了……最后还会说，许总在泗洪家里还有什么人吗？有事叫他们找我……

大 新 庄

父亲家住梅花山下大新庄。梅花山是平原上的土丘，一块像样的石头都没有，有的地方有点石头的近亲——黄沙。因身处平原，高人一等，鹤立鸡群，身价优越，被人们提拔为山。梅花山有九座，每座相距二三里路，由北到南，星罗棋布，北至张胖圩子，南到前老庄。梅花山自然和其他地方一样，作为当地名胜，总会有一段传说。据说梅花山以前梅花漫山遍野，不是现在寸草不生。朱洪武虽然做了皇帝，但他的“一山不容二虎”“一个槽上不能拴两个叫驴”的江湖乞丐意识还在，他下令：只许我的南京有梅花山，其他地方一概不许侵权盗版，发现一起即查处一起，绝不姑息，就地销毁。于是爪牙四处巡视查找。他们在梅花镇西望，看到了九座梅花山。于是梅花山就有了下面这段传说：一个有情有义的农民石义舍己为人，感动了梅花仙子，得到梅花仙子的赠树，从此，不仅全村百姓生活有了改善，而且荒山秃岭开遍了梅花，此事传到南京，朱元璋听说此地梅花比他花园里的还要好上十倍，这不是犯上又是什么?！于是就亲自带着刘伯温——又是刘伯温——来到梅花山，要挖走所有梅花，以壮大其御花园。老百姓纷纷跪下，苦苦哀求，大人啊，那是我们身家性命啊！已经成为石义妻子的梅花仙子前来劝阻，说了一番皇恩浩荡、天下归心的道理。刘伯温看出名堂，阴笑着说，好啦，好啦，都起来，我只要石义家门前那一棵就行了。谁知那一棵是梅花仙子的化身，众人不知。爪牙们闻风而动，动手就挖，梅花仙子向石义说明真相，万般无奈，只得回天宫了，于是含泪，撕下一块衣襟作为留念，她化作一阵风走了。从此梅花山没有了一棵梅花。那片衣襟落在山顶化为一片平地，种瓜得瓜，种豆得豆，旱涝保收，至今如此。梅花山后来栽过梅花，也曾开过，映衬进士湖的湖光，就有了湖光山色，这是一个很有文化的举动，但失去了当今的“梅花仙子”，再度被砍光，梅花山又成了“没花山”。

大新庄，是从另一个大庄子分出来的，顾名思义是历史不长的村庄，这庄子一色许姓。好似一个大家庭，但也是各家过各家日子。远近亲疏遇到红白喜事，打仗磨牙这些群体活动，一眼就看得出来。这许氏来自安徽黄山许国，许国人又来自河南许昌一带，许由遗风，传化优良，所以现在有人说河南人如何不好，我们不仅心虚也否认。这支许氏后代，刚来大新庄这一带时，只有弟兄三人，五百年过去，在当地已经分布十万人大户。其家族兴旺发达的原因就是弟兄三人勤劳节俭，睦邻友好，提倡朴者勤耕凿，智者读诗书，耕读结合就是文武兼备。大新庄这一支人家到这里开发安家，到父亲出生也就一百多年。但在方圆几十里已经声名鹊起，无论富裕，无论势力都很有声望。他们富裕多乐善好施，他们强势却从不凌弱。所以外乡都把和大新庄结亲交友当做重中之重的“外交大事”。

父亲的父亲，也就是我的祖父，是个有点文化的农民，能吃能干，脑子灵活，是自学成才的高级经营管理专家。有一年收麦子，大清早起来，祖母给他煎了三个鸡蛋，摊了两张油饼，端到他面前，祖父瞧见大领（类似工头子）许尔全在一旁收拾磙子，准备打麦子，就故意面朝着许尔全骂道，到底是妇道人家，你不给尔全你给我干吗，我伸手不拿四两，你看人家尔全整天累得牛一样呢。尔全推推搡搡接过油饼，几乎热泪盈眶，此时若是戏剧表演，必定安排有许尔全大段唱腔来歌颂、感谢祖父。许尔全满嘴唇油光闪亮，嘴一抹就往麦场跑，沙灰路被跑得像火车开过来，那气势恨不得代替牛去拉磙子，去拉犁。就这件小事被方圆百里传为佳话，很多人希望来祖父这里效力，有人还称祖父是许善人。但用阶级的观点来分析，我估计祖父是在要手段，现在叫激励机制。

收麦子时候，天蒙蒙亮就要下湖（下湖是历史传下来的说法，过去这里是洪泽湖淹没的范围，人们生活靠湖，干活都到湖上，下湖就是去湖上干活，水退后留下大片土地，人们就开始种地，但不叫下地，还沿用下湖的说法），春天天长，一年之计在于春，一天之计在于晨，祖父之计在于哄。东方微红，祖父对着那些短工们说，一人扛一块饼下湖啊！

先垫垫。回来给你们吃油炒干饭，煎鸡蛋。祖父是语言大师，如果说一人拿一块饼，拿比扛小气多了，“扛”——大气、敞亮、生动，显得有文化。不管怎么说，夸张归夸张，但不是虚夸，一人一块那糖饼真不小，一块下肚，三个时辰不会觉得饿。听了祖父这几句话，此刻，估计叫他们上前线都没问题。祖父说话用词有点文学性，可短工们反觉得祖父实在，干起活来都像救火一样，水桶粗麦个子一人都挑七八个，足有二百斤；收大蜀黍是最热的时候，蜀黍地热浪压得人喘不过气，短工们个个红虾一样，汗没有了，皮肤上一层油腻，是太阳熬出了他们的脂肪，个个后背汗衫上一层层云飞浪卷的白盐花。祖父每天早上亲自烧绿豆茶，然后安排父亲把绿豆茶用两个大砂罐子挑下湖。祖父一再交代，叫他们累了就歇歇，不要急，小晌午就收工，回来吃凉西瓜，水井里放七八个红沙瓤呢。父亲把祖父指示一传达，短工们众口一词，没有事，不到太阳正南不回去！正午，烈日下也都是“千山鸟飞绝，万径人踪灭”了，这时短工们都脸红脖子粗回来了，这不是生气斗殴，是热的累的。祖父手拿菜刀在门前大树下，有点虚张声势吆喝父亲赶快搬西瓜。西瓜从井下篮子里拎上来，油光水滑，青绿黑相间的花纹透着凉气。父亲把西瓜放到小桌子上，祖父左手按住西瓜，右手持刀，在西瓜瓜蒂处切下一个圆片，这并没有伤及瓜瓤，只见他手捏着瓜蒂把圆片（瓜皮）在菜刀两面来回拭擦，内行人知道，这是拭擦刀面的铁锈味和油腥味，不擦掉就会沾到西瓜瓤子上，会特别的倒胃口。祖父不按常规把一个西瓜切成十六等分或二十四等分，而是一个破成四半，一人一“半”，祖父说，切小还不够费事呢。吃啊，乃玉你卖什么呆？干活是好手，吃瓜怎么不行了。吃！尽饱吃！一泡尿就没有了。吃过歇歇再吃饭。祖父这一阵子分瓜表演，感动得短工们十分内疚似的，觉得待遇超标。祖父看出短工们表情，说，你们可不要客气，放开吃，放开喝，不要以为我养活你们，说实话，不是你们，你指望我啊，哭也不能把这几十亩大蜀黍哭来家噢。

短工们提前三天把蜀黍收完，脱粒、晒干、扬尽，装进褶子里，夏收一切停当，汛期顺时到来，下雨天正是喝酒天，短工们伸手捋胳膊，挥汗如雨喝了完工酒，点了工钱，都跌跌撞撞又含糊不清地说些感恩戴德的话一一走人，祖父站在门口送行，说，秋天还要劳累你们噢。短工头子许尔美说，大老爹，只要你说一声，点个指头，我们家二亩地就是都撂了，也来给你干。祖父说，乖乖尔美，顾逮麻雀，不要丢了老母鸡噢，家里也不能撂啊。等到短工走远了，祖父收住笑脸对父亲说，看到没，这就是人心换人心，你将来有老爷们儿我一半这本事，这家交给你我就放心了。祖父对父亲给予无限希望，言传身教，盼能早日接班。作为长子的父亲，说说讲讲就快十八岁了。在当时，十八岁的长子就是这个家的“王储”，父母即将进入不惑之年，部分权力开始移交给长子，比如去青阳城里一般的买卖、人情来往什么的，一般来讲祖父就不出头了，由父亲代理，这样为的是一来父亲得到锻炼，经风雨见世面，二来也是祖父对接班人的考察，是否能担当继承之重任，同时也测试一下自己在退居二线后外界对他的态度，是冷还是继续保持原来的温度，以便把那些经得起考验的关系和自己的威望移交给父亲。家中来了客人，祖父故意稳坐不动，招呼父亲端茶倒水，和客人一个桌子吃饭（其他弟兄却被赶得远远的），给客人斟酒，其间，祖父会半真半假训斥父亲：乖，茶要浅，酒要满，敬酒两手端杯子，他是你舅爹噢，要么就下巴往前一送一推，对父亲说，你也央你舅爹吃菜啊，别只顾自己啊。别看这些细节，似乎小事，祖父对这些小事也言传身教，一切为了未来，等到父亲结婚生子，祖父祖母就要彻底离休了，最多担任个顾问虚职，实在憋不住就会含糊其辞唠叨两句，孩子们听不听他也不会像以前要看结果了。长子地位高，妻子随之高，在那时，都有“老嫂辈母”的说法。那时，医疗条件不好，死人的事是经常发生的，生活条件、茶饭也不好，可那时孩子却生得多（有门户壮大，利于劳作，也有预备不测之意），往往老大结婚，老八老九还在吃奶，有的说不准这时做母亲的会得陡病死了，孩子就得由做嫂子的养护，吃嫂子奶长大的小叔子在当时也是很多的。所以担当长子地位很优越。和下面弟兄比，若按行政级别，老大比他们起码要高半级。

那是民国十九年春，绿油油的麦苗正在欢快地拔节，天天向上，汴河流域蝗虫忽如雨雪从天而降，远看恰如洪水卷来，这些不起眼的昆虫，硬是把春意盎然的原野吃出一片深秋的景象，而这一季祖父几十亩收过的山芋地居然闲着，翻了几交的土地居然没有种一粒麦子，一般人家山芋起了，马不停蹄，接着就种上小麦，那地连喘口气的时间都没有，立马又要继续为小麦付出营养。祖父把山芋地空那儿，一粒种子也不下，一任风霜雨雪日月鸟鼠虫子任意来往，原来这叫歇茬（空一季，好使地劲恢复），蝗虫对他几乎没有损失，等蝗虫消失或远走高飞，正是开始栽山芋、种花生的季节，其他人家的麦子几乎绝收，有个别家有二斗粮的乐观主义者悲极生乐地说，这下收麦子省事了。而大多数家无隔夜粮的现实主义者就骂他不吃粮食（不吃粮食就是畜生），你身子不动牙受弯，你看大老爹（指祖父），人家也不说这话么。外村有人说许善人（又是指祖父）学过麻衣相的，知道黄道吉日，为什么就他一家不种麦子？他有前后眼吗？这样就使祖父越发神秘了，就有百姓来请他算命，向他求援。当然，他根本不懂算命，却在和来人交谈中，他乘虚而入买了难民们几百亩地或以粮换地，按理说这有点趁火打劫的意思，而村民却说，大老爹救我们一家命了，要不这青黄不接怎么过？有精明人说，大老爹地买巧了，你们上当了。有的人眼一翻说，上什么当？给他家还不和给自家一样，比我自己种还好呢，到时我们给他打短工，有吃有喝还有带的呢。

祖父小算盘打出天时地利人和，日子越发滋润。此外，还在离家二十多里的青阳城里和二弟开了豆腐坊。二祖父个头没有祖父高，中等偏下，倒很显精明麻利，山羊胡子配着圆圆的脑袋，始终走着碎步，很是勤快的风范。他不用自家七姑八姨，他说，这些人不好用，说轻了不听；说重了还得罪人，规矩、纪律、制度对他们都没用，万一跟他们过不去，他们会去老一辈那里去哭诉，说你六亲不认，还说过去你们如何得到我们家的好处，现在忘本等等。令你烦不胜烦还要惭愧内疚。而请来的外人没有背景，和他们没有清官都处理不了的家务事，给他们活干苦钱的机会，感恩还来不及。二祖父眼里，听话、肯干就是最优秀的员工，也是作坊繁荣的基础，于是，有二祖父精明的人事安排，豆腐坊豆腐越做越好，有人形容许家豆腐砖头一样，掉地上都不会碎——这是说豆腐实在，水分少；很快好评如潮，随之就是供不应求，为此豆腐也越做越多，豆腐坊越做越大，品种由豆腐延伸到五香豆腐干、油炸花干子、千张子、小豆饼、粉皮、凉粉、豆芽，还兼做酱油醋，两边房子也越盖越多了，最终成了巷子，从巷子入口看去可见错落而稍稍弯曲房檐，房子都是平房，全砖瓦的有，泥土砖瓦混合结构的也有。巷子不宽，对面切菜、炒菜、咳嗽声音这边听得一清二楚，甚至对面的耳背之人，身边孩子醒了在床上哭，不曾发现，巷子对门这边会大声说，我三娘，你看看你家二兵子醒了吧。

日久天长，路两边不断有人添砖加瓦，这里最终形成一个长两三百米的深巷，成为小城一个好去处，后来那巷子因豆类加工名噪一时，被人民政府命名为豆腐巷，还设有一个居委会。祖父一片房产从巷口一直抵达濉河边上，船行于此，仅仅看到岸柳遮掩的房子后背，漂泊的船人都羡慕这个人家。整个房子有上千平方米，靠路的是一片六间门面房，是门市兼加工厂，朝后去几进房屋是略显神秘的四合院，偏房、厢房、青砖小瓦，一套接一套，交错排列，在几棵楝枣树和椿树、洋槐树掩盖下，深不可测，一般外人没有特殊事情很少进来，小孩进来很难摸出去。

整个巷子里的人似乎都没有名姓，出口就是大老爷、二老爹、三表叔、四姑父、五爷、六表哥，不用说，这是许氏家族衍生的一个大家庭，布满整个小巷。在豆腐巷日新月异的同时，祖父在大新庄也盖了九间青砖小瓦古式房屋。五间堂屋，左右两间偏屋。与现在比相当于九层大楼。堂屋后墙有家堂，所谓家堂就是一张与一间屋等长的案桌，谓之供桌，上面有干果几盘，大约有白果、红枣、核桃之类，除了老鼠，任何人不得乱动，那是敬列祖列宗的。供桌上有祖宗牌位，有一张毛笔勾勒的祖宗画像——似乎放在谁家都可以当谁家祖宗。后人无法评定像与不像。供桌上有经常不冒烟的香火，总是祖父发现后，大惊失色似的立马点着。

再看门前，门前到堂屋有二尺宽青砖铺路，是大新庄人说唯一可以在雨天穿绣花鞋的地方。庄子上其他地方都是土路，下点小雨，不是泥，就是泞。院子外面，祖父花钱淘了一口砖井，足有八九人深，黑洞洞地望去，水面微微颤抖，发亮，好像月亮掉在里面。夏天，原先吃半人深的土井水的庄上人都来这里喝凉水，凉水甜滋滋凉透心，喝完再带一瓦罐到湖里喝，喝了干活也有劲呢。他们都说是和吃凉西瓜没什么两样。祖父说，那你们使劲喝，叫许三老爷西瓜卖不掉。哈哈。许三老爷是祖父家下弟兄，这人聪明，少言语，爱琢磨，会种西瓜，但小气，刚到西瓜开花时，表情就开始严肃起来，把草帽檐压得低低，地下工作者一样，生怕暴露身份似的，见路过他的瓜地人他立即把脸转过去，假装看云舒云卷，长风万里送秋雁，其实就是担心人家讨他瓜吃。再馋嘴的孩子断不敢偷他的瓜，若不然，他会“宜将剩勇追穷寇，不可沽名学霸王”，穷追不舍至天涯海角也得捉拿归案，打得你提起西瓜就牙疼，完了还要押送给家长，家长似要连坐，远不是警察能比。瓜卖完了，这才拿下草帽，暴露身份。庄上人不少说他是小头猫。祖父曾经赌气想种一块瓜地随便让人吃，给他难看，后来想想许三老爷也不容易，家里七八张嘴，就指望这几个瓜，就打消赌气的念头了。

冬天这砖井水冒热气，温乎乎的，路过人就顺手捧一捧水往脸上一抹，这一天一次洗脸任务就算全部完成了。很多人路过，单就这井都有千言万语说不尽的好话给祖父听，祖父内心滋润，喜悦。但祖父不会贪天功为已有，他会把一切赞美和幸福归功于祖先的关心和庇护，因此也就不能忘记祖先。逢年过节带孩子们先去湖里给祖坟烧香，给坟头添新土，坟头总要比他人的坟头高大鲜亮巍峨，大雨之后，他总要带着孩子们给墓地放水，补漏；喝酒前还先倒一杯在地上，说是敬前辈，他从不把酒往天上洒，他似乎知道父母祖先们都埋在地下了。

日子过到农村有地、街上有店铺这个份上，这样城乡互补，由机会利润转为模式利润，几乎天天见钱，日子过得蒸蒸日上，属于先富起来的那一批。祖父总是喜欢乡下，虽然超不过三天就去青阳城，可他买到一两副猪下水后，就随即回到大新庄，这些猪下水他几乎都当饭吃，尤为喜欢肚肺大肠。几个孩子也因此茁壮成长。祖父把买回来的猪肺挂在门前楝树横枝上，叫二叔（小父亲十二岁）往气管里灌水，不一会儿猪肺发白发亮，像气球，便叫二叔停止灌水，说，把食刀拿来。祖父接过食刀，亲自操刀，在猪肺的边缘地带一道一道划开，血沫血水顿时哗哗涌动流出，血水血沫流尽，又指挥二叔把猪肺放进黄盆里，加水浸泡，等待他下一步发落。猪肚子比较麻烦，一般人家不会做，怎么洗总有臭味。祖父会，他叫二叔必须学会这套方法，开始是祖父身体力行，后来觉得体力不支，这样下去得不偿失会坏了胃口，无享受感。他就把这技艺传授给二叔，叫二叔先把猪肚用清水洗净，再用面粉撒在猪肚子的里外反复搓揉，如洗衣服，如和面，搓揉一袋烟的工夫，二叔手背已经发酸，祖父站一旁，说，加水洗掉面糊，再用碱面撒在猪肚里边那一面给劲搓。就这样搓了一会儿，再洗，猪肚焕然一新，异味全无。收拾猪大肠也是如此这般，稍费事。这些活计为什么不交给父亲做，这也是有分寸的。父亲是接班人，要对外树形象，要干就干体面的活计，这就是地位不同。所以历史上副手想夺权的例子比比皆是。

到了晚上，祖父还是让二叔烧锅，把猪肺在热水里“紧”了一下，冒完泡沫，果然紧缩不少。然后再洗，切碎，放进锅里加满水，盖紧锅盖，让二叔大火烧。大火熊熊，锅门的火舌伸进锅里，似要先尝一口。不一会儿，热气开始把锅盖掀起，似乎在策应火舌，淡淡肉香溢出，烧至两开，稍后取出切碎，放进油盐翻炒，生姜葱蒜老酱辣椒少许，结伴投入，稍加水，片刻满屋美味。祖父一边唏里呼噜咀嚼，一边忙中抽闲用筷子敲着桌边，说，嗨，你大哥整天不沾家，将来我看也是个二流子。我不要你们在外边苦个三个大两个小的，将来你们能守住我这家业，三六九不缺下水吃，我也就烧高香了。三个叔叔也只用唏里呼噜吃喝声回应，似乎将来也不需要他们这些副手操心。祖父又用筷子敲着那黑色海碗，说，你们谁敢给这块花油（长在肠子上的，白云一样的油脂）吃了，谁将来一定有出息。每次这些猪下水烧好，猪大肠特别油亮放光，里面还粘着花油，一口咬下去，嘴角流油，二叔三叔吃几口嘴就打张，就不想吃了，祖父总是这样逼他们吃，还说，没出息，和你妈一样是个受罪的命。此时祖母正在烧香，坐那里双手合十为家庭成员祈福求平安，她每见祖父吃这些动物，特别是这些心肝肚肺头头脑脑，就心慌意乱，就不停地烧香，不停地与佛祖保持联系，代为他们请罪。按理说妇女烧锅做饭是天职，但鉴于信仰，祖母只做面食菜蔬。祖父倒也不受封建束缚，上得了灶台，不怕世俗习惯说他婆婆妈妈，一切以吃好喝好为上。后来祖父经常感觉头昏沉沉的，好似顶了一盘磨。他还愤愤不平说，妈的，我油盐鸡蛋鱼肉不断，身子没受亏，怎么会头昏？他以为头昏都是饿的。青阳城里有名中医小江先生说是膏粱厚味所致湿重，气血瘀滞，那时还没有“三高”一说。小江先生就用元参、生地、白芍、麦冬、夏枯草、钩藤、菊花、丹参、泽泻、生山楂、木香等配给他熬水喝。小江先生熟悉祖父，经常也去豆腐巷买豆腐，他反复交代，指着草药说，这个清肝泻火，这个行血通经，这个缓急解痉。一天两包，用煨罐细细熬。少吃下水肥肉啊。有人听小江先生说这话，总以为他只能吃起豆腐，为自己要好看，找台阶下，实际不是。小江先生总说，豆腐宽中益气，调和脾胃，消除胀满，通大肠浊气，清热散血，得要多吃。祖父看着小江先生骨瘦如柴，脖子上那气管一节一节都看得一清二楚，就不屑一笑地说，下水不能吃，肉不能吃，那我活着干什么？小江先生无语。祖父一边喝药，一边对猪下水爱好一如既往。到了过年，家里下水比青阳街王胖子饭店还多，这时增加了猪头、猪蹄子、猪尾巴，这些东西有残留的毛，祖父买了四个猪头镊子，他一把，三个叔叔一人一把，在祖父带领下，围坐在当门地，绣花一样拔毛。还不时地给他三个儿子示范，看着！把大拇指和二拇指捏住镊子张口的地方，这样省劲还好拔，不要贪多，挨排来。如此这般。祖父承担猪头拔毛，因为猪头大而复杂，褶皱处的毛多且坚定不移。三个叔叔承担猪蹄猪尾巴，二叔猪蹄四个，猪尾巴三个；三叔猪蹄三个猪尾巴两个，四叔仅猪蹄两个，因为他最小。拔完毛，经祖父验收合格，则可出去玩耍。玩耍有规定：水火注意。

许姓在青阳街是大户，人多必有人才。这一年，一个杀猪新秀诞生，他叫许如乾，弟弟叫许如坤——这是上人的期望而命名。因为秃发，人们暗地里就直接叫他许小秃子，当他面，就是长辈也只称如乾，有玩得不错的平辈偶尔会喊他秃哥，他倒不忌讳，甚至觉得比那如乾如坤接地气，一字不识的人，起那个洋里洋气文乎文乎的名字，听了还不如这名字顺耳呢。他有力气，动作快，一口猪一根烟工夫就去毛破肚。他是祖父家族里侄儿，他的出现，使祖父购买更为方便，且因为这层关系总是对他高标准，严要求，把下水处理干净到最低限度，回家简单收拾即可下锅了。这种便利把祖父推向不可救药的断崖。

祖父很在乎节假日，现在依我推想，除了他的食欲以外，与家境有关，也与爱孩子有关，也因为爱慕虚荣，不能比人家寒酸么，后来父亲也常跟我们说，不要去看人家吃饭，淌口水，咂巴嘴，丢人。祖父那时家里轰轰烈烈在忙过年，父亲回来很少参与其中准备活动，有时拿一张报纸在里间看，报纸是从青阳城里带回，每天青阳城有抗敌会在集会，见到青年人就发传单报纸，父亲看得入神，也被洗脑。祖父眼见得父亲已经成人，虽说家里事情不闻不问，也不便发作，好在还有三个叔叔言听计从听候使唤，家里的活计多他一个、少他一个还真像三十晚上的兔子。但也担心父亲这样下去，将来又如何继承这个家业？这伸手不拿四两可不是个事。可父亲是老大，在农村老大就是老大，在家里地位仅次于父亲，似乎比母亲地位还高，有的人家父亲软弱无能，就是儿子当家。祖父忧心的就是父亲，寄予希望的也是父亲。对父亲他很矛盾。既希望他能出人头地，又怕他惹是生非。有时会趁着酒兴教训父亲，或鼓励父亲，鼓励与教训交相辉映。父亲则姑妄听之，不厌其烦，祖父就高兴，有时酒足饭饱之余，就计算谋划着今年收成、明天的菜饭。然后扛着锄头或铁锹到地里转转，劳动兼视察。

虽然日子富足，油水不断，但祖父还是特爱逢年过节，人说小孩巴过年，老人怕花钱，祖父反之，每一个节日不管大小都是他活着进取的目标之一，他对未来的盼望中三分之一或许就是节日。从过年开始吧，一个月头里就吵着祖母淘豆子啊，用小麦、绿豆、豇豆三掺头磨面啊，磨出面来摊大豆饼，这豆饼类似煎饼，摊好不像煎饼立即吃掉，而是切成扑克牌大小的方块，放在太阳下晒干，放鱼锅或烧汤都是美味，还可以存放到来年收麦子季节，隔三岔五吃一顿豆饼子很调剂胃口，这种做法家家均可掌握，小豆饼则为专业人所为，比如二祖父在青阳城里的豆腐坊，小豆饼工艺复杂，先得把绿豆皮去掉，用绿豆仁磨成糨糊，用酒壶一样的工具，按现在一元硬币的大小滴在鏊子上，均匀排列，一般人家不经特别训练，不请教师傅是很难做起来或做好，所以一般人家只有去买。小豆饼对于祖父却不当一回事，想吃就去青阳街拎二斤回来。豆腐坊不做大豆饼，似乎超出营业范围很远，似乎也忙不过来，祖父只有自己解决。祖父也只好说，大豆饼还是自家做得好。而要吃粉条，就要请人来家漏粉条，粉条多是用山芋粉做成糊子放入很多孔的漏勺，形成粉线往开水里漏，粉线顷刻变色变性，捞出晒干筋道滑腻，与任何肉搭配均可使人舍生忘死，就是烧汤给点粉条打个鸡蛋花，也是招待上等客人的或者病人的佳肴。粉条可吃到下一个春节，这是指保质期，而很多人家，一个年季下来也就吃差不多了，就这还多是来客人吃的。

祖父还会熬糖，娱乐大于糖的价值，他的财力完全可以轻松地去买几斤或更多糖，也许他觉得那没意思，和很多有钱人去钓鱼一样，他的钱可以车装船载买鱼，却没有自己钓上一条二两毛刀鱼有快感。从这点看，祖父是有文化品位的。他每到过年前几天，或亲自或使唤他人把一锅山芋糊糊熬好，放入大麦芽子，必须是亲自，大麦芽是从青阳城里买来，虽说不值钱，可放多放少有讲究，多少决定糖的多少甚至成败。放完麦芽，片刻从山芋糊里泛出含糖的汁水，接下来就吊起纱布兜，把山芋糊子倒进去，挤出山芋糊汁水，把这汁水继续用火细烧，直到不冒热气，就熬成了黏糊糊的糖，就可以做面糖、黏玉米花团、芝麻糖。这些主要过程都是他亲自而为，自始至终，直到深更半夜才出锅，这似乎是他刻意安排的时间。这时孩子们都睡了，糖就会完好无损保存到三十晚上，要不你一口，他一口，祖父那心肠又不忍孩子们馋嘴，这样就等不到过年了。按老规矩都是所有过年吃的东西都必须到那个时段才能隆重推出，集中展示，有序消费，就连新衣服新鞋子也得大年初一才能穿。祖父有要求（其实是传统），过年期间，哪天吃什么都很明确，不能提前，也不能延后。初一早晨吃饺子汤圆，初二早上吃馒头，初三早上吃面条，为什么非这样吃？祖父还能说出一些牵强附会又有点道理的由来。祖母稍有疏漏，祖父即假装发脾气，还说，过小年后补上。

忙完过年的物质准备，接下来是精神层面的，祖父登门拜访二老爷，找二老爷写春联，祖父尊敬知识分子，随手带洋烟三包红糖二斤，这当下算大礼。二老爷前清举人，真正知识分子，气节与机会、智慧与迂腐没有把握好，只得投笔从农，躬耕大新庄，有几分悠然见南山的安慰，和庄上人来往不多，倒也没什么架子，能帮忙的事也就是能给人家写写画画，许二老爷接过祖父礼物，说，贤侄客气了，区区小事，何当酬谢？祖父说，每年都来麻烦你啊。会者不难，说说讲讲春联和其他附属文字就写好了，二老爷担心对联到了祖父家会张冠李戴，左右颠倒，就一对一对叠好，交代一番这才让祖父带回。春联拿回来，祖父抖着对联哗哗响，在哗哗的伴奏下教训几个孩子，“看你们二太爷，人家这字才叫个字，你们呢，个个都不想念书，人家孩子想念还念不成。”可是父亲不服气，他看到二太爷那寒酸样子，连其他知识分子他也看不起了。别看当下父亲不参加劳动，那是因为他青春躁动，革命已经在他内心扎根，他要干大事，他无法安静地去锄禾日当午，更没有采菊东篱下的悠然，但他一直认为能吃苦，爱劳动，为大众的人才值得尊敬，不管有没有知识。

春联写好，还要买门帘子，这类似剪纸，贴在门头上，画面有关公等人的勾勒和贺年贺岁简单又千篇一律的词语，新春大吉，三阳开泰，紫气东来，福禄寿喜财……十六开大小，有赤橙黄绿青蓝紫几色，唯独没有白的贴在门头上，与门两边对联辉映，类似领章与帽徽的关系，这些宣传品贴上去，天地一新，小狗小猫公鸡都神情迷乱起来，摇头摆尾，载歌载舞，不知所云。祖父这时就像一个导演，指挥祖母进入蒸馒头、包包子角色，还包括门旁两面请来帮忙的婶婶媳妇什么当群众演员，每一锅馒头出来，热气腾腾，原来瘦小的馒头现在白白胖胖，祖父就说，我来尝一个暄不暄（膨胀不膨胀），这样祖父一直尝到结束，才似乎知道“暄”。

蒸馒头之前，祖父叫父亲在锅的一侧墙上贴灶老爷，要求与锅门口平齐。这也是一张黄纸木刻单色水印灶老爷，头戴乌纱帽，两边嘴角和下颌三绺胡子互不相交延续至胸前（后来祖父也是这样的胡子），两边分别写上“上天言好事、下界保平安”对联，如果叔叔他们烧锅，会用烧焦的树枝在灶老爷上画蛇添足，祖父见之就会大骂，你们想死了，灶老爷你们也敢乱画？祖父从二老爷那里带回的大大小小的宣传品，水缸上要贴“福如东海长流水”，牛车上也贴“路得青云”，猪圈羊圈上也贴，希望是猪羊满圈，至于笆斗、石磨、牛槽、井沿甚至树，祖父兴之所至都贴，有的简单，只一个“福”字打发，有的要表达意思，诸如“连年有余，五谷丰登”……他也不好过分，三包洋烟和二斤红糖估计是用差不多了，二老爷会说，手酸了。看他弱不禁风，祖父知趣而退。否则，他会想哪贴哪，会把二老爷累趴，乃至撑不到过年。祖母看他那忙乎劲就窃窃私语：随哪天都是个小孩头。祖父把鞭炮摆在笆斗里，盖好，不许其他人接近，没有他的批准，任何人不敢点火。至于除夕放哪一挂、初一放哪一挂、初五放哪一挂，对鞭炮大大小小、长长短短，祖父都自有安排。鞭炮挂在竹竿上，谁举竹竿，谁点火，祖父也有安排和考虑或不断调整，总之，既体现几个孩子的地位，也满足他们的要求，还要锻炼他们的胆量，谁要是手发抖，老是点不着火，或者鞭炮一响，扔了竹竿，捂着耳朵就跑，祖父就会大骂：没出息的东西。

二月二也是一个传统节日，很多人家都是敷衍的，甚至忽略，不敷衍也无财力，青黄不接了，孬好填饱肚子就是最大满足。而孩子们总是快乐第一，找些废弃的刷把、笤帚或扎草把在湖里点燃，火龙游弋亮眼，火团奔走翻飞，黑暗寂寞的夜晚总算有了热闹，有了点文化诗意的内容。而祖父总要和孩子们一样心情，把能继承的传统项目程序都要进行完，即便是很多人家已经忽略的二月二，饭菜也要提档升级，包括正月十五小年、清明节、端午节、五月十三关老爷磨刀祈雨、六月六晒龙衣、七月七牛郎织女会面、七月十五鬼节、九九重阳节、大冬节、腊月二十四祭灶……很多节气都失传了，祖父都要区别于平时，重点就是饭菜改善，类似官员巧立名目吃喝。其实他主要考虑继承上人习俗，也给孩子带来欢乐，一个一个节日好似一个一个景点在前面，让日子有盼头。有人说是家境使然，可是到了民国三十六年还乡团来时，粮食被抢劫一空，家里已经揭不开锅，祖父还在念叨，后天是腊八节吧，还有半个月就是祭灶了吧。精神不垮，欲望就在。

青阳街

全面抗战爆发一年多了。在青阳广大地区，鬼子已经不再是传说，八路军南下支队来了就是证明。

当时的情形是这样，日寇大摇大摆占领了泗城。天地间气氛陡然都变了。

泗城是老城，原先叫泗州，是今地市级单位，在紧邻盱眙北面淮河边上，那时已经街道整齐，房屋密集，政府机关，以及三百六十行基本齐全。1680年，黄淮大雨七十天，浪涛发疯乱冲乱撞，黄河体力不支，败下阵来，以决口缓解压力，黄水顺势而下，狼奔豕突扑向苏皖边区，黄水把泗州城给黄了，成了沉睡百年的地下城，泗州官府遂向西五十里迁往酒都双沟，到了双沟，知州大人还是不放心，淮河就在眼前，水波虽然不兴，看见还心有余悸，就心潮澎湃，于是就再向西北迁移五十里停了下来，在此重建泗州城。清朝灭亡，民国建立，泗州改为泗县，泗州城就成了泗县城，这里地势高，北边不远就有屏山，就算大水再来，策马两鞭，转眼可到屏山，可安然无恙，还可吟诵：惊涛拍岸，卷起千堆雪。

经过多年努力，到了清末泗县城已有数丈高城墙，护城河也有两箭之地，城虽不大，但内容丰富。泗县城有城门四个，分设在东关、西关、南关、北关，城门的名字尽显人们美好愿望，也尽显中华文化博大精深，东为永济门，亦称东关；西为永丰门，亦称西关；南为永泰门，亦称南关；北为迎恩门，亦称北关。这里不用“永”而用“迎恩”，难免使人想到皇帝从北面而来，是为了讨好皇帝或总统吧？西北还有个偏门。既无城楼，也无名字，俗称小北门，估计是为方便平常人干些平常之事来往，父亲说那时他也常从那里进出，干的却不是平常事。其他城门连着城墙，城墙下是深不可测的护城河，城东南有一个望楼，名曰魁星楼阁，六角飞檐翘起，分为上下两层，木头瓦片构成。和平年代，时有文人和官员上去吟诗作对看风景；兵荒马乱之际，常有兵丁在上面站立，极目远眺观敌情。城墙高一丈九尺，换算今日长度九米左右，似乎都受长城启发，有女墙，有垛口，有敌台，目的都是消灭敌人，保存自己；城内约四平方华里，出城都从五个城门的拱桥通过，多为三孔，由于古汴河穿城而过，水患常为心头大患，于是在清末一次大水过后，几位大户人家捐款修了五孔桥，以便让洪水赶快离开。桥也有名字，有“彰善”，有“太平”，有“三思”，有“文渊”，有“旌德”，这些名字不是现在没文化那种无厘头、不靠谱、随心所欲而胡乱命名的，人家这每一个名字必与周边环境、历史、人文有关系，比如彰善桥就是纪念那几个捐款修桥的人；比如三思桥，桥一侧就是县府，或许是知县自律或百姓提醒知县或共勉，凡事得要“三思而后行”才取这个名字；旌德桥，据说这里有一个孝子，弃官不做，回家侍奉老母三十载，此桥取这个名字，就是表彰那孝子的。

父亲常说，泗县城里每条大街小巷都走过，画成地图交给部队，真是图穷匕首见，接到地图，最快第二天就要开始攻城。眼下中城街（昔称崇让街）是泗县当时最大一条街，相当于北京长安街、南京中山路，主要商铺也都在这条街上，晚上家家点上汽灯，在那时算是一景，晚上无去处，去看汽灯，也是观光。虽然其他各关都有大街，但都不如这里繁华，西关有一条小街，很长，谓之阜康街，刻于门楼上，街东头还有栅栏，显得正规严谨，朝南通达西来庵小巷，这里也是一条街，街北头入口上书“除暴安良”，街南头上书“官清明顺”，反映时代风貌和民众意愿；西来庵东边有一条路谓之马槽路，估计是象形而命名。这些地方很多路都没有坚实的水泥和砂石做地基，一旦下雨，车水马龙几日，泥土就下陷，或就往两边翻卷，形成凹槽，原本高高路面变成河沟“马槽”。这里还是刑场，刑场是杀人的地方，老百姓所认为的好人坏人都被当局处死在这里。从中城街往东有官巷，东城街东头称近圣街，因为它临近孔庙，不仅体现对大成至圣先师的尊敬，也便于寻路人理解，概念清楚——噢——在孔庙那块。有的更直白，城隍庙那儿巷子就叫城隍庙巷，文昌宫那儿就叫文昌宫巷，北关状元街有个小巷却不因为状元街而叫状元巷，倒因为那里有个礼堂叫礼堂巷，孰轻孰重取谁做巷名，看来也不是那么随便。有两户杀猪的巷子叫杀猪巷，这两户一定可以代表这个巷子；买卖牛的市场旁边那巷子叫牛市巷，此处没有比买牛更为重要和最为标志性。还有以当地名人命名的王侠举巷，陈泽普巷，最为奇怪而恶心的——估计全国都没有的巷名——拉屎巷，其实就是一个露天公共场所，雨天几日，一汪汪黑水冒着气泡，白天很少看见人从此走过，只有散放的猪和鸡在不懈地寻找自己需要的东西，蚊蝇蛆虫在此飞翔，翻卷，蠕动如鱼得水，那些黑水像乌云一样漫延。

街巷多用青石条块铺路，青石是泗县特产，北面老山那里取之不尽。千百年磨损，车走人踩，最终凸凹不平，整石变为碎石，成为戈壁。

一个古城，寺庙是文化积淀的重要标志，似乎再穷不能穷寺庙，天下寒士茅屋可被秋风吹破，寺庙却都固若金汤，富丽堂皇。当时泗县城的释迦寺气势很大，无论架构，无论神像是雕还是塑，都巧夺天工，那山门，那影壁，那藏经楼、禅房、客堂庄严肃穆，令人敬而远之，俗人百思不得其解——那么多活人蹲在露天地栉风沐雨，为何要把这些木头、泥巴、棉纱弄成的人鬼不像的东西摆在这么好的房子里？还不仅这一处，还有大雄宝殿，还有郑公祠，多不知郑公为何人；有关帝庙，可知为关羽所建，老百姓对他印象不错，他有钱，女人再漂亮，也不能像钱让男女老少都喜欢；北关有广胤庙，供求子求孙者来此申请许愿，计划生育；还有灶君庙，可为温饱者乞求保佑；有延福庵，无疑是想通过来此祭拜，打破富不过三代的怪圈，马王庙是纪念传说中的花马，据说赐福求子最灵；城隍庙具有普世价值，道教把城隍当做“剪恶除凶， 护国保邦”之神，有求必应，旱时降雨，涝时放晴，保谷丰民足，求他有病治病，没病健身，所以各地都有城隍庙，泗县城也不例外，城隍庙前面有花戏楼，砖木结构，在当时档次算是一流，飞檐画栋，艺术家在此尽情雕刻出花鸟虫鱼、人物走兽，跟真的一样，演戏时，观众多为站客，露天观看，只有少量包厢供官宦豪绅坐享，次之在广场中央摆长桌方凳，可吃茶，能坐在这里也不是一般人等。

演出以当地戏班为主，韩家票友三人，会同泗城名优仇飞、叶家珍、张晳、唐开先、虞子畏、史兆加、肖达志一批人，他们是泗县的明星，给人们带来欢乐和欣慰，只要他们存在，居民会觉得自家夜晚那千篇一律娱乐实在俗不可耐了。时间长了，观众也会喜新厌旧，就有南京、蚌埠、徐州名角来掀起高潮，有闻名苏鲁豫皖的铜锤架子花面姜鹏飞；有正宗余派女须生余淑良，刀马旦张俊仙，青衣孙艳芳，小麒麟童，生旦俱佳的盖云楼，武二花面王盛林，等等。使这里戏迷不思茶饭，丢魂落魄，做丈夫的不近妻身，当妻子的不思性事，女孩暗恋戏班子里和剧中演员或角色，那些演戏男孩就好像五根清净，让一些女孩好生郁郁不乐。有位老人看《穆柯寨》，演到一半，下起大雨，戏未能演完，回家一夜没睡，直到日上三竿，还卧床不起，长吁短叹，担心穆桂英、杨延昭、佘太君、焦赞、孟良、八贤王的命运，老婆见他一反常态，以为他病了，就喊他起来吃饭，他说，那穆家几个人是死是活？老婆知道这老东西又犯戏痴了，就说，人家早都吃过早饭了。老汉鹞子翻身，下床，连说，好，好，那我也来吃了。

有一次演戏过半，四周枪声大作，原来是父亲被敌人发现，他知道这里演戏，就钻进了人窝，换了外套，假装看戏（父亲一生不喜欢看戏），等到敌人喧嚣一阵远走，他才离开。

虽说这寺庙因为花戏楼，比其他庙宇少了些许庄重和安静，但是一直如此，或许城隍老爷喜欢热闹。从花戏楼往里走，两边陈列十殿阎君，各有姓名和分管职责，正殿是城隍忠佑王，朝后则是其奶奶坐卧两像，每年正月十五，这里节会展演赛，烧香磕头拜，烟雾缭绕，鼓瑟不绝，一派人神融合、天地混沌景象，不亦乐乎。在城隍西邻有子孙堂，东有火神、玄帝二庙，再去不远还有龙王庙、白衣庵，白衣使人联想到观音菩萨身着白衣。

释迦寺向西还有华王庙，这个庙接近现实，供奉的是华佗，估计是郎中所建，人有信仰，必信仰自己尊敬的人，有用的人。华王庙向西有万寿宫，还有泰山庙、尚书祠、三公祠、老君庙、慈渡庵、蚂蚱庙、财神庙、玉皇阁，居士林、乾元堂为吃素人聚会之处，悟真堂为戒烟酒者集会之所。总之，形形色色庵观寺庙都有来历，都是各方人士各取所需为自己找一个磕头烧香、安慰心灵的地方，这些设施、场所应该说都是进步的，是正能量，其教化作用是积极的，自觉的，可惜战乱一来，运动一来，或被征用为指挥部、办公室，或学堂、或会议室，延福庵还曾经改为国民党的忠烈祠，最恶劣就是战火损毁、野蛮拆迁而夷为平地。而父亲那时与这些寺庙关系多是藏身之地、密谋之地、接头之地。几十年后重建这些寺庙，都与时俱进沾染了铜臭与腐败，与当年寺庙意义截然相反了。

民国十四年，西风渐进，寺庙依然，公园也建立了，泗州城在释迦寺西邻建泗虹公园，县长金宝权采取社会化和市场化操作，筹款集资而建公园。公园大门朝南，双扇锁壳大门，门楼上有县长金宝权题写“泗虹公园”四个大字，黄底绿字，倒也颜色搭配得特别。这不是因他有权而题，也不是因为有了权就什么都会，而是人家那字可谓铁画银钩、入木三分、飘若浮云；矫若惊龙、烟霏露结、离而不绝；骨气洞达、爽爽有神、力透纸背；魏碑根底、二王神韵、米蔡形体。当地目空一切的秀才都拱手称道：嗨，人家不当知县，那才是天理难容！

大门有五级台阶，两侧有石鼓石台，进门一侧不远有草屋三间，有廊檐，是管理人员的住所，公园有围墙，一丈远砌砖柱做骨干，之间是泥土垒墙，外面用石灰泥平，放水。墙头顶部砖瓦覆盖，往里走有郑公祠，据说是人们为纪念东汉著名经学家郑玄建立的，此人在今日可为中国获寥若晨星的诺贝尔奖。路两边松柏簇拥，空地上名花异草也在此集合，里面还有凉亭一座，有清末秀才廪生朱有才所撰对联：茅庵四五座，凉凉歇歇；有人两三个，止止行行。看上不算有才，但知道平仄和对仗；再朝前还有小桥，小桥终年没有流水相配，流水却和人家相邻，意味去掉大半，桥左面有四五间稍大的房子，石头地基和台阶，土墙，四面有回廊，里面有桌凳条台，墙上挂满当地名人字画，来人多不是平民，平民也无闲空和闲心，来人可在里面休息，喝茶，品字画，假山旁有三间草屋。有一年，一个安徽督军当营长的女婿驻扎在此，被拉魂腔迷倒，发起募捐筹款而建，并购置行头、乐器、刀枪把子等等，为一大群票友在此唱念做打，拉魂腔拉魂，营长渐渐失去斗志，好在上级发现及时，把他调防。这里，平时没人就显得幽静神秘令人汗毛一惊一乍，眼下驻鬼子金子联队，他看中泗县是战略要地，西边不远有铁路，身边有隋唐运河，公园是要地中的仙境。鬼子进了公园，时时马啸，处处烟冒，还不时发出肆无忌惮的欢呼，狂笑，热闹是热闹了，可是中国人心都凉透了。

国民党安徽第六区行政督察兼第五战区第五游击区司令孙伯文见鬼子来势汹汹，就当一回不吃眼前亏的好汉，含恨丢下城隍庙花戏楼的热闹、山西会馆的猫耳朵饺子、燕窝酥，一切以逃命为硬道理，直奔三棵树老家吃煎饼了，其特务大队队长金锁镇人士徐耀庭从小爱听《岳飞传》，立志精忠报国，不幸阵亡，其第三支队头领，淮河边上的峰山人士马寒章把国军部队带回马套村据为己有，当自己的御林军，看家守舍，倒也找到大王的感觉。自卫军副司令兼常备大队长半城街名人祖树屏，也有报国情怀，曾在军阀混战时当过旅长，懂得打仗套路，与日寇交手获得短暂胜利，因众兄弟都作鸟兽散，他亦为了保存实力，遂转为守势，遁入湖边港汊。日寇深知虽为强龙，但举目无亲，要彻底征服中国，必须寻找地头蛇来配合他们残酷镇压、奴化教育，见到日寇要鞠躬，不能普及日语，但要会讲几句讨好顺从的常用语，中国老百姓必须由日寇决定谁是良民、谁是良心大大地坏了坏了的“刁民”，然后发“良民证”，以此流氓、强盗、无赖方式来分化瓦解我同胞，他们要拉拢地头蛇为他们所用，这些地头蛇多是汉奸，一时间，一些土匪流氓、无耻文人、恶霸奸商成为日寇发展对象，有日寇撑腰，这些人渣越发肆无忌惮，淮北大地匪风遍地，战云密布，血腥扑鼻。

泗县民国十七年，父亲老家东北几华里的白庙来了一个冒充铜匠的共产党，那人十分健谈，虽说是北平的大学生，和老百姓说话好似生活在一起多年的弟兄或父子，夜晚在人家锅门铺把草和衣也可睡上一觉，话语中听不到一句深奥晦涩或令老百姓反感的词语，他和老百姓拉家常，问冷暖，说外面的事情，说中国要亡国，外国人占中国土地，也就是我们大家的土地，要污辱我们的姐妹，爬在中国人头上撒尿拉屎。他说穷人累死累活还是吃不饱，穿不暖，还受鬼子恶霸土匪地痞流氓欺负，这是为什么？他有鼻子有眼地说河南有一个地方，媳妇带回家要先给地主睡一夜。山东一个地方叫南孝义村，去年春节前后还有三百多人在外讨饭，2月10日土匪刘黑七带着人，冲进这个村，烧房子，杀人，强奸妇女，抢猪羊。有的男子被砍去胳膊和腿，有的被大卸八块，儿童也不放过。一个十岁儿童被匪徒用七寸尖刀从左耳刺进，右耳贯出，钉在墙上。一个两岁孩子被抓住双腿扯成两半。一岁的婴儿被放在碾麦的石磙下碾成肉泥。一名少女因反抗匪徒凌辱，匪徒施暴后又凶残地杀害了她，还把她剖腹填入石头。许多妇女不堪受辱跳入井中，匪徒竟将碾磙子掷入井内。这一次，该村被杀三百四十六人，四十一户被杀绝，房子全部烧光，七百多人到后来只剩下逃跑的二百多人……就这样说着说着，有的人不寒而栗，浑身起鸡皮疙瘩，几个热血青年就急了，就摩拳擦掌，问，你老这么说这些事，可我们该怎么办呐？铜匠见火候到了，把几个青年拉近，就说，我听说不少地方都在闹共产党，这些人不仅不欺负穷人，还专为穷人打天下，他们不怕洋鬼子，不怕恶霸流氓。刑场上，刀架在脖子上，面不改色心不跳，还唱歌，还喊口号，把刽子手手里的刀都吓掉了。青年们听到此似乎都要钻进铜匠肚里想看个铜匠究竟，你到底是干什么的？我们见过铜匠多的是，没有你这样的！铜匠再也压抑不住，就说，不瞒你们说，我就是共产党人。几个青年顿时热血沸腾，说，我们早就看你不是一般人，你说共产党在哪里，你带我们去。就这样，铜匠发展了几个党员，按照他如此这般，这几个青年，在村里村外宣传铜匠给他们讲的那一番话，不多久，很多农民也发怒了，跟着他们去打泗县城，去找地主算账，烧地主账本。国民党政权在手，军队还有战斗力，农民暴动很快烟消云散，可是火种还在那儿。父亲那时只是懵懂的看客，但是他对农民暴动很感兴趣，虽说自家利益险些受到冲击，好在祖父人缘好，农民们没有跟祖父认真，但父亲感觉似乎这都与自己无关，他喜欢那革命热烈的场面，喜欢看人人都欢天喜地的笑脸。

几年以后，日本鬼子占领东北，又打到卢沟桥，这边的共产党东山再起。国民党正要再下手镇压，张学良在西安生擒老蒋，帮了共产党大忙，不久国共合作，摈弃前嫌，一致抗日。共产党忘不了皖东北，马上派出各路人马进入皖东北。

这一年农业先是干旱，后是连阴雨，庄稼减产严重，加上一个蝗虫，一个比蝗虫更厉害的日本鬼子扫荡，老百姓的日子更加难过。这个时机，国民党也惦记着皖东北，不管他出于抗日，还是防共，是维持统治，还是另有图谋，总之各路人马来来去去，这个地方明争暗斗，刀光剑影进入高潮。

这个时候，那个父亲三祖父的儿子，只比父亲大四岁的小爷许孟林回来了，他身穿中山装，头戴列宁帽，手拎皮箱，站在大新庄的村西头，傲然四顾。他叫泗县国民党党部陪同先回去，他没有道谢，还严肃地说，你们两派要认清当前形势，立即停止明争暗斗。那人是党部主委，有很深矛盾，对许孟林似乎言听计从，点头称是，一脸愚蠢、谦卑的笑容，出了大新庄老远才敢上马。明眼人看得出来，许孟林已经不是几年前的许老三了，姓许的祖坟冒烟了。他的出现，把祖父的九间大瓦房——这大新庄标志性建筑都隐得矮去一半。他说话已经不是大新庄带有宿迁味的土话，庄上人都说是洋腔洋调。

先前，他从安徽省立大学农学院毕业并去了赣南，至于干什么大新庄无一人知道。现在他拔剑四顾心茫然，虽无功勋，倒也踌躇满志，但报国心切是明确的。他是古泗州范围内，唯一没上过中小学而靠自学考入安徽省立大学的，若继续求学北京大学清华大学都不在话下，老人都说这孩子是没喝迷魂汤托生来的，自小就跟人不一样。他放牛时，一群孩子一群牛，他年龄既不算最大，个头也不算最高，力气也是中等，可他总有办法当头领，让别人都听他指挥，这在淮北广大地区放牛队伍中，属于个例。他有时靠他计谋，有时靠他拼命，打不过你就咬你，敢动刀枪。鼻子被打出血，他把血全部抹到对方脸上身上，让人感觉负伤的是对方。小的时候他被人欺负，回家告状，被他老娘打出门外，非得复仇得胜才许回家。渐渐长大后，他疏远了同伴，常到许二老爷那里要书看了。他也很喜欢父亲，因为父亲既是他晚辈，又没有代沟，关键是听他指挥，不与他争高下。早在他五岁的时候就有精明的表现，那时他家贫穷，春天吃不起烙饼，见有个大他两岁的孩子拿一块圆圆的烙饼，这时他饥肠辘辘，就说，把饼拿来，我把他变成大公鸡，那孩子信以为真，他一口一口咬那饼，把饼吃了一半，大公鸡的样子出来了。那孩子还在迷瞪，他觉得没饱，就对那孩子说，要不要再变个桃子？那孩子已经麻木发痴了，没有明确表态要不要，于是他又吃掉鸡头和鸡尾巴，这时那傻孩子才反应过来，伸手来夺饼，他还说人家小头猫。七岁那年，他和他大哥还有邻居一个孩子去戽鱼。所谓戽鱼，就是在小河沟打上坝子，把水戽干，水落鱼出，唾手可得，这种逮鱼方法的优点和快乐在结尾，而整个戽水过程是累人的。等鱼悉数拾到盆子里，开始分鱼，三个人就先拣三个最大的鱼一一分开，依次分下去，到了小鱼就一把一把抓分开。这时许孟林计上心来，对邻居的孩子说，我们俩都不要了，都给大哥吧。那孩子见到许孟林如此大方，也不好说什么。回到家里老半天，等反应过来才知道他们是一家人，这时人家鱼都吃完了，都只剩鱼刺了。有一次，邻居那孩子和已经当大官的许孟林套近乎说起那事，许孟林一脸严肃，说，过去的事不许再提。不要给自己找麻烦。

许孟林是有抱负的人，觉得死读书害己害人也不利于国家。他在大学入学作文写道：喜马拉雅乃我垫脚之石，太平洋亦乃我沐浴之盆。把老师着实吓得不轻，从此不敢小觑这乡野少年。逢人便说这家伙心野得很。在安庆读书时，得知蒋经国在赣南大搞新政，正与他的理想抱负不谋而合。他暗自思忖，老蒋咱靠不上，咱去找小蒋，代沟也不宽，说不定一步可达。

他这次回来，专门去拜会了祖父——这是礼节，主要是来拉拢父亲。他一口一个喊祖父为大哥，父亲听得刺耳，但这是辈分使然，不服不行。祖父指着父亲对许孟林说，你这个大侄子你要好好栽培啊，不管怎么说我们是一个坟头烧纸的。亲相亲，邻向邻，包老爷还向陈州人么。许孟林双手抱胸，说，大哥尽管放心，只要他识时务，我包他光宗耀祖，前程锦绣。祖父说，你这大侄子，最近啊老说共产党这样那样，听说共产党为老百姓好？共产党到底怎么样啊？许孟林说，这东西中邪了。接着许孟林破口大骂，说，能怎么样？

就凭他几根鸟枪，满身虱子，土匪之做派，流寇之神形，自顾不暇，还能为百姓福祉几何？真是大言不惭，痴人说梦。许孟林拿出做报告的姿势，听众只有父亲，他指着父亲，说：你给我听着！你听共产党怎么说的，你再听听经国先生是怎么说的？经国先生，说“人人有工做；人人有饭吃；人人有衣穿；人人有屋住；人人有书读”。听到没有？他可是代表国民党说的，经国先生大智大勇，有一次，他途经一个偏远的村中，见有土豪无恶不作，有高楼深院，城池碉堡，固若金汤，招募地痞流氓二十余人，有步枪三十余支，土炮几门，好似一个诸侯国。经国先生带兵亲自叩门，镇定指挥，慷慨陈词，威震敌胆，没费一枪一弹，一群乌合之众主动缴械投降，缚土豪而归，知道吗？这叫不战屈人之兵！……还有龙南一处积仇百余年的两姓械斗，两姓的大旗下污染的血腥，就有一寸来厚，经国先生来了之后，两大姓居然在他的面前，喝了酒，烧了大旗，对天发了誓，不复再讨血债了！

许孟林摇头晃脑，说得兴起，你们再听听经国先生的《新赣南家训》：“东方发白，大家起床，洗脸刷牙，打扫厅房。天天运动，身体健康，内外清洁，整齐大方。时间宝贵，工作紧张。休息睡觉，反省思量……服装器具用国货，经济耐用顶适当。父母教子女，兄长教弟妹。勿贪钱财勿说谎，戒烟戒赌莫游荡。生活要刻苦，婚丧勿铺张……甘心卖国做汉奸，辱祖辱宗害亲房。不论农工商学兵，都做堂堂好儿郎。政府机关去服务，多求进步图自强。牺牲个人利益为国家，放弃一时安乐为民族。男女老幼受军训，全体动员拿刀枪。人人都是中国兵，个个都去打东洋。国难已临头，战事正紧张。日本鬼子不消灭，中华子孙无福享。有钱快出钱，有力快出力。壮丁去当兵，老人看家乡。妇女耕田地，儿童上学堂。大家一条心，服从蒋委员长。赶走日本鬼，大家有福享。建立新中华，万寿永无疆。”许孟林几乎一口背完，说，共产党有人家这样才华，这样抱负？父亲不语，也理解不了。你听懂吗？人家这才叫救国救民之大业。

许孟林缓口气，声音也低了许多，对父亲说，你若跟我去，我们爷俩也好互相照应，我知道你为人忠诚，脑子也好使，前途无限。将来许姓门楣光大，祖宗辉耀，民族兴盛，我们爷俩从哪方面都要尽力才是。用家乡话说，我吃蚂蚱，也少不了你一个大腿。再说，我大哥这点家产，将来没个官府里的人在外面罩着，迟早是人家的。就是土匪你就对付不了。祖父说，这四周土匪都得过我好处，他们不来刺挠我。许孟林说，那日本人呢？维持会？土顽呢？伪区长、伪保长、伪保安团呢？土八路呢？流窜土匪呢？祖父被问得直叹气而无语。这时，祖母端碗开水给他喝，他看到祖母一个手指沾到水里，他接过来，眉头一皱，泼了出去，掏出白手绢擦手上的水。祖母见状，说，孟林啊，我一抱草是白烧了。父亲想起前不久那位地下党。也是大官，稀饭里落一只苍蝇，人家把苍蝇挑出去继续吃，旁边人都说倒了重盛吧，他说，嘿，粒粒皆辛苦啊。

祖父见许孟林把水泼了，局面有点尴尬，就转移话题，问起老弟什么公干？许孟林说，一个教书匠而已。父亲暗忖，原先那个共产党说自己是铜匠，现在这个国民党说是教书匠，教书匠有这样口气？怎么都不讲真话呢？其实许孟林早已加入中统调查局了，此行主要是发展队伍，建立组织，刺探日军情报，也侦察共产党动向。上司承诺，将来两淮地区都是你的。那是相当于一个省的地盘啊。当然，许孟林似乎觉得这点地方满足不了他。虽然当下在泗县城还没有立锥之地。虽说这里有洋城春色、屏山晚照、蟠龙积雪、阴陵夜月等所谓泗州八景，他既无心去寻，也不屑一顾，他天降大任又心高气傲，他心里只想党国大业，两淮为王，再……

当晚，他迫不及待走进泗县城的山西会馆。所谓山西会馆显然就是山西商人在此修建，据说有了些年头，灰墙小瓦，三层小楼，门前有露天广场，也是演戏为主，楼上人可坐在廊檐看戏，也算惬意和有身份。这里闹中取静，人来人往，许孟林想以商人为名，在这里租几间内室，干他调查之勾当。在这里就算在与人闲谈之中，就可以了解国民党内部人员思想状况，特别是那些立场不坚定的人，其他党派、形形色色的军队、土匪、黑社会、帮会、社团、宗教等活动形式。他在里面转了一圈，不见有人，一个窗子里灯光昏黄，也毫无生气，就打算明早再来。路上他还在想，他要把我父亲培养成他侍从、副官、警卫、心腹，这次虽然没有结果，面对如此混乱险恶的时局，面对我祖父的态度，相信我父亲会知难而上，主动投到他的门下。他从会馆出来，四处黑得像没有了一切，远处的中城街灯火还很活跃。趁这时，他要对这个小城进行一次调研。他在大街东头巷子里，进入花园井旁一个旅店，玻璃灯在风中摇晃，屋子好像也在晃，他走进去，没人，他瞥见里间一个人在床上弓着腰，抱着烟枪吞云吐雾，许孟林敲门，那人慌忙爬起，鼻涕邋遢地说，客官请这边来。许孟林说，你胆敢抽吸鸦片？那人仔细打量许孟林气派很大，不是一般人，就跪下说，大人，现在世道很乱，日本人、朝鲜人在泗县城都公开卖鸦片了。许孟林拿过烟枪闻闻，那人连忙爬起来说，大人，你也好这一口？前年李专员来小店也吸过几口。当时他下榻小店，他瞧见我在抽大烟，我当时就吓趴了，你看他怎么说，不要紧，我也有两口瘾，他就睡我这床上，我就跪这儿给他烧烟。他讲的李专员是主政泗县的李松风。许孟林下意识按了一下裤兜里的左轮手枪，暗想，若是我在非毙了他不可。这时一个年轻女人进来，许孟林以为是老板女儿，许孟林打量一下，老板以为许孟林有非分之想，就说，大人，这是贱内。许孟林说，好年轻啊。老板说，嗨，是东关吴少爷的媳妇，吸大烟把家底吸没了，把媳妇卖给我的。我可是花了银元三百块啊。老板叫老婆去给这位大人铺床，支走她。许孟林说，免了，我在这你哪儿睡得着？老板张口结舌。许孟林转身出门。老板一头雾水趴在门边看这位阴阳怪气的人走进马市巷，转身进屋，自言自语，哼，当官的没一个好东西！

比照大街那边灯火，走进马市巷顿时就转入黑暗，灯火都像鬼火一样，这时一个穿着旗袍的女人走过来说，这位大哥，天时不早了，到俺小蓬莱喝杯花酒吧，秋凉如水啊。许孟林一惊，问，你也懂得秋凉如水？那女子说，我也是诗书人家，为何不曾懂得？许孟林说，小蓬莱在哪里，带我前去。整个巷子里，只见男人进出，不见一个女人，许孟林知道这是娼妓之地，这对于他并不值得惊奇，虽说他还没有结婚，可他是干特务的，什么世面没见过？一进门，几个扬州女子围了上来，甜言蜜语叫个不停，似乎要把他五马分尸。干燥的北方人一听到这水淋淋的话语就酥了，许孟林金身不坏似的，无动于衷，他坐下来，说，全部坐好，我要考考你们，答得上来方可陪我。那一帮扬州女停止叽叽喳喳，真像进入考场。许孟林说，何当共剪西窗烛，下一句？许孟林见无人应答，又说，相见时难别亦难，下一句？这时那个刚才号称诗书之家的女子也哑巴了。一群女人面面相觑，居然有点不好意思了。许孟林说，干你们这一行，也要多读书，你看人家杜十娘、陈圆圆、柳如是、李香君、董小婉，知道吗？也都名垂青史的。你们扬州是个好地方，瘦西湖、扬州八怪、大明寺那都是很有名的。三丁包子、千层油糕、双麻酥饼、翡翠烧卖、干菜包子、野鸭菜包、糯米烧卖、蟹黄蒸饺、车鳌烧卖、鸡丝卷子你们都吃过吗？终于有一个小女子开口说话，官人老家也是扬州的？许孟林说，你看呢？妓女们沮丧又惶惑，这一夜整个小蓬莱被许孟林这一来，很多妓女都没心思接客了。

许孟林知识确实渊博，主要赖于记忆，据说他在南京城从中山东路走到中山西路，沿途店铺的名字他可以一个不漏复述下来，仅此，就被上司看重，称他是奇人。许孟林离开小蓬莱，妓女们也不像对待其他嫖客那样扯扯拉拉，纠缠不清，久别重逢似的。许孟林继续往前走，在北关那里看见一处门面，里面不少女人，也很妖艳，里面散发的味道也不一样，那些女人见他到来视而不见，他感觉奇怪，问话也不搭理，但他耳朵灵敏了得，听内间有人说朝鲜话，他听得出一二，他暗暗吃惊，立即离开，他想这就是日本鬼子的慰安所了。她们不接中国客人。许孟林看看表，此时鸡都快要打鸣了，可他兴致尚好，他转身往南关去，见那里挂一个商会的牌子，里面人声嘈杂，门前一个警察靠墙打盹，根本不知道他进去。这是官府指定的赌场，赌具齐全，也很安全，四只宝、牌九、麻将、纸牌、骰子、黑红宝、升官图等，一般赌场凑不齐，赌徒多不耐心技艺，而喜欢猜想碰运气，黑红宝所以流行，四张牌，一三为红，二四为黑，置于盒内，手摸到即报红黑，猜中则赢钱，赢多少根据你押多少钱在上面。就这一项就形成了产业链，衍生很多职务和角色。赌棍，是赌场一批主要服务对象，用现在话说是顾客，即上帝；看堆，是一个职务，专为庄家收支输赢的钱币，谓之吃钱赔钱；宝眼，也是一个职务，貌似诚实，负责往盒子里放牌，确保不会作弊，即偷牌换牌之类；还有局头，就是提供赌博场所和赌具者。当然还有搞后勤，端茶送水的，三更半夜送吃喝的，擦玻璃灯的，捶肩膀的，卖烟卷的——也是专卖——官府家亲属，那不是卖烟，那是抢钱，一根烟是市场十根、几十根烟的价，就这也难免屋子里依然烟雾缭绕，梦境一般。许孟林进去，一个店小二角色，过来轻声道，这位大爷是新来的吧，来，这边请，这边手兴，一连吃几锅了。许孟林看了一会儿，场子里突然打了起来，一个刀疤脸赌棍说庄家作假，其他赌徒也跟着起哄，遂把汽灯等砸了，桌子也掀了，庄家喊警察，那人趁黑抱起那看堆的钱箱子，翻墙跑了。有人说，那人可能是屏山土匪头子张绍同，看有点面熟，他输了老婆和十亩地去当土匪了。去年北关门上挂黑塔那边土匪人头示众，他老实一段时间，现在又露头了。许孟林本可以一枪把那人从墙顶打下来，他的枪法据说是德国人训练的。他怕暴露身份，也不想蹚这里的浑水，他回到临时住所为这个国家担忧起来，大敌当前，这个小城居然是这等情形，不知经国先生可知道这些。

秋风萧瑟，寒霜迫近，湖里已经收割完毕，小麦已经露出青紫的苗尖，早起的老人都披上棉袄了。他们背着粪箕，在家前屋后的村道上捡拾猪粪狗屎人便，老人自觉，干重活已不是主力，但轻活还是胜任，而且不停地干，免得子女嫌他们吃闲饭，而劳动似乎也成为他们第一需要——近乎共产主义的觉悟。农闲季节，父亲就越发有去青阳城的理由。他胆大气盛，有时很晚还敢往家来，他的二爷留他过夜，他不习惯住人家的床。谁知这晚，走到那个大考山下面水牛汪那里被几个强人扑倒。父亲骂道，不知道大爷是大新庄姓许的吗？以往遇到几个蟊贼听到说这话，有的无声逃离，有的还自责说“念招念招”——眼瞎。而这次几个人并不为所动，只顾搜身，父亲被五花大绑，动弹不得，父亲不依不饶破口大骂，那几个强人捂住父亲的嘴，一个家伙掏出尖刀放到父亲的脖子上，秋夜尖刀冰冷已刺骨，父亲似乎闻到了血腥味——是铁腥味，就听一个家伙说，再动别怪我拿梁子了。说着，刀尖就抵在父亲的喉管那里。这时远处传来嚓嚓声，父亲耳朵贴地听得更真切，父亲不再反抗，只见这几个家伙突然松手跑了，父亲先闻到一阵灰尘的味道，接着听到纷乱的脚步声，估计不少人。父亲还没翻过身，过来一队人马把父亲团团围住，有人问怎么回事？遂有人给父亲松绑。听口音不是本地人，天黑，看不清脸，只见身上有布条被风吹得飘起，直抖。

一个人从马上跳下来，象征性地扑打父亲身上灰尘和干草碎叶，问，小兄弟，你这是咋整的？

父亲听出来“咋整”是问怎么回事，父亲说，遇到野土匪了。

马上下来的中年人问，什么是野土匪？

父亲说是外地来的土匪。

那人问，你怎么知道？

父亲说，当地土匪是不敢动我一根毫毛的！

只见那人倒吸一口凉气，觉得这小伙子是个人物，说话口气很大，就问，小兄弟，你是这里人吗？家离这多远？

父亲说，你听前面狗叫那地方就是。

那人往那一无所有的夜幕望去，说，不远呢。你能带我们去你那里吗？

父亲说，你们是干什么的？

那人说，小兄弟，你放心，我们不是土匪，不是日本鬼子，而且就是专门打土匪打日本鬼的，到你家，我慢慢跟你说，好吗？

父亲念救命之恩又听说和他要打的人是一致的，说，好，你们跟我走。

父亲带路，走了三里路，不远处有狗叫，这是父亲家的黑狗叫，这狗耳朵十分好使，三里之外听得出家里人脚步声，父亲走近，呵斥，黑狗听懂父亲声音，摇着尾巴，穿过黑夜，来迎接父亲，舔父亲的裤脚，又舔父亲的手，看父亲身后跟着黑压压一队人马，摇着尾巴挨个去嗅。进入村子，在夜色和雾气中，村庄显得幽美、温宁，似乎冬天还很遥远。几个弟弟都睡了，整个村庄也睡了，偶尔一两声婴儿的烦躁的哭叫，很快就融化在黑夜里，估计被乳头堵住嘴就消停了。队伍进入院子整齐席地而坐，祖母推门一看一下子来了那么多人，还背着枪，连忙轻轻关门进去，双手合十，请求佛主为她做主。真不知是哪位聪明或别有用心的人把老子孔子的理论变为道教儒教，把释迦牟尼的只言片语提升为博大精深门派林立的佛教，以此来给人们找个心灵的归宿，而孔子老子释迦牟尼压根就没想到自己的言论日后会成为什么宗教，愚弄、欺骗、麻醉、超度、净化、安慰、拯救、造福、支撑那么多信徒。祖母一边念念有词，一边窃听外面动静，奇怪啊，黑压压的一片人，一点声响也没有，只有那位中年男子和父亲在低声说话。父亲把那中年人带到祖母面前，没等父亲说话，那中年人说了，老嫂子，还没睡啊，给您添麻烦了。祖母双手合十说，阿弥陀佛，随缘随缘，我一个妇道人家管不了这么多。我儿他大去城里了，你有事就跟我儿说吧，他是老大。

祖父近期头疼得像唐僧给孙猴子念紧箍咒，胸口像压一块石头，走路脚踩地上像踩在棉花上，他似乎感到问题严重，就急忙骑毛驴去了青阳城。老中医孙先生说，你就不要回去了，住你二弟家，把我这三七二十一剂药给我喝了再说，你这病可不轻啊。眼下乡里也没农事了，于是祖父安心养病。

这一夜父亲几乎没睡，中年人请求父亲给战士们弄点吃的，说，我们队伍上有专门做饭的，烧稀饭，烙饼很内行。父亲把所有小麦、玉米、绿豆、高粱面粉用完，笆斗拍得砰砰响，烧了几锅，转眼间，唏里呼噜就见了锅底，父亲还把还没晒干的萝卜干一大盆全端给他们，转眼也就见了盆底。面没有了，就给队伍炒黄豆吃，黑暗中咔吧咔吧的声音像一群老虎在磨牙。中年人说，小兄弟，别见笑，战士们一天多没吃饭了。百十号人吃完饭，东边就发亮了。中年人暗自高兴，真是找对人了。一夜过来，父亲知道这支部队是八路军南下支队，中年人是司令，姓江，名华，从湖南老家绕大半个中国来到大新庄。这一夜，父亲好像从天而降又像破土而出，完全和以往任何时候都不一样了。这个江司令真是会说，而也真是会干，你看那些兵人人衣衫褴褛，撕坏的布条迎风飘扬，身上没一块多余的肉，紧绷在骨头上，额头与颧骨处悬崖峭壁一般，个个衣服都显得肥大，人高矮不齐，枪也是长短不一，破烂不堪，话音也南蛮北侉猫腔各异，而相同的是个个精神抖擞，“起床”一声喊都起，开会一起站立，一起坐下，走路齐步向前，他们怕惊动睡觉的百姓，说话声音都很小，连老鼠都惊动不了。他们一起身就这边扫地，那边去挑水，父亲家的水缸往外漫了，邻居的门开了，早有几个战士在门口大娘大姐地叫唤。有人问父亲，你都带这是什么人啊，这么小巧啊（平易近人）！父亲说，这是保护老百姓的队伍，打日本鬼子的。说是老百姓队伍，庄上人将信将疑，这么多年没听说过还有老百姓的队伍，说打日本鬼子，就更没一个相信了，就凭这要饭花子一样的队伍，和那手里的打狗棍？

江司令跟着父亲形影不离，问长问短，有说不完的话，又好像请示，好像父亲是司令了。警卫员都急了，老说，这是我们江司令。江司令有点烦，说，你走远一点，什么江司令，在老百姓面前你司哪个令？祖母看出名堂，知道这个江司令是头，就说，长官，我们有不到的地方，你不要和我们一般见识啊。江司令说，老嫂子，我们不兴叫长官，你就叫我小老弟就行了。哪有不到的地方啊？我们可是遇到亲人喽。开始，老百姓对他们的敬畏多来自那些破枪，一天下来，他们逐渐发现这队伍还真是穷人的队伍，就算人家吃你一顿粗茶淡饭，人家那不是吃白食，你看一上午给你翻多少地，铡多少草，浇多少水……要是大老爹（我祖父）在，说不定还要给人家打酒买菜呢。你看人家嘴多甜，称兄道弟，叫七姑喊八姨，真像有八代老家亲似的。你看人家一大黑碗水传来传去，你一口，我一口，那江司令和大家一样眉头不皱端过碗就喝，要是许孟林不把你碗扔了才怪呢。到我们家有凳子坐凳子，没凳子坐地上也无妨，凳子有灰，小媳妇刚要来掸掸灰，江司令已经毫不犹豫，直接坐上，接过老汉从嘴里递过来的旱烟袋，张嘴就猛吸两口，还说，老大爷啊，你这是头刀叶子吧，杠得很，煞口啊。老汉就说，江司令你真在行。嗨，从光绪到现在我从来没见过这样的队伍。卫生员说，江司令，要注意卫生。江司令一听，来火了，对自己人爆了粗口：老百姓救命的粮食都给我们吃了，差点没把心都掏给我们，还卫生，卫生算个鸡仔？

第二天，就有老婆婆来给战士补衣服，下午有小媳妇来，接下来胆大的小姑娘也来了，也有送烟卷来的，也有炒一挎斗花生来的，还有拿几个红柿子来，还有一个老太太拿把剪刀给战士们剪头，说这些孩子头发都像贼头一样喽。军民之间你来我往，总是一番推来搡去，老乡送来的东西放那儿，没一个敢动，要动，必须江司令说话。老百姓像看世界博览会一样来看战士们一言一行，久久不愿离去。

江司令看火候到了，就向父亲谈起借钱一事。他看出这个庄子上能拿出钱给部队做棉衣的只有父亲这一家。江司令说，既然你想加入我们的组织，就要经得起组织考验，就要放弃个人利益，一心为组织。当然，我们也不会让老百姓吃亏，现在借你们的，等到将来革命胜利了，我们会加倍偿还。我江华给你写借条。对，这要不要给令尊大人报告一下？

父亲是个要强的人，也有三分虚荣，见到庄子上人们和队伍亲热起来，就想比他们更亲热——这毕竟是我带来的队伍么。父亲说，将来这个家是我当家的，我可以做主。江华拍着父亲的肩膀说，你将来还可以做国家的主人，小小年纪，如此果敢，我们就需要你这样的同志。于是，背着父母自作主张卖掉靠近邻村的三十亩土地。周二老爷说，你能当家？父亲说，我是老大，这点家不当？周二老爷说，大表哥（我祖父）家要出人物了。

没几天，队伍通过内线从睢宁买来老粗布和棉花，全村男女老少不分昼夜给战士们做棉衣，这样部队不仅换了新装，剩下的钱还买了十几条汉阳造、几千发子弹。江司令有令，不到上冻下雪，棉衣一律不许穿，不等敌人到眼前，一枪也不许打。

晚饭后，江司令把父亲拉到门口塘边，靠在老柳树上对父亲说，我们来好多天了，也不能无所作为，你还记得那天是哪里的土匪绑了你？父亲说，我打听到了，是泗县南边的，头子叫李成武，号称“野朝廷”，当过土匪，听说日本人来了，就去泗县城里投靠鬼子了。他还说，管他什么人来，只要对我有好处，我就给他卖命。他七八岁时候就偷鸡摸狗拔蒜苗，十几岁就欺男霸女；他收租子大斗进小斗出，大秤买小秤卖；看谁不顺眼关押吊打；看哪家媳妇俊俏第一晚上要归他；他家结婚，死人，生病，小孩十二天，剃毛头，过寿，盖猪圈，打棺材……各家各户要送礼，多的给根烟，少了睬都不睬。他三爷送过礼，都龟着腰对他说，成武啊，我来过了，算是报到。他就仗着他表哥在泗县城里干保安团，明里暗里横行乡里。他小名儿叫小乱子，自称雷暴雨。他所到之处，一定是大乱而不是小乱，一定是电闪雷鸣，瓢泼大雨，倾你家，荡你产。昨天泗县城里传我们这边过队伍，就是他们回去讲的，他们这边有内线。江司令说，呦，你还懂内线。父亲有点不好意思，笑笑说，在青阳街，刚听那些人说的。江司令说，好，我知道了，等我们再了解一下。

就在第三天晚上，在大新庄南边大沟里，江司令把父亲找来，拿出一个包裹给父亲看，父亲以为是什么宝贝礼物，江司令像拿一个玩具，说，小兄弟，你说的是不是他？死到临头，他还在我们飞刀手面前吹呢，哪来的野种，方圆二百里你打听打听，谁敢动我雷暴雨一根毫毛？你看，这岂止一根毫毛！江司令话没落音，警卫员擦了一根火柴，父亲一看是个人头，瞬间头皮一炸，踉跄后退几步。江司令笑道，看仔细了，是不是那家伙？父亲炸过头皮，又硬着头皮看那人头，那人虽然死后瞑目，但凶相毕露，嘴里还咬着半截鸡骨头，脖子截面的血已经变成紫黑色，油漆一样。警卫员说，我们到了跟前他正在喝酒啃骨头，还没等他把大话说完，头就掉了。江司令笑着，说，这家伙吃谁都不吐骨头呢。明天，把他送给泗县城里的金子山田大佐。警卫员拎着雷暴雨的头毛，把他的头放进口袋里，要父亲拎着。父亲有点害怕，说，这是你砍来的，还是你拎着吧。江司令说，不用怕，一个人头算什么，今后我们要杀光所有欺负老百姓的人头，当球踢。今晚我最后决定你在不在组织，要是确实愿意在了，那就是我们的人了。你参加了我们的组织，将来会吃好穿好，还没人敢欺负你。当然，不光是你和你一家。我们将来是为全中国老百姓都有吃有喝，不被欺负。出门坐汽车，进门上高楼，绳子一拉灯就亮，牛是铁牛，不吃草，只喝油，一百条牛也干不过它一个。你也不要整天拎水桶、拿扁担挑水了，龙头一拧水就淌到你家锅里，你家那井再近也没那龙头近吧。

父亲被说得心里热乎，头脑晕乎，就急着说，我在，我在组织，前天不就说好了吗。首长说，好，来宣誓，盖手印。这时雾卷过来，对面更看不清谁是谁了，父亲就跟着那低沉的声音宣誓，也听不清或听不懂什么意思。片刻，仪式结束。江司令说，从今天起，你就是我们组织的一员，你就不是普通的人了，而是情同手足的兄弟，是革命同志，为了我们中华民族不被日本人断子绝孙，你的生命也不仅仅属于你自己，今后我们就要生死与共了。现在你的身份我们还要保密，你也不能对任何人说，只有我、梁科长、警卫员三人知道。有关纪律，梁科长会抽空给你讲。据说这梁科长会讲日本话，那江司令警卫员神刀神枪，碰到他，鬼都躲不了。父亲暗自佩服。

第二日，父亲接受任务，去泗县城了解日本人驻地和清平会具体时间。之前，梁科长交代有关事项，父亲更知这些衣衫褴褛、灰头土脑的土八路不是一般。此时，许孟林已经以教师身份在泗县城从事他的追求，父亲则挑着一担黄豆，径直往东关去，这里粮行往年到这时候还算热闹，四邻八乡的农民都把家里认为多余的、舍不得吃的粮食挑到这里交易，把口袋直立地上，开口露出是芝麻，还是绿豆，是小麦，还是花生，笆斗、箩筐更是一览无余，高高矮矮，大大小小摆在地上展览。城里的主妇和少数男人在那里和乡下人讨价还价，对粮食挑挑拣拣，抓一把小麦用嘴吹，检查灰土糠皮和其他杂质含量，把粮食放嘴里嚼或把手插进粮食里面测试湿度水分，竭力用全面否定的语言把那好粮食说得一无是处，以达到最低价格，最好粮食，即价廉物美。交锋中乡下人多占下风，城里人多占便宜。倒是许致远做县长那会，方圆百里许姓乡人也沾点光，来到泗县城，遇到地痞流氓敲诈威吓，只要报出姓许，他们多知难而退。

粮行的行老板扛着一杆大秤为每一位买卖粮食的人称重，算账，三下五除二，三九二十七……之前还兼做双方撮合工作，交易结束，要交行佣，类似报税，给行老板一点小钱。大秤杆上刻着“公平”二字，对这二字，城乡人等理解各有不同。父亲并不急着交易，他目的是要画出鬼子驻地的地图。鬼子队部就在粮行西头的泗虹公园里，父亲顺着鬼子驻地那围墙转了一圈，又折回粮行，迎面走来许孟林，父亲急忙放下担子，弯腰装作拔鞋，整理口袋。

许孟林一巴掌打在父亲肩上，雕虫小技！

父亲故作惊讶，说，小爷，你没去南京？

许孟林说，我要去哪儿，不仅你不知道，我自己也不知道，但我知道你是干什么的。如果我没猜错的，你是来给那帮从北方来的土八路探路的吧？

父亲矢口否认，说，不，我就是来卖黄豆的！

许孟林四下一扫，说，鬼信啊？你家哪天这样卖过黄豆？我大哥就这么心疼他的驴，他的牛车，让你这个当家人受苦挨累？不过，我告诉你，你今天这事也不是坏事，日本人后天要把我们泗县城的清平会恢复起来，收买人心，欺骗百姓，粉饰太平，那帮土八路要是掺和一下，我倒也赞成。你们可以化装成“玩会”演员，把日本人搞的清平会搅黄了，戳穿他们的骗局，也算你们有本事。

父亲有纪律告诫，死不承认此行使命。

许孟林哼的一声，狡黠一笑，说，说懂事就懂事了。不过我告诉你，共产党是没有前途的，成不了气候，我这里暂时还给你留个位子。说完，一眨眼拐进了牛市巷，往文昌宫那边去了。

天快中午，父亲也把路线和日军驻地看遍，正想把黄豆卖掉，再到中城街观察一下便早早赶回，这时，从旁边过来几个年轻人，个个戴墨镜，人人戴礼帽，一律黑色丝绸大腰裤子，裤腰一圈是白布，裤腿比装粮食的口袋还粗，走起来那裤子像水在流动，波光粼粼，无风都起三尺浪。一个瘦高个问父亲，黄豆多钱一斤？父亲看这些人不三不四，就说，想买就两毛，全给你们。瘦高个说，好，跟我走。父亲挑起黄豆跟他们走，去的正是中城街方向。那几个人把父亲带进文庙，父亲原以为他们是新来的教书先生，放下担子就知道他们是一个新的机构，叫维持会。

瘦高个说，你是哪个村子的？

父亲说是黑塔那边赵庄的。

瘦高个说，怎么跑这么远来卖黄豆？

父亲说，吴集那边粮食便宜，卖不到钱，听说这边价高。

瘦高个奸笑一声，说，兄弟，记着，想巧就是当，今天这黄豆就算送我们吧。

父亲说，那不行，我大老远一步一步赶来的。

瘦高个说，哎哟，还有人在我面前说不行？来人，把这个不识相的家伙送给松田小队长那里练练。就说他是八路。

父亲一看几个人围了过来，就说，我们姓许的还在这里当县长呢！

瘦高个说，你说许致远？他早跑了，现在是日本人天下，他老大，我老二，怎么着？今天，要不是看你这黄豆惹俺喜欢，这里也不是你想来就来的。再啰里巴唆，想走也走不掉喽。

父亲就说，好好，我走。

瘦高个说，这还差不多，认识我是你福气，下次给我带几只小鸡来，我不会亏待你小兄弟啊。今后你用到我的地方可是多的是。这不，后天来看会，进不了城门，找我。我管东关。记着，见我不能空手！

所谓清平会，是泗县城里一个群众传统文化活动，又是乞求神灵保护的一种仪式，只要年景尚可维持，没有兵荒马乱，基本上每年要搞一次，类似花车游行等，看一些国家国庆游行，总统登基也有这些影子。这种活动有各行各业自筹资金，联合举办，参加演出者大多是文艺爱好者，只要好玩，只要能展示他们的才艺，要钱不要钱想都不想。在这个活动中，山西会馆的商人们搞得气派，显得有文化，他们每次都在清平会队伍前面，他们的演出名称为“走阁”，这是他们从老家引进的，据说以前这里没有。所谓走阁，就是一些身强力壮大汉，按古代戏剧内容，如八仙过海，就扮演成过海的八仙，曹国舅、汉钟离、吕洞宾、何仙姑、韩湘子、蓝采和、张果老、铁拐李，他们都头顶有关道具和小孩，当然还要有一些表现人物关系和情节的场面；若是卖油郎独占花魁女，则扮成卖油郎，与花魁女耳鬓厮磨，头顶上或肩上挑的就是几岁的小女孩；若是孙悟空盗仙桃，下面的人就要扮成太上老君，头顶上绑一棵蟠桃树，有几岁小孩扮演孙悟空的猴形，摘桃子；若是玉堂春一出戏，下面是个解差崇公道，上面举个苏三；若演白蛇传，法海老头戴个晒干的猪尿泡（膀胱）装和尚（猪尿泡晒干吹进气像气球，也是当时小孩喜闻乐见的玩具），肩上有白娘子保护许仙，与青蛇打斗等情形，总之，他们上下配合，下面身强力壮的肩膀就是舞台，为的是能顶起扮演各种角色的演员和其他道具。

上面小孩还得听话，训练有素，能做出角色的表情，能大致表演出各种行当，各种动作，甚至类似杂技的惊险动作，还能表达剧情，让人一看就知道，噢，这是水浒传，这是杜十娘怒沉百宝箱，这是西厢记……如果这个人肩膀顶了几层“舞台”，真就像“阁”了，那表演的人难度也大，难度大，获得的惊呼、叫好声也多——他们要的就是这个。今后在民间也算名人，办事、混事也有人给面子。

还有“抬阁”，也是山西商人所为，他们用木料制成葡萄架，外面丝绸裹上，一旁一个童女扮成“仙女”，在上面翩翩起舞，八个人抬着前行，后面有锣鼓笙箫唢呐呼应。还有踩高跷，是河南商人组队，踩高跷到处可见，而在泗县城的青石板上踩高跷却十分少见，因为青石板路面多已破碎，缝隙很多，稍不注意高跷插进缝隙就会别断高跷，断腿折胳膊也不稀罕，这只有河南人敢玩。还有用笆斗画上鼻子眼嘴，套在头上装罗汉、和尚，又像大头娃娃，锣鼓唢呐配合他的、他们的摇摇摆摆的动作，儿童尤为喜欢。还有四老爷坐独竿轿，简单说，就是一个人扮成古代老爷，坐在一个木棍上用人抬着，拿一个尿壶当茶壶，喝得津津有味，引人大笑。唐僧取经是这活动中不可或缺的项目，师徒四人（特别是孙悟空和猪八戒）和一匹小白龙马总会老少咸宜，雅俗共赏，令人遐想，百看不厌，排在巡演队伍前面的是马叉会，是一批铁匠，他们一身短打扮，手拿自制的马叉，暴露肌肉，展示臂力，把马叉或挥舞，或在胳膊上滚动，或抛向天空七八米高，落下还不用手接，而用肩膀定住，他们到来，阵阵惊呼，时时喝彩，围观的两边人也主动让开，客观上为后边巡游演出的队伍让路。

最隆重的巡演是城隍老爷出巡，他们在整个巡游队伍最后，这也是压台吧——这里是压路。

城隍老爷其实就是一个木偶，这天要把他请进绿呢大轿了。泗县原来是直隶州县，比一般州县高一级别，他们是侯爵，泗县城隍是王位，所以，当城隍老爷出巡，虽说是木偶，后面依然有卫士随行，伴以半朝銮驾，金瓜、斧、钺、朝天镫等，前面依然铜炉檀香，缭绕泗城，一大群信徒们借此机会，跟在城隍老爷后面，穿着红衣自虐为红犯、死刑犯，身后插亡命旗，还有个把极端分子把胳膊用大针穿透，在大针上面烧香敬奉城隍老爷，表达诚意，为祛病防灾，为自己为父母家人允愿、还愿。巡游到刑场，刽子手架起刀门，这些红衣“犯人”从刀下走过，名为过刀，貌似头已杀掉，罪孽已除，可以轻装上阵，重新做人了。整个活动也就结束了。城隍老爷也就回庙归位了。

江司令听说清平会居然还有这么多名堂，就决定闹上一闹，揭穿日本鬼子的伪善欺骗，所谓“大东亚共荣圈”的阴谋。江司令看了父亲给他画的地图，嘴里念念有词：“县公署前到官巷街，再去近圣街，接下来是铁巷街，南牛市，南火神庙前接驾棚，好，就在这里把礼物送给桥本大佐!”

第三天，看会的人还真多，中国人喜欢热闹，日子过得清苦，但热闹不能不看。城里城外不说，几十里外的好头（好奇）青年人都来看，五十里外青阳城，头天晚上就来了几十口子。有亲戚住亲戚家，有朋友住朋友家，没有亲戚朋友就住客栈，客栈满了就住屋檐下。一时间，大街小巷人头挨着人头，泗县城像汛期的大塘，四面八方水都往这里淌，都快要决堤似的，时有脚被踩了和呼唤走失小孩的叫声。有个急性子妇女被人踩脚，本来是骂“你奶奶×的，你踩我的脚了吧”，可她一急，说成“你奶奶个脚的，踩到我的×了吧”，周围人哄然大笑，平添几分欢笑，一时传遍江淮大地。

日本人看得明白，人多是好事，也容易出事，最容易出事不是拥挤吵闹，而是抗日分子在里面捣乱。他们在四门布置了岗哨巡查，见可疑人员要盘查，要搜身。

父亲和两位八路兄弟扮作卖粮食的，来到东关，进去的人一个一个搜身，父亲不怕，可那两位八路都带着家伙，经不起搜查，于是他们三人退了回去，想办法，就这时城楼上有人喊，那三个鬼头鬼脑的，干什么的？过来！话刚落音，城门里也出来三个人，捧着枪，把父亲和两个八路带进去，他们把粮食丢在城门拐角里。父亲担心八路，可八路担心的是父亲，他们都有过人本领，吃不了亏，他们被押上城楼，父亲低着头，已经慌张，八路咳嗽一声示意父亲镇静，父亲似乎也听懂了，继续低着头往上走。到了城楼，那里敌人更多，还架着一挺机枪。

这时一个戴墨镜的家伙说，我已经观察你们好一会儿了。过来！说着把父亲头托起来。那戴墨镜的家伙，居然把墨镜摘下，仔细端详起来。

咦，你不是前天给俺们送黄豆的那位？

父亲说，是的，是的。

这两位是什么干活？

父亲说，这个是我表哥，这个是我三爷的儿子。

都是凑热闹来的？

父亲立即说，是的。这次我给你要的花生也带来了，还有两只当年小公鸡。

在哪儿？

父亲说，在城门拐角里，我去拿。

不，你们去！两个狗腿子下去了。另一个八路跟下去。

你们今天就是专门来送礼的？

不光是送礼，还想看看清平会，俺是头一回。那位“表哥”接过话茬。这人是河南人，但有方言天才，到一个地方，三天不要就会说那里话。

今年管得严，不是以前可以随便进，今天遇到我算你们走时，小兄弟，你家还有什么好东西？记着，赶明儿你用着我的多着呢！

“表哥”说，那是，那是，有你这把大红伞，我们今后来泗县城腰就硬了。

那还用说，过年的时候来看大戏，要戏票找我，坐前排！

父亲长舒一口气，进了城里。一看，果然和前面所讲的那样热闹，他也真是第一回看到，眼都不够用的了，东张西望，忘乎所以，肩上扛的扁担刮到一个人头顶，帽子给刮掉了，好在那人心情好，也看得起劲，并没有找麻烦。笑笑了事。“表哥”怕节外生枝误了大事，就说，喂，带我们去火神庙。

到了铁巷街，那里有一个木匠铺，“表哥”看见有卖妇女化妆的木盒就买了一个，父亲不知原委，到了近圣街他又买一块大红绸子布，他和另一个八路在茅厕里把那个冬瓜扔掉，把冬瓜里的东西放进化妆盒里，用绸子布包好，“表哥”也换上一件大褂，戴上礼帽，出来，父亲差点认不识他们了。

火神庙那里果然了得，日本鬼子持枪站成两排，刺刀在阳光下也还是寒气逼人，桥本坐在搭好的台子上，像皇帝坐那儿，两边有卫士和汉奸，还有一些地方名人，表演的队伍依次走过桥本面前，奇奇怪怪的扮相，使桥本大开眼界，喜上眉梢，“吆西，吆西”叫个不停。侧门那里不时有人喊“张会长到!”“林局长到!”“刘老板到!”鬼子手持杀器，还点头敬礼，来人都带礼品，古玩玉器，烟酒特产，桥本笑得连舌根都看得清楚。不知怎么回事，那司仪莫名其妙喊“许队长到!”“表哥”就不慌不忙把包上红绸子的化妆盒送了上去。司仪接过化妆盒，说，许队长，后排有请，坐。“表哥”一改先前庄稼汉模样，大摇大摆往后去。父亲看不到“表哥”，就着急，更害怕，日本鬼子眼睛扫来扫去，不时掠过父亲他们，父亲小腿肚情不自禁地抖起来，就在这时后面有人拍肩膀，父亲一回头，“许队长”现了原形，说，走，快走!

不一会儿，泗县城里枪声大作，那些看表演的和表演的哭爹喊娘，乱作一团，历史、神话和现实拥挤在一起，在第三者看来更为精彩，日本鬼子确实训练有素，不到十分钟，仅靠哨子传递信息，所有城门就关闭了，每一个路口都有他们的士兵把守，稍有嫌疑，则拉一边体检，父亲和两位八路刚走出城门两截地（约二百米），城门就关上了。城楼上还有人喊站住，“表哥”睬也不睬，说，走沟底。

鬼子赶到城门，问有没有可疑人出城，戴墨镜说，鬼都没见着。

原来桥本看到“表哥”兼“许队长”的八路军梁科长送去的化妆盒十分好看，就叫士兵递过来欣赏，谁知打开以后，左一层，又一层，好期待宝物出现，又谁知竟是一个人头!

经保安队长杨大牙仔细辨认，竟是他苦苦寻找多日的“野朝廷”，桥本一惊一羞，一恼一怒，踢飞化妆盒，拔出手枪连发三枪，也顾不上用清平会粉饰太平了，而是大叫，什么人的干活，统统死了死了的！拥挤的人群又如一石激起千层浪。

父亲不明白，梁科长的千变万化，怎么眨眼成了许队长？梁科长说，我装得比汉奸还像汉奸，那个大支（司仪）居然我说什么他就喊什么了。

就在祖母瞧见家里粮仓快要见底时，队伍要走了。走，当然好，不然家底要被吃光喝光卖光，信佛的人慈悲为怀，也是有限度的。好似那男儿有泪不轻弹，只是未到伤心处。任何信仰都不如信仰粮食实际。祖母长舒一口气，阿弥陀佛，远走高飞吧。

这次江司令主动降低自己的辈分，喊祖母为大娘，先前喊大嫂，现在无疑是调整了辈分，视父亲为兄弟，和父亲更亲近了（我们这里把人往长辈喊是尊重，不是几十年后的女人，本是奶奶的年龄，你喊她阿姨都不高兴，喊小妹还差不多，年轻啊）。这一喊，把祖母喊得坐立不安。江司令继续说，大娘，你儿子是国家有用人才，眼下正需要他。祖母似乎明白江司令的意图，就把话题岔开，说，这孩子农历六月生人，不得年岁，属鸡，将来是吃一爪子刨一爪子的命。你就别难为他了。祖母这话验证我曾看过的相书，生肖命理显示：民国十年出生的人，属鸡，个性强烈，是个十足的工作狂。但是，由于对工作过分狂热，往往对于自己家人情义无暇理会，此为美中不足。虽然全心全力投注在工作上，却极少得到好处，付出很多，能得到的又不主动争取。我不大相信算命看相、生肖命理，但这些却在我父亲身上得到准确的验证。我是见证人。

江司令说，我们共产党人不信这一套，要创造人类的幸福全靠我们自己，不靠命运。你儿子前途远大，将来或许是国家栋梁，把他守在家里真是可惜了。大娘你说，难道县长、团长都不是人干的？祖母不语，江司令继续：你放心，他跟我走，做我的副官，随我左右，我们都像亲弟兄，你就不用担心了。三五年骑马挎枪回来，那你老人家才是光彩啊。

祖母面无表情看着江司令好似佛主，泪如雨下，说，江司令啊，他可是一家之主啊，你看到了他大在青阳街瞧病都快一个月了，还没回来，也不知是长是短，他这要是再走，这家不就毁了吗？我这妇道人家能干什么啊？祖母说着，双手合十，就要给江司令磕头。江司令慌忙站起，连连说，大娘，别，别，我不是菩萨。

鬼子扫荡开始，第四天黎明，江司令奉命率部过运河东去，临行时叫梁科长给父亲一块铜钱，铜钱上刻一个“江”字，说，既然家里不让你走，我们也不勉强了，你看你母亲都哭成泪人了，两天两夜滴水不进，你留下也好，一来照顾家庭，二来这里很快就要建立抗日根据地，也有你用武之地。把这块铜钱收好。这也是你加入组织的凭据。我相信我们还会见面。你把我写的收条也收好，革命胜利了，我们加倍还你。

队伍走了，父亲的心就像这季节的田野空荡荡的。

霜降后的田野脱去绿色衣衫，裸露得像人们的肌肤，梅花山上几棵叶片落光的树像画家的速写，此山毫不影响平原的辽阔，远远一只野兔也看得清晰，麦苗刚刚露出地面，也是草色遥看近却无的样子。偶有放羊放猪或拾草的孩子点燃沟边、田埂上的枯草，风吹火跑，枯草噼里啪啦化为白烟，一会儿变成青烟消失在蓝天里，看到此景的人心情都会敞亮许多，也空虚很多，而地上留下一片一片黑却不顺眼。祖父病情好转，心情也好转，踏着田埂往家来。这一个多月，在小江先生、老孙先生、俞先生几位中医名家综合治理下，用祖父的话说“头顶上的东西拿掉了，脚底也不打飘了，心口也不堵了”。走过塘槐村，就是他的地界，他远远看见自家地里有人在耕地，暗自庆幸儿子中用了，知道春耕秋种过日子了。他走近一看，是塘槐的人，个子不高，还是括弧一样的腿。祖父问，谁请你们来的？那人认识祖父，便说，啊，是我表舅，是周二老爷叫我来的。祖父心口又堵，问，周二老爷怎么会给我耕地？括弧腿说，不是卖给他了吗？

祖父顿时恢复到病前状态，昏天黑地回到家里，就急忙问那地是怎么回事？祖母光是张嘴就是说不出话来。祖父穷追猛打地追问，才得知底细，又问，那钱呢？祖母说，都给队伍上吃了。祖父急得到处找能打人的东西，祖母说，他昨天就出去了，到这晚了还没回家呢。祖母说，那队伍还要带他走呢，给他官当，我怕他有个三长两短，赶明儿没人当家，我就赖死赖活把他拖住了。祖父几乎是哭喊着，指着祖母说，你还不如让他走了，叫他外死外葬，早死早好，这个败家星噢！祖父握着镰刀把每一个房间找遍，未见父亲的踪影，过了一会儿，祖父反而突然冷静下来，刚才急风暴雨变成天高云淡，随手扔下镰刀，站那里发愣。

此时，父亲正在重岗区政府（一个瓜棚里）汇报工作。张区长说，你不用说了，我知道你在组织了。你把这铜钱收好。区政府一天都换几个地方，需要的时候，我们会主动联系你。

父亲好生奇怪又激动，问，你怎么知道我在组织了？

区长说，不奇怪，我们共产党都是顺风耳、千里眼。根据你以前的表现，现在任命你为陈集、吴集、袁集三乡联防大队长兼指导员，协助区武工队袭扰青阳、大魏、中洼、小湾一带鬼子。注意，能打就打，不能打就跑，光棍不吃眼前亏，往哪儿跑？往河东跑，那里鬼子车开不进去，马也跑不动，就是步撵了，他们人皮鞋也跑不过我们赤脚的。我们水里泥里只顾踏，他们只能干看着。你们尽量晚上出动，白天，你就是跑，也跑不过日本鬼子三八大盖。区长把三个乡队长喊来，交代这是你们新队长，是江司令手下的，今后都得听他的。

三个小队长点头称是。还有一个喊父亲表叔。区长纠正，不能这样称呼。要喊大队长。

这个联防队是一个军民两栖队伍，没事回家种地，有事立马抄家伙到重岗山紫云洞集中，传说过去这里曾经天降紫云烧了贪心财主的家舍，留下一个洞，洞是真有，传说只是传说，这洞不深也不大，几十个人进去就伸不开手了。好在这里离庄子远，中间还加一个乱坟岗，白日里独自一个人，打死他也不敢进来，正是干秘密事的地方。

联防队青年居多，大多说革命不懂，说有吃有喝、当家做主就明白，有的只是一时冲动，不要说日本鬼子来侵略，就说和乡邻争地边还打架呢，何况外国野种？于是乎共产党振臂一呼，就有很多热血青年参加。

原先联防队长还兼了国民党保长，青阳街维持会还想要他兼这里维持分会长，他开始很得意，落得个三面光，在共产党这边伪装积极，到国民党那边貌似忠诚，和维持会也眉来眼去，张区长不喜欢这样人，刚说不喜欢，第二天夜里这个队长就死在重岗山不远的大考山斜坡上，眼也被挖了。家里没有当家人，又听风水先生说，着刀枪之尸不宜埋在大家一起，就把他就地埋了。几十年后这里成了公墓，这个队长应该是创始人。

父亲似乎见过这个人，大概是去大新庄出礼的，对，是的！“小车轱辘”就是他舅舅。有人告诉父亲，张区长诨名张老虎，在他手下可要留心。去年他抓了一个维持会小队长，是他亲表兄弟，他姑妈知道后赶忙来说情，见姑妈来给汉奸表弟说情，他连站都没站起来，姑妈一番亲情诉说，张老虎一言不发，等到姑妈出门，他的大肚匣子说话了，叭！一枪打在姑妈腿肚上，姑母在地上抱腿打滚，张老虎说，好了，回家老老实实，不要到处乱跑给汉奸说情！

形势紧急，苏皖边区十分混乱，大敌是日本鬼子凶残无度；顽敌是伪军狐假虎威，为虎作伥；还有貌似抗日的国民党军队暗里使坏；还有土匪认钱不认人乱插一杠子；还有会道门一时不分青红皂白，认贼作父，一时揭竿而起，又不知所措；还有军统、中统，穿梭其间；还有为几方面服务的探子、间谍、刺客、投机商人、叛徒……张老虎张区长整日两眼圆睁，似不敢眨眼，夜里枪都打开保险抱在怀里，生怕被坏人袭击、暗算或跑掉，他拿手的办法就是杀人。这天区长要父亲去通知两个人到区里议事。一个是开客栈的老板，听说那里住过日本鬼子，还给他们好吃好喝；一个是土匪老魏三的厨子。

那两人信以为真，来到区政府。现在所谓区政府就是目前的三官庙里（现在叫圆通寺），也就张老虎一个人，供桌就是他办公桌。两人进来，张老虎说，最近都忙什么？那客栈老板说，瞎忙，瞎忙。这家伙说话点头哈腰，应该是职业习惯，但他眼珠乱转，贼头贼脑给人不实在、不可靠的感觉。张老虎又问那厨子，你现在忙什么？那厨子说，自从那老魏三被政府灭了，俺就回家了。这厨子长得像妇人，没胡子，也没喉结，细小眼睛，还长期热泪盈眶的样子，谁看了谁同情。两人说完，说，没事我们就回去了。张老虎和他们胡扯一通，说，不急，晚上叫许队长护送你们回去。父亲一听张老虎讲“许队长”，不由自主又想起了梁科长。

张老虎对父亲说，组织上给你个任务，你把这两个人带到乱葬岗都杀了，我看他们靠不住。父亲说，昨天杀那几个我看不像坏人，平时也没听说有什么坏名。区长说，你呀，斗争观念薄弱了，坏人头上有字吗？潘山区这次杀了一百多，我们内部的就有一半。有个组织同志关键时候还当了叛徒呢。眼下这形势，人心隔肚皮，就凭你看能看出好坏人？执行吧。梁科长说你枪法不错，胆子也不小。

父亲发现自己的老底区长一清二楚，无奈接过张老虎大肚匣子暗暗别在腰里，走在漆黑的小路上，叫那个贼头贼脑的快跑，那人果然似乎知道什么，撒腿就跑，就在他已经成为一个黑点时，父亲一枪把他打死了。父亲再回过头来，看那厨师已经在地上急速地翻白眼了，黑夜看去白眼如闪电，两个白点格外刺眼。父亲一身冷汗，倒退几步，又慢慢靠前，摸摸那人脸上软如面团，还有气，父亲站起来，看那厨师也爬起跪那儿，呜呜地哭诉：小兄弟啊，我对天发誓，我和三岁小孩没红过脸，我连一只蚂蚁也没踩死过，我老妈吃斋念佛从小就给我讲行善哪。我被老魏三绑去是万般无奈啊，不去就要杀我一家，杀我无所谓，我还有父母，我还有三个孩子，最大的才六岁，小的还怀抱啊。那厨师脑门抵在地上像耕地的犁铧朝父亲推进，悲伤、恐惧，颤抖，反正要掉整个脑袋了，脑门也就不算什么了。到此，父亲反而怕了，好像他是那厨师似的。父亲结结巴巴，说，起来，你快走吧。那人连滚带爬，顺着土坡风逐枯叶一样消失了。

当时青阳街一共挂牌的两个客栈，一个隆源，一个明昌，老板算是名人，很快满城风雨，明昌客栈老板被打死了。此人侄儿在泗县国民党党部做秘书，很快查明案发张老虎辖区，国民党泗县政府来电要人，张老虎并不隐瞒，说，死尸你要不要？

国民党县秘书火冒三丈，说，你破坏抗战，我要到省政府告你。

张老虎说，要告，我连你一起告，你包庇吃喝嫖赌的汉奸，你三爷！日本人拿张老虎都没办法，你一个拿毛笔的奈何得了？

几句气话，烟消云散。张老虎并不懈怠，对父亲说，这就是斗争，斗争越来越残酷。决不能手软。现在联防队由县总队统一指挥，不能三天打鱼两天晒网了。明天我就是县总队队长，需要时我会调你过去。这次处决两个坏蛋你表现不错。

联防队成了全日制，有个把想回家看看，听说日本人、二鬼子那里都有名单了，回去就是送死，就不走了。其实这是张区长的计谋，他看过《水浒》，知道一些手段。

这天，父亲带队在老韩圩破庙里修整，一个挑着油篓的卖油的人进来说，外面有人找你。父亲说，让他进来。那人说，他不敢来，在东头小蜀黍地等你。父亲心有怀疑，带一壮士随去，那卖油的挡住壮汉，说，你不行，得一人去。壮汉发怒，父亲使个眼色，壮汉明白，就远远瞄着，反正大白天，又在队伍附近，于是，父亲手捏着枪机，就去了，果然是一个人，顶着满头蜀黍花出来。

父亲认出这个人是和他去泗县给鬼子送人头的同伴。这个人说，现在闲言少叙，不瞒你说，你看我表面是卖笔墨的，实际上我现在是这里的地下区委书记，黑塔那边敌人可能怀疑我的身份。你得帮助我一下，因为我还要在这一带活动一段时间。

第二天清早，父亲带几个人悄悄来到那笔墨生意人驻地，那是一个种瓜人丢下的庵棚，一张破席子，一条破被子连被面子都没有。他对父亲说，我不能吃好穿好，这样老百姓就接近不了。来，你把我捆紧一点，要像真的一样。有人问，就说我是汉奸。父亲依计办理，把他五花大绑押走。有人问，这不是卖笔墨的吗？父亲说，什么卖笔墨，是汉奸。这时正好遇到乡长韩大愣子，韩大愣其实不愣，个子猛壮而已。他问怎么回事。父亲认为韩大愣子是自己人，就差点把真相说出来，父亲刚想张口，那人一脚踩在父亲脚面，把父亲踩明白了，父亲反应过来说，有人报告，这个家伙是汉奸。

没几天韩大愣子被鬼子抓去，经受不住折磨叛变了，父亲倒吸一口凉气——幸好没把真相讲出来啊。这“卖笔墨”人没有暴露真实身份。第二天，又来了他发展的党员带一些不明真相的老百姓来保他，说他就是个生意买卖人，父亲故意坚持一会儿，就把他放了，还写了一封警告信：如果将来再为虎作伥，与人民为敌，一旦发现，则就地正法！这一番假戏真做之后，敌人也不怀疑那人了，而这一切都是他导演的，他就继续在这一带做“生意”，发展了一大批党员，有的还被送到抗日政府淮北中学学习，有的送到新四军那里。

第二年在青阳街，父亲也被派去青阳街侦察敌情，在牛市街拐弯处，有个人拍了一下父亲肩膀，父亲一愣，那人低声，说，老弟呀，你不是抓过我这个汉奸的吗？父亲正想脱身，忽然想了起来是那个卖笔墨的。那人告诉父亲，我是九旅敌工部的梁科长手下的，以后有什么事可到泗县城里西关茶馆找我。父亲问梁科长可好？那人说，人家现在是上海大老板了。父亲不便多问，江司令说这是纪律。父亲只是想共产党里的人真是神出鬼没。父亲还想说几句话，那人手一摆，一头钻进黄包车走了。

当时整个青阳街只有许腾宇前两年买了一辆三枪牌自行车，轰动方圆几十里，人家这车不是用来自己享受的，而是每天带人苦钱。车是大架子车，前后都可以带人，前面绑个小座椅坐小孩，后面车架坐大人，有时从青阳街要骑到双沟，来回百十里。好在是石子路，不算太累人。就这，遇到雨天，泥泞泛出，多半是车子骑人。黄包车也是去年才有的，一个青阳街超不过三辆，都是有钱人坐的。父亲看那人坐黄包车走了，起了疑心，在他印象当中，共产党人是不讲享受的，是最能吃苦的，不讲究吃，不讲究穿，和穷人在一起分不清你我。你看他油头粉面，洋里洋气，难道这人真的当汉奸了？当汉奸会不会去报告鬼子来抓我？就在父亲迟疑之际，果然来了两个小蛮兵，说话半懂不懂，抓住父亲就走，父亲还想说什么，那两个家伙把枪栓拉得哗啦哗啦响。

父亲被带到南小街江家祠堂里，现在这里已经是顽军团部。所谓顽军就是蒋介石嫡系部队，顽固反共，被共产党命名为“顽军”。父亲刚被推进门，就被绑了起来，父亲心里再次认定那人已经叛变，悔恨不已，很想让张老虎知道这件事情。父亲估计张老虎一定认识这个叛徒，可现在张老虎不知是虎落平阳，还是重归大山。这时，一个瘦猴拿着皮鞭过来，说，说实话，你是干什么的？说了，放你回家吃晚饭，不说实话就给你枪子吃，想好了，你吃什么？父亲说，不知道你们为什么抓我？瘦猴说，我们是随便抓人的吗？我为什么不抓别人？吊起来！

父亲被吊在门前大槐树上，脚尖似沾地又不沾地，父亲有点吃不住就喊叫，放下我，你们凭什么抓我？

那个小蛮兵，说，我看你像共产党！父亲说，凭什么？

蛮兵说，我们跟你半天了，路过酒馆、赌场你望都不望一眼，望月楼姑娘拉你喝花酒，几个美人都没拉住你，你还训人家，你一定是来有什么急事吧？

瘦猴接着说，你说得没错，这些土共都这样，吃喝嫖赌一样不来。

那瘦猴话没落音，皮鞭就打在父亲腰上，火辣辣的。像洋辣子扎的一样。父亲一口咬定是种地的老百姓，来青阳街找人的。

瘦猴说，人呢？带我们去查！

父亲说，人去年被鬼子飞机炸死了。

就在这时，一个人围着围裙，来喊蛮兵们吃饭，父亲眯眼看清那个曾被他放掉的厨师，那面团一样的脸，那就是给他手里拿把机关枪都让人不会惧怕的表情，那始终热泪盈眶的小眼，那紧缩的脑门……那厨师也看到了父亲。父亲瞪他一眼，又哼了一声，那厨师惊讶之后，居然呜呜地朝父亲哭了，瘦猴一惊，问，大师傅，你认识？厨师说，长官呐，这是我大侄子么，这孩子苦命啊，他姑父刚被共产党镇压了，他八成是来青阳街逃难的。父亲此时若有心情一定会笑得开心，没想到这面团一样的人也会瞎编。瘦猴迟疑了一会儿，说，放下来。又对厨师说，大师傅，最近共产党地下组织很活跃，我们也不得不防。厨师说，长官，共产党我是领教了，那回要不是天黑风大，我也不能给你们做饭了。

就凭厨师那气质，顽军团部对厨师是毫不怀疑的，而且他还有一手好茶饭，临淮鱼圆子、半城酥肉、归仁车轮饼、上塘红烧狗肉、石集马虎汤，还有千层饼、猫儿饺子、秃头饼、二抹头面疙瘩、毛刀鱼卷煎饼……他顿顿不重茬，使团部这几个家伙这一顿等不到那一顿，胃口出奇的好。现在就算你说厨师是共产党，他们似乎也要和他真心国共合作。或许还要呼唤和平。团长一再声称将来不打仗了，一定要带他回南方老家，专门给他做饭呢。

父亲被松绑，立即抱住厨师，故意大声，说，三爷！多亏你啊。厨师说，走，拿块饼你就走。这些小蛮兵听说要跟日本人一道对付共产党呢。我这也是没办法啊。父亲说，没关系，你可以利用这身份给我们做事，共产党一定会胜利，我保你一家老小不丢一根毫毛。厨师往窗外望望，树叶哗哗往下掉，转身似乎又要给父亲磕头。父亲说，哎，你现在是三爷了。我是你大侄子。颠倒了。厨师哭笑两难，更显得热泪盈眶了……

日本人越来越疯狂，大新庄伪保长压力很大，白天汉奸来传话，说皇军要粮食，晚上八路军来说，要把粮食藏好留给抗日用，还没睡着县总队又来敲门，说，把鬼子开会的内容说一遍。伪保长名叫小老头，年龄三十，一脸皱纹，说他六十也没人质疑。美容师可以把老做嫩，而把年轻做老却很不容易，就是做，也没有小老头这样一反常态却又浑然天成。他个头不高，手脚细短，手持飞刀也杀不死一只小鸡，对谁似乎也没有威胁，而他嘴勤、腿勤、手勤，还识几个字，似乎谁都希望有这样的助手，所以各条战线都来找他。

这天鬼子来要粮，小老头来到祖父门上，仰望祖父，乞求给点粮食，眼下祖父日子也过得拮据，地卖了不说，剩下十几亩地年年歉收，地不争气，人也没有了神气，以往庄子上他讲话声音最高，出手也大方，现在出门也少了，说话也都心平气和了，也没有热情了。

祖父说，小老头，我这能糊到明年过麦就不错了，我哪有粮食喂那些狗不吃的东西。

小老头说，我大爷这些龟孙不是人，一翻眼屋子都给你烧了，这还不算。

祖父说，你大哥也没个人影了，嗨，他要是真能闹出个名堂，给小鬼子打跑了，我还是认他这个儿子的。

小老头说，我大爷，他没影子也好，你不怕鬼子招眼？你就给两斗吧，我好给你老人家说话。再说了那些佃户呢，好八还比不上孬九呢。

祖父一巴掌打在小老头后脑勺，说，你说我是孬九？我情愿做好八，也不做孬九。

小老头摸着后脑勺，点头赔礼，说，修文我口无遮拦，话不合宜。你是好九！好九！

祖父听之，说，老子家底子还有一斗（约二十市斤）都拿去吧。

祖父是听了区长的话，外面只留这点粮食是应付日伪军顽匪这些东西，地窖里当然还有几千斤小麦。共产党区长对征粮的人说，许大老爷家家底都给共产党了，他们家就不要去了。谁知晚上父亲回来了，此时，祖父怒气已经消了一半，听说父亲又来借点银元，祖父又气冲霄汉了：你还嫌这家败得不够？

父亲说，没有国家，哪有我们的家，你可知道中国一天要死多少人？有多少人死在日本鬼子手下？我现在是共产党人，还是队长，共产党就是为老百姓的，江司令他们吃我们喝我们，人家白纸黑字有条子，你怕什么？

祖父说，我赶明儿就吃那条子了？

父亲说，革命胜利了，欠多少，还多少。

祖父说，那我就买块豆腐跳上面等着。

最终，祖父的理论过时，还是被父亲拿走五百大洋。祖父在床上只能哼哼，说，这下家底真的被这个败家子磕光了。祖母说，睡吧，钱去了就来，多了会惹事。先前给你说，你不信。你苦那么多钱，吃出一身病，我看你现在粗茶淡饭，身板比以前好多了。你三十出头才有这个大儿子，你苦的再多，赶明儿也还不都是他们的？祖母像政委，像安神丸。

父亲这支队伍，跟着县总队，县总队跟着彭雪枫、张爱萍他们，充其量就是跟着起哄，也紧张过，也害怕过，也饿得要死过，也真死过人，可正规战斗一次没有，也没打死几个日本人，只是把日本人搞得心神不定，党员倒是发展不少，父亲一人就发展一百多。有时队伍出动一下，都是月黑风高，就像和日本人玩藏蒙蒙（捉迷藏）那种游戏，那土造子破枪，十枪有三枪不响，三枪打过子弹就不出来了，出来的就落在眼前几步远，所以，每次行动，逃跑远远大于进攻，不过，要是搁现在，他们每个人都能轻巧地跑个马拉松。

虽说战功不明显，但首长评价很高，说，你们打乱了鬼子计划，使鬼子防不胜防，吃不安，睡不安，给我们主力部队有了回旋、休整的时间和组织反击的机会。

就这样，激情澎湃的父亲，本想加入正规部队大战几场，但眼下对于他来讲有点迷惑不解，抗战怎么就稀里糊涂地结束了？日本人像秋后的蚊子，说没有也就没有了？他无法感受到其他人其他地方是如何度过这八年的，只因为他血气方刚。可是，凶险他无法预测，还是因为年轻。

既然年轻，历史总不会放过年轻阶段的大好时光。日本人走了，而那些形形色色的反动势力一个没少，他们和共产党合不到一块，原因是他们感觉共产党那里太苦，规矩太多，尽和穷人混在一起，能有多大出息？合不到一起也就算了，可他们把共产党当做障碍，影响他们发财，影响他们胡作非为，所以他们很快集中到一起来对付共产党。兵荒马乱，硝烟四起，争战继续进行。年轻的父亲进入又一个历史时期。

日本人投降以后，只是少了日本人，国军一个没少，还有增无减，也没有马放南山，那队伍一时一个调动，像下棋一样，又像一条条长蛇在中华大地游走，围着共产党的根据地举棋不定，又时时亮出毒牙吐出芯子，只是等待老蒋一声令下。果然不到半年，淮北地区重又回到腥风血雨的时代。这回少了日本人的纠缠，国民党开始集中精力，放开手脚对付共产党。而共产党也早已料到老蒋这一手，既然你撕破脸皮不再提国共合作，那么我也就不客气了。人民解放军华野一部为了打击敌人势头，决定在淮北中心区泗县城打一仗，鼓鼓士气。

这一仗围绕泗县城，从六月打到八月，对手是国民党桂系部队，当地人称小蛮兵，打仗特别机灵勇敢。这一仗人民解放军对敌情估计不足，城市作战经验也不足，结果敌人利用水城深河又加修筑工事，利用巷道各个节点布置道道阻击点，解放军大部队突入以后被掐断而分散，暴露在他们的火力之下。那一段时间又是阴雨连绵，别说打仗，进攻，就是在这雨地里游玩、散步都不是滋味。那时建筑质量出奇的好，很多关口固若金汤。解放军没有重炮，最拿手的炸药包又多被雨水浸湿，扔出去的手榴弹威力像鞭炮一样，白白让敌人观赏。部队减员厉害，有的一个连仅剩十几个人，而敌人的飞机、坦克源源不断来增援。指挥部无奈做出撤退决定。大部队一走，这一来，敌人如潮水般涌进根据地。那些当年被共产党追杀的恶霸地主、地痞流氓、敌伪汉奸组成还乡团，为桂系敌军带路，使他们轻车熟路地直捣指挥机关，挨家挨户搜查共产党和为共产党做事的人。

形势万分紧急，地方政府和野战军在召开紧急会议，他们不敢在白天开，在北风呼啸的黑夜里开，借着微弱的星光，可以看到一望无边的人头，像一片黑色的向日葵，首长的声音在风中忽隐忽现，大部分靠感觉知道目前情况和接下来要做什么。开始有争论，后来一句服从组织决定，争论就平息了。大多数人要和敌人决一死战。不可否认，也有不少人不知是风吹的，还是害怕，反正不停地发抖，声音也跟着互动，不少脸色和眼神在不断异常。棉衣还没下来，很多老弱病残都把被单或披或裹在身上。父亲不为这个气氛所动，反而更感觉刺激，有意思。这还是因为年轻。

决定很快出来：大部队掩护机关、后勤和老弱病残向运河以东撤退，留下部分立场坚定、英勇善战、地方关系密切的同志坚持斗争。那位首长并一再强调，有的同志可以假自首的名义或其他办法混入敌人内部，等待时机，为我大军反攻做准备；有的可以就地开展武装斗争，给老百姓增强信心。父亲一听留下的都是立场坚定、英勇善战的同志，这一来荣誉感战胜一切，不假思索带头报名留了下来。一位县政府秘书说，还是跟大部队走保险哪。现在整个淮北都是国民党的天下了。这家伙还故意给擦破皮的膀子挂一根绷带。把腰虾得像摸鱼。父亲轻蔑一笑，这种人更坚定父亲留下来的决心。

还乡团如同冬眠以后的毒蛇，倍加疯狂进食。只要抓到和他们结过梁子的，闹过纠纷的，哪怕不顺眼的，不管是不是共产党都要关起来，办公事，泄私愤，每个村子都可以听到嗷嗷的救命呼喊，看到树上吊着死人，上面写着：“这就是干共产党的下场”。共产党大部队留下来的武装根本不敢与敌人照面——其实躲都来不及。父亲夜里潜回家中，拿了两套衣服，祖母说，你赶紧找个地方躲起来，还乡团都来三次了，非要抓你，都知道你是县大队的头子。要不是你大拿你小爷许孟林吓唬他们，我们都要遭罪呢。阿弥陀佛。快走吧。

半夜时分，父亲去找张老虎，可人都被打散了，有的藏在漫天野湖，有的躲在山芋窖子里，有的化装成要饭的到处流浪。其实张老虎早被大部队带走，据说是有意培养他。要他去打硬仗、打恶仗。不过他带的兵都凶悍，有一次几个战士被敌人追得把鞋子跑丢了，张老虎到了营地一见鞋子没了，大发雷霆，命令那三个战士，死也要把鞋子找回来，免得敌人笑话我们把鞋子都跑丢了。张老虎的名字就是战斗力。有一次打青阳，对方知道是张老虎的部队，掉头就跑。这次临走前，他天黑回到老家，他跳进地主陈大眼的院子，摸进他的房间，对陈大眼说，我家一共四十八棵树，我回来若少一棵，就杀你家一颗人头！陈大眼只好每天去他家前后数树，驱赶猪羊和爬树的小孩。陈大眼的儿子已是国军少校，回来得知此事，大叫耻辱，共产党已成丧家之犬，你怕什么？说着就要随从去砍树，一试高下。陈大眼抱着儿子的腿说，儿呀，这是我的事，与你无关。你要是我的儿，你就听我一句。

眼下国民党泗县肃反室改为调查室，许孟林已官至主任，虽无兵卒军队，但爪牙遍地，也可通天。调查室不是地方组织，是中央调查局机构，知情人知道叫中统，据说许孟林当面受过蒋经国教育，不仅背景深厚，且坚定不移跟国民党混。这调查室不受地方管理，独自设立审讯股、情报股、组训股、党政股、总务股、行动队，现在任务很明确，就是动员和强迫与共产党有关系的人自首和侦察破坏共产党组织。破坏性比拿枪的军队还厉害，其组织严密性、成员规模，高人一等，许孟林作为调查室主任享有市长县长都没有的特权，县长只能给他当差，调查室行动诡秘时防不胜防，派出的特务和秘密情报人员，遍及周边十几个县，有的还混进共产党地下组织。他们审讯杀害共产党人，手段残忍，剥皮、活埋是休闲取乐，很多跟共产党干过事的人被抓来一顿饭工夫不到就撑不住，就自首，也有见风使舵主动的，有的被胁迫，有的被惊吓，有的被洗脑。他还成立公司敛财，特务们都要入股，获得经费再发展特务。

一场秋雨一场寒，十场秋雨要穿棉，眼下已经立冬了，湖里没有了青纱帐，留下来的同志活动更为困难，这天夜里好不容易聚到一起，还没等到工委书记说话，远处火把就像鬼火向这里游动，火光下小蛮兵和还乡团的队伍，乌云滚滚一般压了过来。马嘶人吼和零星的枪声在夜空里也像鬼在叫。工委书记马上指挥人员分三个方向撤退，父亲带着他发展来的表弟形影不离，一心一意往直东方向逃跑，这个方向是很危险的，往两翼散去敌人不太在意，当然往东这支部队是主力，跑得也快。他们跑路根本不看脚下的路是沟，还是坡，是高还是低，都像百米冲刺那样只讲速度，这样就很快来到安东河边，河已结冰，进退之间刚迟疑，敌人的喊声就到了。

这时父亲再看自己的队伍也都四处散去，河水发亮，不动，父亲拉着表弟一头就栽进河里往对岸游，棉衣刚下河还有浮力，一会儿浸水了，就越来越重，凉水透心，气就上不来了，表弟渐渐下沉。这时，岸上的敌人朝这里胡乱放枪，表弟背部又挨了一枪，父亲的棉衣也许脑油多，没有进多少水，反而有浮力，就拖着表弟使劲划水，薄冰发出咔嚓哗啦的声音，若不是逃命听起来会像音乐，那些被搅碎的薄冰，围着父亲和表弟旋转、翻卷。敌人往水里放枪，薄冰四溅，如果单独欣赏很好看，可此时谁也没有这心思，敌人要立功请赏，父亲他们一要逃命，更重要的是要把情报送到洪泽湖里面。

敌人在岸上跺脚，嗷嗷大叫，回来回来，不杀你们，国军也优待俘虏！父亲和表弟死命往对岸游去。就听岸上敌人在叫嚷，快、快，哪里有船？哪里有桥？就是没有人敢下水追过去。一个似是小头领的家伙，还用右皮鞋尖在薄冰上点点，似乎想试试如履薄冰的感觉。薄冰吱吱，水泛了上来，那厮迅速收回脚尖。敌人毫无目标打了一阵乱枪，有的是壮胆，有的是吓唬他们的敌人，有的似乎想把月亮射下来，有的似乎想把夜幕射穿，而夜幕裹着父亲和他的表弟走得越来越远，湿透的棉衣居然还有汗水，他们几乎是连滚带爬，连拖带拽，误打误撞，遇到一个比坟墓还寂静的小村庄。

村庄此时远看像黑黝黝的山丘，树是黑的，屋子是黑的，父亲观测很久，就架着表弟走进门前有草堆的一户人家。他先把表弟放在草堆边，扯把麦草把他象征性盖上，他去敲门。棉衣外面结冰，此时他们身上都像穿了一层铁皮，刻骨铭心。这时辰大概是三更天，温度最低，村庄被冻得发出隐隐的呻吟，凝成一块，父亲从窗洞望去，一位老人居然还没睡，微弱的豆油灯火苗一跳一跳很吓人，像小鬼跳舞，她围被子坐在床上，不急不躁地纳鞋底。

门没有闩——这年头闩门也没用——农村也少有闩门的习惯。父亲推门进去，开口就叫大娘，大娘很镇静，一看她就是经过风雨大浪的，她揉揉眉毛，说，这孩子，你是……我怎么想不起来了？父亲说，大娘，我是被小蛮兵追的。这个时候你说国共敌我她不懂，一说小蛮兵她马上就有了反应，她知道小蛮兵是外乡人，来我们这里杀人放火。大娘是明白人，自然就亲近了父亲。她连忙下床，说，乖乖，遭罪啊，看你衣服都上冻了，还不赶快脱下来，你从哪来的？没等父亲回答，就去扯草点火，父亲说，我还有一个表弟在外边。她说，瞧你，还不叫进来。父亲去拖表弟，这时他不仅外面衣服硬了，身体也发硬了。

老人去锅屋锅底掏出很多青灰（草木灰），说，快把棉袄棉裤脱下来。她把青灰装进袖子、裤筒里汔汔水，她还说，别不好意思了，我儿子都比你们大多了。来，救命要紧。父亲脱光衣服，蹲在那里，把身体缩到最小取暖。老人翻箱倒柜只找到几块破布和碎棉絮，掂着手，说，这年头，唉！将就吧。这时表弟不动了，嘴里不断含糊念叨着什么，父亲问表弟说什么？表弟在不停地呻吟，开始还能完整表达“我要喝水”的意思，后来只有一个字“喝”，再后来只有渴——渴，老人从水缸底舀一碗水给锅里烧。

父亲说，大娘，就喝凉水吧。半夜三更，烟囱冒火星，可不要让敌人看到了。

老人说，我把烟囱给堵上。

锅塘火苗跳跃，毫无倦意，父亲恨不得钻进去。父亲把碎布碎棉絮贴在表弟身上，表弟喝完水，才感觉后背隐隐作痛，父亲一看，一颗子弹没打进去，一小半还留在外面，父亲一狠心把子弹拔了出来，血就往外洇，表弟嗷嗷直叫：我要回家，我要回家啊。

这时候找医生和找神仙一样难，老人在一旁念念有词要神仙保佑。念完保佑，又找来碎布条给父亲的表弟包伤口，忽然，她跑到屋里翻找一会儿，拿出一张破纸，纸上的东西紫黑如胶似漆，老人说，这是好东西，是黄鳝血，夏天你大爷逮的黄鳝放的血，晒干收到现在呢。老人把那涂有黄鳝血的草纸贴在父亲表弟的伤口，扎上碎布条，说，不疼了吧？饥饿、寒冷、惊恐、疲倦，表弟也不知如何回答疼不疼的问题，只是嗯嗯点头。片刻，老人拿出笆斗使劲拍打，倒出半碗玉米面，还有一些微乎其微的粉尘在空气里飘散，老太太望着面尘，希望他们都能落到碗里，好给这两个孩子烧点稀饭喝。又见她拿过菜刀往外走，父亲多心，以为会杀鸡给他们吃。其实，鸡都早被鬼子蛮兵土匪吃断种了。父亲跟出去想劝大娘不要破费的意思，看见大娘倚在对抱搂的大榆树身上刻树皮，榆树皮是可以煮着吃的。她好像有什么信仰，对着大榆树双手合十，念念有词后这才动手，她似乎听到榆树在嗞嗞叫疼，树枝在抽筋。刻一片她就呻吟一声。父亲说，我来，她说，你不懂，这树是我家栽的，外人不能动，会遭殃，我们有一口吃的，也不会难为它。

今晚这顿饭是父亲一生难忘的美味，后来还要我们也记住。我们记忆中他总为吃犯愁，就算家里粮食满仓，他还是担忧。跟随他几十年，我们深有感受。

玉米糊和榆树皮吃完，睡在温热的青灰里父亲也迷糊了，昏昏沉沉间似乎回到了大新庄，睡在三面新的花被里，温软而宽大，全身筋骨松散，散尽所有的疲惫和惊恐。这时屋子里还亮着油灯，祖父正在喝着小酒，烤着火，炖的肚肺汤散发着腾腾热气和八角茴香的味道，祖父并不理睬父亲，只是一人在那一边自斟自饮，还一边自言自语，道：败家子啊，败家子，兵荒马乱你不来看家守舍，安稳日子你不过，你四处游荡是去找魂啊？

父亲在云里雾里静静地听着，这时祖母端上红烧猪大肠和发面烙饼，此时祖母还在祷告，喊父亲过来一起吃，祖父还假装气愤说，你怕他饿死啊？不作死不会死，大瓦屋不住找锅腔蹲，自作自受，活该！父亲终于忍不住那些解馋又解饿的食物，起身就去拿烙饼，祖父大叫一声，滚开！父亲一惊，爬了起来，听到表弟在梦中哭喊，要喝马虎汤！父亲哄着他说，你好好的，我回家烧一大锅，管你喝足。

所谓马虎汤，在这一带名气很大，一般人家虽然十年八回喝一次，但几乎人人都喝过，人人喜欢喝。它的来源是由仇恨变为佳肴的。老百姓都是文化的神奇传人。传说当年马虎汤原来叫麻糊汤，从隋朝传到现在字变音没变也算不简单了。因为“马虎”是个常用词，口头语，且命名者又姓马，人们就难免“马虎”了。

当年隋炀帝派大将麻叔谋当监工，开凿汴河，来到青阳至石集、城头、临淮一段。麻叔谋一介武夫，嗜血成性，怪癖如兽。他每日都要蒸吃幼婴，家有孕妇者闻之惊恐万状，四处逃散，恨之入骨又敢怒不敢言。有一个当地名士马公不忍生灵涂炭，就假意讨好麻叔谋，说，本地有一种好吃的东西叫麻糊汤，你可以改吃这个，必然延年益寿，威武永远。麻叔谋听之，遂叫马公去办理。其实，这麻糊汤是马公临时编造的，但他心里有数，杂凑一碗汤糊弄一下，反正谁也没见过吃过，也许就能使其恶习改变。他回家与夫人一说，夫人不假思索就用千张、山芋粉、猪肉、金针菜、干茶豆角等煮了一锅汤。俗话说，隔锅饭香，麻叔谋一吃，觉得还真不错，于是兴趣就转到麻糊汤上来了。这个汤传开后，百姓也跟着喝，余味无穷。当然，他们还知道马公的另一个意思是吃麻叔谋的肉，剥他的皮，喝他的血。以此解恨——麻糊汤——糊弄麻兽的汤。表弟此时除马虎汤似无他求，若前几年在大新庄祖父那里，那就怕他没劲喝了。此时此刻喝口白开水都是过分要求了。

天刚亮，大娘说，孩子，不是大娘不留你，你看大娘家也怪可怜了，你大爷去年死了，闺女出门在泗县小梁庄那边，来一趟家也不容易，两个儿子都去趴洪泽湖躲风头了。不瞒你说，我两个孩子也是给共产党干过事的。我隔壁这家小乱子是个狗吃不掉的东西，要是知道你们在这，说不准又去保长那报信了。你们趁着漫天大雾回家吧。

雾真大，浓烟滚滚似的，十步之外看不见老榆树，站在老榆树下看不见树冠。他们昨晚湿透的衣服还有点潮气，可那也比昨晚好多了。大娘给父亲他们炒了两把黄豆，大娘说，这黄豆是留着开春种的，饿死不吃种粮，看你这两个孩子可怜，我也就下狠心了。

父亲把枪和武装带都埋在大娘家墙根下，枪没有子弹，此时还不如带根烧火棍子既安全又实用。他背着表弟往西北方向家里走，表弟后背疼得很，一时哭哭啼啼，一时叫饿喊冷，父亲就背他一段，扶他一程，不敢近村庄，不敢走大路，在麦地里走过，又走进抄垡地，过了田埂，又过小沟坎。没有风，雾像棉纱缠着人，父亲感到燥热，口渴难耐，就用舌头舔雾沾点湿气。走了好一会儿遇到一条水沟，他放下表弟，去捧小沟里水喝，水快干涸，鱼都集中到一起了，父亲捧起第一口水，就惊动了小鱼，它们摇头摆尾，水顿时就浑了。好，浑水摸鱼，水浅鱼多，唾手可得，特别是冬天的鱼也不活跃，多是捡而不是摸。父亲在沟边找了根细长的柳树条，把鱼穿了一大串，叫表弟拎着，对表弟说，等遇到好人家，我们熬鱼吃。表弟迷迷糊糊地说，我要吃鱼汤泡饭。

大雾里还时常听到零星的枪声，和大呼小叫的声音，无疑这都是还乡团发出的，既壮自己胆，又能吓别人。父亲听到有人吆喝就得朝反方向走，没有太阳，没有路标参照，这样走走就迷失了方向。雾掩护他们，也害了他们，父亲倒想一望无际有什么不好，敌人能看见我们，我们也能看见敌人，现在这样敌人看不见我们，我们也看不见敌人，瞎子一样乱闯也不是个事情。父亲和表弟坐在田埂上不走了，表弟要吃炒黄豆，父亲说，等饿极了再吃，下一顿还不知在哪里。表弟还坚持说，下一顿不是鱼汤泡饭吗？

父亲隐约听到有人说话声，他把耳朵贴在地面，声音清晰了一点，从高处传来，说：打鱼的，把船撑过来，我们要过河。一根烟工夫过后，又有人说话：咦这几条草鱼不错，寒草夏鲤，夏天数鲤鱼好吃，寒天草鱼那就是第一美味了，好了，老头子，就算你慰劳我们的了。说话声音渐渐在雾里消失了，不一会儿父亲听到哧哧脚步声，朝他这边走来。父亲赶忙按着表弟，趴在田埂下面，只听一个人说，跑了三天也没见到一个共产党影子。另一个说，共产党那腿比兔子还快，还等你来抓？父亲大气不敢出，表弟也不敢喊后疼了，就见鬼影一样几个人，碎片一样从父亲眼前飘过。这时的父亲又念起雾的好处。片刻，那群人又有人说话，喂，鱼丢了。另一个说，在笼子里怎么会丢？一会儿有一个公鸭声音说，我也捡到一条！出鬼喽，鱼怎么都跑麦地了？父亲和表弟朝着声音的反方向爬，那姿势真是很难看，实在不忍心比喻像什么，父亲回望表弟，表弟手中一串鱼就剩一条了，无疑那些人捡到的就是他一路丢掉的。父亲小声说，都扔了吧，免得耽误你走路。

这是瞎眼雾，连续几天过后就会降温降雪，父亲趴在地上感觉有凉气已经贴着地面从北方漫过来。他听到划水的声音，估计是到了河边。他们继续往前走，枯草索索在脚下闪开，雾水湿了裤脚，叮在脚脖子上，使走路更加艰难，得不时地把裤脚提提拽拽。听到前方有人在小声说话。

这瞎眼雾不是好兆头啊！

老天爷要收人了吗？

哪天不收人？昨天旗杆庄杀了三个。

现在真是还乡团天下了。

我跟你讲啊，共产党没有走远，我听人说，洪泽湖里趴不少呢！

那我们朝那边打鱼，说不定能碰上他们。

不管，二河口那边都是保安团把守，除了你飞过去。

父亲循声过去，知道说话人不是坏人。隐约看见一只小船丈把长，船头一个老人撑船，另一个人有三十多岁，用罱张开大口往水底插到淤泥上，把手中两根竹竿并拢，大口亦并拢，大口与淤泥那一片上若有鱼虾即被夹进去。这种方法逮到鱼的概率很小，而且这种捕鱼方法，多在天冷趁鱼活动不便时进行，即便抓到也都是小鱼。可见这两人日子艰难。一定是普通老百姓。父亲安下心，大着胆子说，老人家，你们的鱼是不是被国民党拿走了？那老人循声望过来，冲着父亲雾中的身影回答，你怎么知道？你们是干什么的？

父亲说：老人家，我们就是你要找的那种人。

那青年自顾罾鱼，收放的节奏不变，老人试探着问：你们怎么就两个人?

父亲说：老人家，我们的队伍被打散了。这是我表弟，还受了伤。

老人说：啊，遭罪遭罪，你们打算到哪去呢？遍地都是国民党。

父亲说：老人家你放心，共产党很快就会打回来的。

老人说：那，我们也没什么帮你，这刚逮的斤把小鱼拿去吧!

父亲说：共产党是不能随便拿老百姓东西的。

老人跳下船，抓住父亲的手，说：看来你们还真是共产党！走，去我那小庵子里去。

老人停止了罾鱼，把小船撑到一个河汊，这里好像是他们的码头，有一根桩砸在岸边，有一片寸草不生的平地，不远树林里有一个不显眼的草庵子。所谓草庵子从入口看，就是“人”字形小屋，屋顶苫茅草，两面屋檐与地面相接。四面几乎没有墙可见，后“人”墙是芦苇泥巴封死，门就从前“人”下进去，要进去需弯腰或爬进去。庵子里铺满麦草，俗称地铺，上面还有一团破棉被，庵子外面支一口地灶锅，锅已经锈迹斑斑。老人说，我们家在前面庄子里，这是下河逮鱼时留临时躲雨、歇脚的。有时累了不想回家也能将就歇一宿。表弟见到地铺像见到亲人一样，趴那儿不停地哼哼，身子就是不动。老人说，你们这要到哪儿去？父亲说，这是我表弟，也是县总队的，脊背挨了一枪，淌了不少血，一两天了，饭也没吃，要命了。老人说，你们就藏这里，我们庄子上有还乡团的探子，不保险。老人和父亲他们在屋子里闲聊，老人的儿子按他的吩咐急急往家里去了，这一来回有七八里，大约小半天时辰。估摸太阳偏西，他儿子回来，手里挎着一个篮子，篮子里放一个碗盆——比碗大，比盆小。里面有米饭，上面有早先看到的小鱼，现在已经面目全非，可父亲还认识那条刀鳅，虽死犹活。鱼汤流到碗底了。这正是鱼汤泡饭，父亲说表弟，来，吃吧，你命真好，想什么有什么。表弟闻到鱼香味，骨碌一下爬起来就要动手。这人来时把筷子忘了。表弟直搓手。父亲说，我看你有点洋磨子，怎么一见吃就来精神了？表弟不语，老人出去掰断了一根树枝，从中取粗细相当、长短相等的细枝一折四根，一人两根给父亲他们，说，将就吧。

父亲问，这是什么地方？

老人答，是车路口。

父亲问，到重岗山有多远？

老人说，估摸有六十里。

父亲一听，饭都吃不下去了。天哪，这带着一个伤员，路上还处处有危险，怎么办？

就在父亲为难之际，表弟筷子一撂，说，真好吃啊。要是有马虎汤更好了。说完往地铺上一倒不言语了。老人一惊，说，乖乖，你怎么了？父亲赶忙呼叫表弟小名——金牛——金牛，喊了半天却毫无声息。父亲眼前一黑，脑子像炸开一样，跪在表弟面前一动不动。

老人说，你起来，我们想办法。老人掐父亲表弟人中，表弟没有反应。老人掐累了，拍拍手说，嗨，这年头死个人跟死小鸡一样。

父亲说，可那是我表弟，是我带出来的。

老人说，我四个儿子都死三个了。土匪打死一个，有病死一个，给共产党送情报，被日本鬼子抓到烧死一个。今早那几个小蛮兵要不是心情好，还要了我们的鱼，恐怕我们爷俩也挺尸了。

父亲说，我这回去怎么和舅舅交代？

老人说，一不是你打死的，二他是为革命死的，将来真要是共产党坐天下，也不会亏待他的。

老人这么一说，父亲心情有点松动和宽慰，就问老人家怎么把表弟尸体运回去？老人说，哪里黄土不埋人？我看这河堆风水就不错。父亲也没有了主张，手足无措，老人倒从容地从地铺下扒出一把铁锨，走到离小庵子不远地方，老人左右瞄了瞄说，就埋这里。他用脚尖在地上画一个长方形，叫儿子照样子挖一个坑，河堆是河底油沙土翻上来的，很好挖。老人把庵子后面一捆毛苇子拆开，铺平，把父亲的表弟抬到上面再把毛苇子裹在他身上，用蒲草做绳子把芦苇捆起来，从外表看就是一捆芦苇，让人看了比较忍心。三个人把他抬到坑里，老人说，孩子好好睡吧，等年成好了，我叫老婆子烧马虎汤来给你喝。晚上我要是不回去，我们爷俩好好谈谈闲。

三人把父亲的表弟埋好，父亲突然趴在坟堆上哭了起来，老人面无表情，脸上除了鼻子眼嘴，就是皱纹，等父亲哭了一段，拉起父亲说，起来吧，黄泉路上无老少，我三个儿子不都和他差不多大。老人不知是麻木了，还是坚强，说，叫你不哭就不哭，你能把他哭活了？

当然，父亲不光是哭表弟，也为找不到组织难过，眼下一个人在这里，又失去了亲人，心下凄凉又茫然。突然，父亲脑海里响起江司令曾对他说过的话：记住，再困难，只要心里有组织就能克服困难。父亲想起在青阳街遇到那个人，于是，擦掉眼泪，问洪泽湖怎么走？老人说，顺着河往下走就到了，不过你去就是找死，还乡团只要见到那里有船就扣住。见人就抓，特别是你这样的年轻人，不是共产党，就抓壮丁。父亲想想那情报也过期了，事情已经过去了，送也没有意思了，就问清沿途要经过的地方，告别那爷俩，就连夜赶往泗县城——这是他唯一的去处。回家，家里不受欢迎，也不安全，还会给家里带来麻烦，舅舅家就更不能去了。

父亲沿着濉河大堤一路狂奔，两边小树都落叶了，赤条条地在寒风中支撑，挥动。夜色渐浓，父亲老感觉表弟跟在后面，可一回头，什么也没有，还没走多远，觉得表弟又跟上来了。父亲自言自语道，表弟啊，你就不要跟着我了，是我害了你，等到革命胜利，我送你回家。我这次去泗县城要是死了，我就去找你，和你在一起喝马虎汤。父亲说完，感觉后面没什么跟着了，清爽了许多，脚步就更快了。天亮时分，父亲在枯河头遇到一队人马，父亲趴在河堆洼坑里，远远看去他们不像好人，好人的概念在父亲眼里就是共产党。这时共产党队伍也不会出现这里，等他们走得很远，父亲才爬起来掸掉胸前腿上泥土继续赶路。

第二天傍晚，刚上黑影，父亲进了泗县城。现在泗县城是国民党天下了，城门把守也不严。一个黑狗子龟腰鳖斜，把枪靠在烧饼摊子上，逗卖烧饼的女人说笑话，不时吸回流到嘴唇以下的口水，见那女人一开心，他就去捏那女人大腿，那女人抖抖大腿，笑着骂他，他就把手缩回。父亲走过去他连看都没看一眼。父亲就一直奔向西关茶馆。

茶馆里黑灯瞎火，门敞着，父亲探身进去，看见后院有微弱灯光，继续往前走，刚进屋，过来两个人，一边一个夹住父亲。

不许动！

父亲想跑，门已经关上。

报告！抓住一个共产党！

父亲说，我不是什么共产党，我是来要粮食钱的。父亲急中生智，想起那个戴墨镜的家伙，这样说可以抵赖一阵，说不准能逃脱。

这时屋里人说话了，你敢说你不是共产党？

父亲再次否认。

那人端着油灯出来，送到父亲脸前，父亲抬起头想既然被抓住也不能装孬——他却看清面前这个人，不就是青阳街那个油头粉面的人吗？

那人说，你要不是共产党，现在就可以毙了你。

父亲被搞蒙了。不再说话，他怕说漏了嘴。梁科长曾经告诉他，要是被敌人抓住了，不要多说话，一口咬死，就是不知道。

屋里那人说，同志，我知道你是梁科长发展的人，老梁同志走时有交代，我们也在暗地里考察过你。现在情况十分复杂，也有敌人假装共产党到处找组织的，我们屏山、大庄支部就是这样上了敌人的当，被许孟林活埋了七八个人。现在我们急于打入敌人内部，掌握敌人动向，策反保安团，孤立许孟林，解围洪泽湖里边的同志们，配合大军反攻。你来得正好，你现在要按照我的设计，想法儿接近许孟林。

父亲说，这个人六亲不认，上次回家还扬言要抓我。

端灯那人说，他也是想撇清和你的关系，不然上司知道他还有一个共产党的侄子，上司能相信他？当然，没有见面礼他不会相信你，更不会收留你。

许孟林虽说残暴无情，但是，对老婆十分恩爱顺从，老婆也是青阳街大户人家闺女，文雅端庄，知书识礼，写一手娟秀的小楷，偶尔拨弄几下古琴。许孟林的岳父手下有药房有布店，童叟无欺，声望很高，财源茂盛，不仅不靠女婿资助，还经常携款给女婿急用。许孟林爱屋及乌，也待他如生父。

这天，许孟林岳父在从金锁镇回青阳的路上，在离青阳街三里地恶水庙那块被人劫持，那里不远就是乱坟岗，天黑以后就不见行人。

那两个人说，你女婿罪恶滔天，十恶不赦，杀了我们很多共产党，今天就拿你开刀。大卸八块！

老先生大叫，冤有头，债有主，他是他，我是我，你们有本事去找他，我可是一只小鸡也没杀过啊。青阳街上你走一趟，就知道我是什么人。

那两人就说，不管你是什么人，我们就看在你女婿分上，今天就得要你的狗命！

就在那两人举刀刚要动手之际，只见父亲如神兵天降，几棍打倒两人，而且棍子都折断了，可见用力之猛。只见那两人果然一个趴在地上，一动不动，一个在地上翻滚号叫，站不起来。父亲背起许孟林岳父就跑。

父亲边赶路边问：老人家，他们是土匪还是什么，干吗要抓你？那老头趴在父亲后背，被一颠一颠说不出话来，后面人爬起来朝这边开枪，父亲知道他们就是神枪手也打不到他，倒是把老头吓得不轻，枪一响就在父亲背上闪展腾挪，往地上坠，说，放我下来，我这是给你挡枪子啊。老人不住挣扎，父亲却抓得死紧，就这么勾缠着甩脱了背后的枪声。父亲架着他跑到了北大桥桥爪，这是青阳街与北面城乡分界线。老人从父亲背上下来，站稳之后，抓着父亲的膀子说，好乖乖，走，到我家去，我要报救命之恩。

过了大桥就是豆腐巷，父亲视而不见，好似第一次从这里走过，那老头也把父亲当成初来乍到，就说，晚上，我叫我儿子回来陪你，喝完酒咱爷俩去西大街看戏。瞧你这裤子都露肉了。我有洋布给你做一套三面新。

就这样，二人成了莫逆之交。老头知道父亲想在政府里找点差事干干，哪怕烧锅挑水也可以。老头说，好啊，我女婿我侄子都能办到。不过你烧锅挑水是有点屈料了。明天，我带你去！

第二天，老头让管家赶着马车带父亲去泗县城，到了国民党县政府见到县长江石安，江石安连忙扶老头上座，我大爷，您老亲临寒舍必有要事啊。

老头说，这个小青年是我救命恩人，共产党绑架我，被他打跑，要不然今天你就要去哭大爷我了。

江石安细问缘由，问父亲，你怎么碰上共产党，怎么知道是共产党绑架？

父亲说，开始我也不知道是谁干的，只以为是土匪，后来听这老爷子说，是共产党干的。

江石安问，你怎么打得过两个人？

父亲说，按理说我打不过，他们还有枪，我是从后面偷袭的。恰好那里路两边草棵很深，他们没有看见我，他们也没想到那里有人。

老头听出端倪，说，怎么，石安，你怀疑他？他是拼命救你大爷我的。

江石安说，大爷，我不是那个意思，我眼下就缺个眼疾手快、心细胆大的帮手，这位若能跟我前后，不就天时地利与人和都有了吗？

老头说，那还用说，他也姓许，和你姐夫一个姓，青阳许、石、江，人家排头啊。

江石安和父亲叙过辈分，又亲近了一分，就安排父亲前后看看，说过几天看有什么差事安排一下。中饭后，老头急着回去打点生意，就丢下父亲回青阳街了。

许孟林回来就知道父亲在政府做事，他立马派人把父亲抓来。许孟林坐在明代的椅子上，手捧清代茶壶，穿着民国制服，手敲着椅子把子，有板有眼地说，我听说，你救了我岳父大人？

父亲说，也是凑巧碰上了。

许孟林说，那好，我问你你是怎么就碰上了？

父亲说，是这样，我从大新庄去青阳街给俺大抓药，就听前面喊救命，我就从路边摸过去，掰断一根树枝当武器偷袭他们。

许孟林说，你掰断什么树枝？

父亲说，柳树枝。

许孟林笑道，你能掰断柳树枝？

父亲说，是死掉的柳树。许孟林说，你们那一套我也用过，在我这里不好使，老实说，如有半点假话就别怪我大义灭亲了。

父亲说，我们怎么能说假话，你去问我表爹（被救的老头）。

许孟林说，他老眼昏花好骗，骗我就难了吧。这些年跟共产党混，混到了什么？啊？现在是不是混不下去了，还是“打进敌人内部”？

父亲暗暗吃惊，“打进敌人内部”这是上级的指示，他怎么知道？父亲干脆就不说话了，言多必失。

许孟林说，好，你不说，明天拉南关毙了！

父亲如五雷击顶，这该如何是好？

当晚，江石安姐姐，也就是许孟林老婆去江石安那里串门子。江石安说，姐姐，我姐夫杀人都杀红眼了，一个你父亲的救命恩人，还是他们姓许的，他就怀疑他是共产党，明天就要枪毙他。这共产党我们惹不起，你想当年在江西花那么大本钱要灭掉他们，到如今还越来越多，我们也得留条后路。我听说共产党在山东那边闹得很凶。他们都是不要命的人，可你知道我们这一家谁是结仇的人啊？我干了三年县长，手上也没有一条人命啊。

许孟林老婆回家，一言不发，许孟林回来也不去泡茶、点烟。许孟林立马感觉到了，就说，是不是听到什么了？她还是不语。许孟林走近，扶起她说，有话就说，不要闷在心里，这样会生病的。她用从来没有的语气回答：死了才好，免得将来被人碎尸万段，死无葬身之地。许孟林哈哈大笑，说，将来？将来是我们的天下，谁碰你一个毫毛也不是我心事。老婆说，那我们总得积点德吧。你说你把你家侄子抓来枪毙，别的不看，你就看我父亲的面子，你也不该！许孟林说，这是政治问题，可不是面子。老婆说，你不是常说共产党翻不了天吗？就算他是共产党，你放了他又能如何？许孟林沉吟不语，把枪挂到床头木架上，四指当梳子把头发向后推去。

很快消息传到青阳街，传到许孟林岳父那里，老头连夜又赶着马车直奔泗县城，闯进许孟林家，大喊，孟林啊，你行行好，你要是杀了那个小青年，我还怎么好意思活下去啊？此时，许孟林焦头烂额，老婆不吃不喝，老岳父又哭又闹，他似乎知道，一定是共产党把消息传给了老丈人。看来，泗县城里没那么平静。

父亲被关在调查室的土牢里，不给水喝，不给饭吃，土牢墙根旁有一个阴沟，有水不断地流过去。父亲扒开阴沟上一块盖砖，一只手当碗舀水喝，水散发着腥臭的味道，水里面有小红虫上下翻滚，密密麻麻，可是人在极度饥渴的时候就不在乎那腥臭和小红虫了。

三天过后，许孟林迫于压力，把父亲放了，临行时还朝父亲头顶上开了一枪，说，滚吧，饶你一条狗命，下次再让我碰上，天王老子说情也没用。父亲走出调查室门外，外面阳光刺眼，太阳好像想要掉下来，掉在他的面前，父亲感到天旋地转。许孟林心中纠结郁闷，又举枪连发三枪，枪枪打在父亲的脚后跟三寸处，激起三股烟气，父亲硬撑着腿，一步一步远去。若腿稍微一软就会跌在他的眼前。

父亲试图再回江石安那里，江石安说，小兄弟啊，我们算是一报还一报了，没想到惹出这么大事，许主任这个人不给人说话，若不是大爷亲自上门，这次你一定在劫难逃。现在你也不能在我这里了，我无法向上司交代。我不计较你的身份，我想要你好自为之。

江石安曾经同情过共产党，抗日的时候给了共产党不少枪支弹药和服装药品，但江石安不敢再收留父亲，是因为许孟林在监视他。许孟林告诉监视江石安的人说，一旦发现他有逃跑或投共苗头就立即逮捕。江石安感到未来险恶，于是，他到处借钱装修房屋，添置家具，还每天都去现场指挥，安排瓦工修一个花园，好来年栽些奇花异草。他放出风声，说明年中秋请亲朋好友来此赏菊。探子回去把江石安一言一行报告给许孟林，许孟林说，看来他是想安居乐业了。好，你们也辛苦了，暗哨明哨都撤回吧，我这边也需要人手。

谁知几天后，一个风清月朗之夜，江石安带着太太和金银财宝连夜去了蚌埠，又从蚌埠坐火车去了上海，他权衡国共两党都拿不准，只好去香港隐居。许孟林得知此事，惊呼阴沟翻船，骂江石安是狐狸养的。

此时，济南解放，徐州告急，小蒋来电，准备撤回台湾。许孟林也学了江石安一套，对下属说，多准备一点年货啊，今年过年我们要痛痛快快玩几天。也就是几天后，带着老婆孩子，说是去南京开会，就不见再回来。县长跑了，调查室主任跑了，那些喽啰就像快要下沉的船上老鼠了，国民党在泗县城的日子就基本结束了。

父亲也在洪泽湖芦苇荡找到组织了。那几天，他们夜夜兴奋得睡不着觉，听着大军南下的脚步声，听着越来越近的炮声。

战争双方总是此消彼长，最终总有一方只消不长，一方只长不消。到了1948年冬天，形势就发生了巨大变化，敌方像蚊子，夏天满眼都是，到秋季就逐渐变少，到了冬季就几乎看不到了，一部分逃走了，一部分都集中到城镇了。这时共产党又如雨后春笋，一夜之间，处处都有他们的身影，开始还有点隐秘，犹抱琵琶半遮面，后来开始大张旗鼓，三天之内，乡乡有支部，村村有组织，支前队伍刚走，担架队又接踵而来，妇女在家做鞋烙饼，老人抱草烧锅，孩子们也去村头站岗，看看有没有鬼头鬼脑的人。共产党到哪里，哪里就有生气，就热闹，敌人想不通，也不服气，老百姓穷得叮当响，留着过年的白面连口袋都送到几百里以外连姓名都叫不出的那帮人肚里，那帮人也认不识他们，只说，谢谢你啊老乡，你们辛苦了。打完仗我们就去看你们。

父亲带着一队三百多人的民工和一个排的武装民兵，推着小车，赶着毛驴，披星戴月往碾庄那边奔命一样疾走，一路上渴了就喝一口沟里的水，饿了就边走边抠出口袋里的干饼吃一口，干冷的北风吹进湿透的棉衣，像铁皮裹在身上，一个名叫“小闺女”的民工，如鱼失水那样艰难地张开大嘴，从喉咙深处叫着：我都要命了，大队长啊，歇一会儿吧！父亲知道，长途奔走，一坐下来就不要想站起来，天亮之前准时到达预定位置就十分困难。父亲就暗中指使一个民工在远处朝这边天上开枪，连连三枪过后，父亲说，大伙快走，不好了，后边有敌人追来了。队伍顿时打起了精神，个个都兔子一样奔跑起来，就连那个高喊要命的“小闺女”，他现在也不让“须眉”了。

队伍刚到淤泥河，太阳出来，星星隐去，对面的同志就过来了，说，同志们，你们来得太巧了，我们的战士都一天没吃饭了。前面正打得猛，子弹不长眼呐，你们就到这里吧。我安排你们到后庄休息休息。

时间是按部就班，一丝不苟地往下进行，但给人感觉有时快，有时慢，有时紧，有时松，人类不在，时间不在，有了人类，时间变得真实而具体。父亲他们刚躺下，腿还没有完全伸直，上边的命令就来了，说前面战斗已经结束，火速前去协助打扫战场，还派一个商人模样的人前来协调工作，队伍上人把他的姓加上他的口音，叫他“张侉子”。实际上，他不是领导，他会打算盘记账开条子，那些物资一般人连名字都不会写，他来了，自然就是领导似的。而且他是当地人。

战场，就是毁坏一切的地方，满眼找不到一个完整的东西。父亲这支队伍就是负责清点敌军人数，这些可怜的人也大多是穷苦出身，有的为了吃好喝好自愿加入了国军，也有哭爹叫娘被迫抓来的，脱下军装拿下帽子，一个个看上去可爱又可怜，他们似心有不甘又无可奈何，死得很难看。解放军战士早已掩埋，眼下只剩下这些死都不知为谁死的国军，若是整尸倒还好，两人抬着也壮胆子，再说那年代路边、沟底死个人也是常事，大家习惯。眼下，只是捡那些半个人头、一条腿、半截身子的，抬眼望去，场面令人全身发软。

“小闺女”坐那儿哭了，刚吃的煎饼稀饭也吐得一干二净，接着就吐黄水。虽说也都快二十的人了，可他正是性格温软、胆小、好哭鼻子才被人叫做“小闺女”的。父亲故意说，小闺女，你是怕的，还是难过的？要是怕，明天就叫你到前线去，要是难过的，现在就把你抓起来枪毙，你是在心疼敌人吗？其实“小闺女”真是有点心疼，看那些人有的和自己差不多大，怎么看也不像坏人。“小闺女”听父亲这么一说，马上爬起来拎一只胳膊扔在那个洼子里。

黄河古道，夜里天冷得出奇，冷得人喘不过气，缩得人全身骨肉咔咔作响，似要爆炸。这里全部工事都被夷为平地，平地上毫无遮拦，朔风入骨，这样下去，不等天亮，民工都有可能与那些国军同归于尽了。父亲只好叫大伙把那些死尸拖到一起，筑起一道墙挡风，在死亡即将威胁到自己的时候，面临其他人的死亡也就麻木了，这时居然没人去想那死尸，和死尸靠得紧紧的也不觉阴森森瘆人，还希望死尸他们能发出热量才好呢。

第二天晚上死尸清理完毕，大洼子也填满了，当地派人抬土覆盖。区长说，春天栽树，就什么都看不见了。到了春天，雨水不断，阳气上升，整个大洼子到处冒泡流黑水，鬼火到处飘荡，像一个不夜城。老人说，多是无头鬼游尸鬼找家的。就这样三年也没栽上一棵树，老人们又说了，谁去那儿，鬼缠哪个腿，都是少年鬼，投胎等得急呢。

区长变成县长，想起这里栽树的事，估计那里已经成森林，一看却成草原，问罪下属，下属命令，全区共产党员、共青团员每人一百棵树，三天不到，全部栽好，来年春天果然有森林的雏形。据说后来树长大了居然没人敢使用，这里过去盗砍盗伐甚为严重，连根挖掉也不算稀罕；现在却没有人来动枝叶分毫，怕被鬼缠上。有一个青年不信邪，带上斧锯偏要弄它两棵回家盖房子，虽说树林属于集体，队长也没计较，还念其勇气可嘉。两个月过去相安无事，一个夏天过去，埋在塘里的两棵树也沤好了，树皮也烂了掉了，捞上来是光滑滑的经得起风飕和虫蛀的房料了。秋天盖房，房子上梁那天，那青年坐在梁上放鞭，为了吉利，撒有红点的小馒头和染了洋红的花生，让全村里大人小孩来抢，那青年喜气洋洋，把笸斗里小馒头和花生不断改变方向撒去，引得小孩和部分成人旋风一样东一阵，西一阵，欢呼不断，青年红光满面如花生，嘴咧得笆斗大，马上就要当新郎了，就在这时，哎呀一声，青年扔掉笆斗，从屋梁掉了下来，人们像抢花生小馒头一样扑向青年，大呼小叫，青年自是不省人事，一命呜呼。本来几个跃跃欲试要砍树的家伙也放下斧锯，立地成佛了。

几十年过后，这些槐树柳树榆树绒花树已成“古树”，被急功近利的官员请进城里，美化城市，展现小城深厚历史。又传说某建设局长把这些“古树”刚一棵棵栽好，就被纪委双规了，不久郁郁而死。当地老人说，阴魂不散，谁碰谁倒霉。阴气多重啊，上万的孤魂野鬼。

这里事情刚完，父亲又被派往蚌埠方向，张侉子也编入这支队伍。当时有规定，一个人只要送粮一百里，从前线抬下三个伤员，即可批准回家，张侉子早已符合回家条件，当他来到青阳街时候，被这里水肥草丰、鱼米之乡迷住，于是就在这里安家，还混到了城市户口，后来组织上念他参加过解放战争，又因为他会搓绳子，于是成立街道麻绳厂，专门加工麻绳、苘绳，为农民兄弟做牛的犁耙、车用粗绳。农民人人会搓绳，但没有那绞盘，就搓不了擀面杖粗的绳子。所谓绞盘就是一个转动的铁圈子，架在木架子上用摇臂转动，物理力学作用下，一人力气比五个人都大，这样就可以绞出粗绳，这是当时唯一绞绳机械。张侉子当了厂长，他很想进步，没事就写入党申请书，三六九向居委会支部送。有一次因为戴手表，被居委会书记看到，书记就说，生活上要向低的同志看齐。张侉子敏感，回家就把手表抹下来了。

青阳解放以后，父亲在临时管委会当差，消息传到大新庄都说父亲要当大官，祖父有点兴奋，有点得意，此前，他老人家话也没有以前多了，声音也没有以前高了，只是有时也还去南边大塘埂遛弯，四下转转。

那里曾经是他引以为豪的地方，一眼望不到边的是对他笑眯眯的麦田，向他招手又点头哈腰的是玉米高粱，这些都是他的家业。祖父每次来都有一种被仪仗队热烈欢迎的感觉，这里每条埂多少步、每块田几亩几分几厘他都拎得清。哪块今年种什么，明年种什么，甚至后年种什么，都井井有条印在他的脑子里，他没有五年计划的智力，能想到三年也实属不易，他会根据市场、收成、年运流转安排增减品种的面积，有的地块要连续种，比方那块稍高的地，收过麦子接着就要栽山芋，而山芋收过，整个冬季就得歇一茬口，等到春来种玉米。山芋拔地劲，地也要休息。而洼地那一块，收过麦子种黄豆，黄豆不怕水，俗话说，黄豆开花，豆地抓虾，意为到了黄豆开花时节，豆地就算和水稻地一样，鱼虾都在里边游弋也无妨黄豆生长。那么黄豆收后，即可播种小麦。黄豆不拔地劲，遍地落叶沤烂还养地呢。当然，祖父不知道什么是根瘤菌，否则，定会更得意于自己的英明伟大。那最高的一溜地是芝麻花生西瓜长期占领的地方，这些作物弱不禁水。紧靠北面那一块地不能种高粱，不然，邻家选择的低矮作物就有可能很大一片没有阳光，绿色作物会像贫血那样苍白，人家虽说不敢多嘴，可祖父自觉。还有流水沟，你在人家上面要控制好水，你在下面也不能挡住人家多余水的去路。收割的时候，请谁不请谁帮忙也得思量，总之，一家之主，实属不易，仅仅作物布局涉及诸多方面。

往事历历在目，祖父双目已含混不清，陌生地望着这片土地，像在睡梦里，他抠起一土块，在鼻子上闻闻，又用舌头舔舔，泪水就下来了。祖父长这么大从没有哭过——刚从娘胎落地时不算。泪水流到嘴角，他机警地左右斜视，立即擦干眼泪，往家去。

这一天，父亲陪同县长来到梅花山下大新庄老家，看望祖父。县长曾经是江华司令的参谋。他前后看看，感慨万千地对祖父说，老人家，当年要是多有你这样慷慨大方的人家，我们革命胜利得就更快了。

祖父说，嗨，说来也惭愧。没尽力，没尽力。

县长说，哎，大爷，怎么还没尽力？你儿子和我都是革命同志，他说你贡献很大啊。我这次来 还听说，江司令还写一张借条给你吧。在哪儿呢？

祖父说，在我柜子里呢。丢不掉。

县长说，我们共产党说话算话，借东西要还的。我记得是三千大洋好像？

祖父说，我去拿。

全场表情各异，不知县长要干什么？

父亲说，过去的事了，就算了，三万三十万我们也不要了。

祖父把借条拿来，看一眼，说，不是三千，是五千大洋。

在场的人和父亲都似乎看不起祖父。什么形势啊？钱迷！

县长接过看了一下，说，收好，收好。等我们新中国成立，经济发达了，一定要兑现的。这不是一般的五千大洋，它的作用，若错过当时那关键时刻，就算你五万、五十万也起不到。

祖父仔细地端详借条，父亲顿时气闷，说不出话来，手足无措的。就在这时，只见祖父擦根洋火，点着了借条，三晃两晃，一缕青烟，几片黑灰，一一飘走了。

全场表情又各异。

县长抓到一片黑纸灰，说，大爷，你真是大爷！

就在这时，二叔过来了，一手拿棍，一手拿只半死不活的鸡，问祖父：现在就烧水？

祖父说，还用说，你大哥，还有这位领导来，还能让人家忍饿？

县长说，那我也就不客气了，都是堡垒户，我放心吃。

饭后不久，父亲和县长一道回青阳街，祖母收拾饭桌，发现碗底有一张五十元淮北地方银行纸币。吓得她连忙去问其他人谁丢了钱。大家都知道，只有县长有这么多钱。就说，大娘，那是县长给您家的饭票。

魏 营

现在的青阳街成了一个县的所在地，此县为泗洪。前一个字取自泗县，后一个字取自洪泽湖。“泗洪”二字有源有本，一半是水，包含着历史、地理、自然、人文等等，博大精深，平仄合辙。

现在，不妨介绍一下青阳街了。青阳街最有名的地方该数花园口，它是泗洪县城的新街口，十字大街交叉处一开始有一个花园，大约在1950年左右。当时泗洪还没有一辆汽车或拖拉机，大街上牛车、马车、板车、独轮车已经算是与这条大街相当匹配了，有居民家的猪羊有时兴之所至也会在上面逛逛，一个直径五十米的花园一点也不影响交通，反而把大街搞得多少有点紧凑和充实，有凝聚力。花园里开始种本地花卉，什么月季、大黍花、蝴蝶花等，一到冬天基本就只有霜花、雪花了。过年时还有烟花。花园口一度被浪漫人士用木料芦席搭成天安门，以示敬仰，风头过去又改了回去。花园原来的木栅栏改为铸铁的，基座青砖改为水泥沙子混凝土，离自然越来越远了。里面的地方花草改为冬青黄杨，老百姓也有三分奇怪，知道了不仅松柏在冬天不死，还有其他。过了几年车多了，花园口改小了，又过了几年花园口改没有了，中间放了岗亭，有人在上面指挥交通，到了后来岗亭也没有了，只有地上画的斑马线、直行线、转弯线、黄线、停车线，空中有红绿灯。

到花园口折向东原来是百货公司——全县最高级、最全面的购买场所，后来被大润发取代，对面是泗洪电影院，它曾经比美女还有魅力地吸引我们好几年，那几年我们几乎把青春、生命、灵魂都交给它了，我们以地下游击队的手段看了《地下游击队》；我们以看不见的行踪看了《看不见的战线》；有时为了看《追捕》不幸被看门人追捕。

从这里向前得向北转弯了，不然向前是南小街，紧靠的是汴河，河边有后来倒闭的小糖厂、绞绳厂、石灰窑场，早年经常能看到张侉子在绞绳厂门前做扩胸运动。有人说他埋在肉缸里也不会胖，骨瘦如柴的体形总叫人以为他在带病工作，也有说是给社会主义抹黑，其实他身体好得很。一顿三碗饭还舔锅铲。从这里再向前不远，汴河就转身往南去，就是郊外的村庄二里坝，三里坝，一直到临淮向北，过了南大桥，就到了青阳街中心地带，在桥上可以看到老汴河以及记载中的老汴河十景的部分痕迹。白云落影啊，柳枝拱合，浓荫匝地啊，旭日筛林这四个美景就简直妙不可言了，谁理解了，谁就是诗人，谁就懂了民间生活，还有夕阳垂辉、烟村耕耘、白帆竞发，虽说平淡一点，也是美不胜收。大桥原来是木桥，直到从上面低头可以看见桥底的情形，上级才更换木板，随之不久在一旁修建了一座全水泥石头的拱桥。此时已有汽车通过。

青阳核心部分在濉河、老汴河交汇后又很快分开的夹角里，也就是一个三角地带。濉河来自河南陈留，汴河来自河南开封，许姓祖地也在河南登封。

青阳地名的来历有两种说法，其一是志书为证："青阳古国名少昊，青阳氏分支子于此。"青阳本是复姓，可以说是青阳镇最早的姓氏。其二是民间传说，显然文学化了，说是很久以前，青阳原名"青羊"，是五色羊云游天下，青羊留在这里，演变为青阳，其他四色羊分散在东西南北。而中华大地叫"青阳"的不少，他们又是怎么来的呢？我一向不关心这些追根求源以致无聊透顶的事情。

青阳镇历史上行政称号是不断变化的，有集、寨、镇、关、汛等名。早在新石器时代就有人类居住。大汶口文化这里也不稀罕。根据史载，青阳氏是黄帝（轩辕氏）之子分封于此。黄帝有四妃二十五子，分为十二姓，古之姓氏是由此开始的，青阳氏就是其中的姓氏之一，距今已有五千多年。

青阳原有一座皇姑庵，相传是徐偃王皇姑修道之所，新中国成立前曾有人在庵中拾到金砖。国民党军队的某位团长曾经把团部设在里面，黄鼠狼咬断了电话线，野猫抓破了他的脸，老鼠打翻他的油灯差点把他变成烤鸭，后闻之此庵来历，吓出一身冷汗，连叩三个响头，求姑奶奶恕罪饶命，遂移师桥南。

青阳为泗州首镇，东西水陆二路必经之地，西去长安，东去江南，这里都是首选的捷径。当年修路不易，人工或自然形成的水路正是悠然自得的通道，那时的人多无急事，大多数人都过着散淡的慢生活，他们不懂时间就是金钱的真理，也少有奋起直追，跨越争先的意识，优哉游哉才是人生。那种“死生有命，富贵在天”、成败在天的宿命信条在平民中间很有市场，一直畅销，他们忘乎所以，漂泊在水面，到哪儿是哪儿。不设计人生，只考虑生人，传宗接代。

到了隋朝，隋炀帝修建了规模宏大的大运河，沟通海河、黄河、淮河、长江、钱塘江五大河流，青阳地段的古汴渠，上接通济渠，下连山阳渎，是汴东地区一个重要关津。

青阳的城隍行宫也叫隋炀行宫，它前临汴水，背依濉河，三面环水，初建时分前殿、正殿和几间僧用配房，一座钟亭，均为砖瓦结构，隋炀帝第二次南巡时，沿途建许多行宫，这个城隍行宫受到重视，改建扩建，用现在话说是提升，无论大殿，还是后宫，还是廊庑以及花园、亭台，都不亚于中南海部分景观。

到唐宋时期，古运河就更加成为中央统治的生命线。没有交通，就谈不上军事的控制，物资的调运，信息不畅，鞭长莫及就是这样。鉴于此，沿途重镇也得以更重，“青阳关津”也在这个时期开始了小城镇的建设，当时青阳一带运河“水阔而深。帆樯杂沓，商贾云集”，真像宋代诗人诗中描述的那样“官舻艑客满淮汴，车驰马骤无间时”。到了北宋政和元年（公元1111年）青阳镇的名称出现。

明末清初，运河古道虽已废，但是青阳到洪泽湖段依然水流幽深，渔民每天早晨来桥头卖活蹦乱跳的鱼，农民来卖青枝绿叶的蔬菜，水淋淋的莲藕，湖边人来卖柴草，都是顺着汴河逆流而上。青阳为汴东地区一大走集，逢集期（农历每旬三、五、八、十日为集），四乡之民会集于此。牛市街就是买卖牛的地方，买牛不是小事，得请内行人看牙口，看精气神。买牛不是吃肉，而是拉犁耙地。青阳地区以务农为主，所以牛市生意兴隆，也充满暗流和诡计，行老板不仅是纵横的说客，还是地方一霸，要镇住这个场面，没有三斧头谁也不敢担此重任。

西大街是政治中心，也是文化中心，有官府，有大牢，也有戏园子，到了清代，镇内住家八百余户，多姓朱、席、梁、陈，有四大家之称，后又兴起许、石、江三大财户取而代之。不久四大家就风光不再，或流落他乡了。嘉庆年间，泗州举人知州正堂郑裕中曾带领宾客二百余人，浩浩荡荡而来，到其妻许氏府第祝寿，交赠寿匾一块，上绣有“松操柏纪”四个大字。

青阳在明清时期为税务关卡，桥头竖有一面红色旗帜，上书“税务”二字，雁过拔毛，况乎商贩？民国七年（1918年）由军方（军阀）所管，故地方志上把青阳又称为青阳关。这里还开了隆源、恒权、同和、兴源等八大糟坊。数十家酒、油作坊，有南义和、北义和商店、高记杂货、喻记药铺、杨记棉庄、万顺银楼，青阳镇经济一片欣欣向荣。隆源酒厂在二十世纪八十年代得以重建，在老米努力下辉煌一段时间，老米走了，人走茶凉，酒也不香了。当时在台湾的青阳人写信回来还用“安徽省泗县青阳镇隆源槽坊”这个地址呢（1995年泗洪县划归江苏省），喻记药铺来自江西，喻家女儿喻尊霞后来成为抗日英雄，把刑场当着唱歌的舞台，着实把日本人吓得不轻，也为青阳增添不少光彩。

古镇青阳占地千余亩，全镇十二条大街：西大街、沟西街、瓦滩街、牛市街、鸡心街、前街、敞巷街、弯子街、南小街、东小街、桥南街、新集街，街心均系条石铺砌。街两旁楼房店堂、作坊鳞次栉比，错落勾连。有七座桥：汴河桥、蛮子桥、北门桥、疑方桥（又名迎芳桥）、太平桥、东门桥、拦架桥。十四座祠庙：城隍庙（又名城隍行宫）、玄坛庙、碧霞宫（又名奶奶庙）、火神庙、三宫庙、皇姑庵、茶庵庙、许氏祠堂、江氏祠堂、石氏祠堂、玉皇庙、礼堂、龙王庙、恶水庙。城郊北有程家庙、西有房寺。建筑格局很有都市的风貌。在诸多寺庙中以城隍庙最佳。原青阳寺庙众多，四乡八邻多来敬香，求神拜佛的人络绎不绝，这给古镇青阳也增加了浓厚的佛教色彩。有三月初三玄坛庙会、四月初三骡马大会、四月初八城隍庙会之风俗。人们在对同类失去希望的时候，基本都寄希望于神灵，青阳庙之多，也是因为信徒之多，信徒越多，政权就越容易失去权威。

青阳许氏发源于河南许昌一带，明万历年间迁到安徽黄山地区。许氏家族，艰苦奋斗，与人为善，勤奋好学，家族发展很快，五百年前来此地仅弟兄三人，如今已十万余众。祠堂是一个家族的象征，是家族族权的中心。许氏旧祠堂建筑较早，到清乾隆年间时，许氏族人就认为祠堂工艺不尽人意，也与许氏家族当时的影响力不匹配，于是许氏族人一致决定重建祠堂。重建的许氏祠堂正殿为三明二暗，共五间大殿。明间供先祖排位，暗间有阁楼。青砖垄瓦，高大雄伟，威然壮观，是当时青阳城里标志性建筑之一，故有“江氏祠堂、许氏楼”之说。清道光皇帝御赐许联镖铜铸隶篆“寿”字花匾，安坐祠堂脊顶正中，使许氏祠堂熠熠生辉。

青阳老街最顽固的贸易是老摊子，就是卖东西的摊位，多是把箩筐摆在地上交易。老摊子没有门面，最多放张凉床子，把干货一盆一盆摆在上面，有顾客来就谈生意，没顾客，或闭目养神，或相邻几个打牌，反正这些干货都久经考验，三五年不会霉烂，无非今天卖不掉，收起来，明天再摆上，咱有的是时间，要是一下卖完了，还没事干呢。

当时县政府在一个地主家的四合院子里，人很少，十几间房子都用不完。可是办公用品缺少，书记、县长经常在膝盖上批条子，蹲在地上吃饭，谈到规划、路线什么，筷子一掉头就在地上画起来。饭吃完了，规划也就成形了。如果去散步，几个领导在路上就把问题研究了，散步回来就叫秘书形成文字，传达。

这天，书记和县长在研究几个区长人选。他们一致认为父亲可以担任区长。比如他资格老，1938年就参加过抗日救国会游行，1939年与江司令挂上号，全县没几个能比的；比如他工作热情高，去宿县地委取文件，拿到文件脸一转，连夜赶回；比如他贡献大，家里土地全部卖掉，给八路军做给养。鉴于父亲的表现，二位领导意见一致，好，找他谈话，明天就去上任。

父亲得到这个消息，竟震惊得半晌说不出话来，并从那时落下结巴的毛病，以致很多战友、朋友和同事都不喊真实姓名，而直接喊他“结巴子”。有时为了区别其他结巴子，才加上一个“许”字。书记、县长都是战争中锻炼出来的，决定什么事情，都是雷厉风行。他们看父亲张口结舌，以为“没什么可说”。就叫父亲回去准备。

父亲回到自己的房间，依然没有回过神来。第一，他本想革命胜利后就回家孝敬父母，种好庄稼；第二，如果公家有事做，那就看个门，看个仓库足矣；第三，他看过区长，跟过区长，人那区长就是不一般，说话办事，打仗、生产、做报告家常便饭，就凭区长那一手好字，父亲都愿意听他使唤。可现在区长的乌纱即将戴在他的头上，他感到比上前线要恐怖多了。

半夜时分，父亲敲开书记的门，若是现在这个时辰多半是送礼跑官要官，可父亲是去辞官。书记其实也刚睡下，闭着眼还在谋划明天的会议安排，过滤遗留的问题，见父亲到来，说，你来得正好，我们来议议明天的三级干部扩大会还有什么要补充的。父亲说，那是你们领导的事情。书记说，领导不靠群众的智慧怎么领导？书记问了父亲基层对县委都有什么议论，父亲一五一十地说了，直到鸡叫头遍，父亲要说自己的事。书记说，来，泡杯茶咱们慢慢说。书记的茶叶是前年在安徽开会带回的，都有点霉味了，他用嘴吹吹霉灰，说，怎么说也是茶叶，去去水腥气，提提神。

父亲就着茶，向书记推辞区长职务。

书记说，这是组织决定的，服从组织这是原则。

父亲说，那……那……那……也要尊……尊重个……个人。

书记呛了一口水，是因为怕笑出声憋的，稍停，他说，老许，你唱着说，一唱就不结巴了。可父亲怎敢拿自己的面子做试验呢。

书记说，我听听你不去的理由。

父亲好不容易把想了一下午加一个晚上的三条理由说出来，大意是，我文化水平低，看不懂文件报纸；二，没有这方面领导才能，又不习惯指挥别人；三，说话结巴了，还怎么给群众开会呢。

第二天，书记把父亲夜访一事与县长说，县长说，那这样吧，不是要办招待所吗？他好朋好友，热情大方，不需要文化，光杆司令一个人，不要指挥别人也不用给别人开会，这该适合了吧。县长说，你没听说吗，他一家历来热情好客，土地都卖了给八路军做给养了，江司令写个收条还被他给烧了，眼下县里要成立招待所，他最合适。

随后，县长找到父亲，对父亲说，老许，我称你老许是因为你资格老。招待所也很重要，是我们县对外联系的一个窗口，这工作就你一个人，不用开会，不用看文件，自己管自己，这，你该行了吧？

父亲说，那行。

父亲管的县招待所，所长、会计、服务员一人担当，厨师是经过政治审查后，到社会上临时招募的，即，有人吃饭就来上班，没客人来你该干啥干啥；表现不好，随时可以解雇。招待所三间草房，两间偏房，土墙围的院子，门口三棵资深老树，姓名各异：国槐、白果、龙柳。形状各异，国槐平铺枝叶如伞盖，白果向上似大旗，龙柳枝条下垂宛若门帘。这三棵老树成了这招待所一景，人们路过他们身边总是不自来由地摸一下，拍一下，晃一下。

夏天来人，到此就站那儿凉一会儿才进屋。正房算客房，内有六七张凉床靠墙摆着，偏房支两口锅，一大一小，一个小饭桌，算厨房兼餐厅。所谓凉床是四根原木，两短两长，不加修饰打成的木框，下面安上简单的四条腿就是床，上面不是铺木板，是用绳子纵横网起来，主要用于夏季在外面乘凉，下面透气透风，故曰凉床，一人可睡，两人则挤了。这里条件有限，凉床就得打破季节规定，四季上班。当时来人，不少人自带干粮，由招待所提供热水即可，不少人自带铺盖，都不用招待所解决。我那作为所长的父亲就是打招呼，引导客人睡在哪里，临走送别，不说再见，拜拜，只会千篇一律，说，条件有限，招待不周啊；走啦，走好啊。

作为服务员，父亲就负责冬天给凉床铺席子垫草，春天把草拿掉，冬天把窗洞堵上，夏天把窗洞打开，来的客人都是革命战争考验出来的同志，自觉性极高，早上起来主动扫地洒水，还保留那种优良的军人作风，这倒把服务员的活干了；作为会计，父亲还不会写洋字码，但招待所账目极少，用汉字也足够。有时就用“正”字来计算潘县长吃几顿、刘书记吃几顿。

有一回，来了大首长，是走过雪山草地、住过窑洞的。县长慌了，生怕真的“招待不周”，首长会怪罪下来。就安排在县城唯一的东风饭店接待。这里充其量也就是包子、马虎汤、油条、烧饼、卤猪头加小炸鱼。书记要求增加羊肉、狗肉、烧鸡、野兔，可首长一听就不高兴，骂道：老子是来检查救灾的，不要把我当成蝗虫来吃老百姓血汗。我就在你们招待所吃住。县长心里犯愁，心想，这招待所那是什么“所”啊，不说是大首长，你就是庄上亲戚来，咱们总该凉水变热水，饭店端两个菜过来，有所表示吧。一向以果断著称的县长一时拿不定主意，最后，警卫员看出县里的难处，就说，你们弄点秃头饼给首长吃吧。秃头饼如何做？很简单，把大黍黍面、用水拌匀加点盐，切点芫荽、葱花，有红辣椒皮切一点点更好，均匀摊平在满锅帮上，细火炕焦。拿下来像钢盔，乡里人多没见过钢盔，见过秃头，就把这饼叫秃头饼。父亲说，这不难。他立即跑到郊区小高庄老百姓家采购大黍黍面，芫荽、葱、红辣椒，还滴了几滴油在里面。专门找一个心灵手巧的农妇来做，父亲亲自烧锅，按照农妇指点，把火也烧得均匀，即满锅底都是火。饼摊好后，盖上锅盖，农妇代替父亲烧火。不一会儿，再看，饼炕得金灿亮黄，厚薄均匀，咬上去脆，嚼着酥香。当晚，老首长就吃这个，喝绿豆稀饭，就酱豆炒鸡蛋，他喜笑颜开，还不停地说，超标了，超标了。他对县长说，长征时，我最大愿望就是能吃一顿秃头饼啊。第二日，老首长离去。父亲在收拾床铺时，发现枕头下有纸币一张，便条一张，上写：这是我的饭票，多不退，少不补了。

是母亲该出现的时候了。母亲是小高庄人，七岁时父亲就去世了，得的是肺痨，开始以为是累的，以为在家睡几天就会好，结果一睡不起，几天后就吐血身亡。丢下她和一个姐姐，一个弟弟，由母亲（我外奶奶）带着他们，在小高庄搭一间草屋度日子。“水深火热”——他们不会写也不理解这四个字的书面意义，可那年月他们每天都在经历、感受这四个字。那时候青阳还没解放，因为父亲经常来小高庄采购粮食、蔬菜、鸡蛋等，便认识了母亲这一家，父亲与母亲一见如故，一老终身。

在小城还没有妇产科之前，新四军战地医院就为根据地培训了一批接生员。后来有的到县人民医院成了技术骨干。现在小城有了接生站，接生员多是年轻的母亲，她们有爱心，能吃苦，懂得消毒，懂得包扎和基本接生手法即可。她们每人发一个小箱子，里面有酒精或碘酒，一把剪脐带的剪子，一卷纱布，一团棉花，仅此而已。培训毕业，这些年轻的母亲们白天在接生站上班，若有要生产的妇女，交通条件好的就拉来站里，没有交通条件的就上门服务，晚上回家，住在小城的巷子里或某条大街，这一片的人都知道，谁家媳妇是接生员，门朝哪儿，第几家。有时半夜敲门，说家里媳妇肚子疼了，要生了，接生员义不容辞，披上衣服，拎着箱子就跟去了，若是巧了，箱子才放下，孩子就露头了；若是不凑巧，要等上个把小时，接生员往往一夜都合不了眼，只有等到孩子呱呱落地，大家才会会心一笑。孩子总是哭着来到世上，也许是生命的前奏，也许就是死亡的序曲，预示今后很多磨难很多艰辛在等着他们，他们哭，是哭对了，他们要是笑，在场的人就要被吓哭了。接生员按照操作规程，消毒，接生，剪脐带，不一会儿就完成了，这样婴儿的成活率几乎百分之百了。后来，母亲和父亲结婚后就被安排进接生站，经过简单的培训，就不分昼夜地在大街小巷穿行于生孩子的人家。

这是母亲一生中最为愉快的时代，她一步从泥泞的庄稼地跨进石板砂礓铺成的大街，而且有了乡亲们羡慕的“公家人”称号。他们最直接最通俗形容母亲的幸运是“糠箩掉米箩了”。

小城有个瓦滩街，母亲起初就住在那里。瓦滩街靠河边，河边有柳树，柳树密密麻麻，沿河涌动远去，常年如云如雾笼罩河边。河里有船，停下的船都连在一起，碧绿的河面上就好似出来一个不毛荒岛。船上有狗有人，小孩身上系有葫芦，是救生用的。时有青烟，急急从船舱里出来，船上人也是要烧锅做饭的，在旱地人看来这四壁木头，烧锅似有很大风险。流动的船把河面切割，河水忍痛向两边逃去，晃动了停泊的船。白帆是诗人的描写，常出现在书面，实际上，河面多是黑帆，浅色也都是灰白或泛黄，它们走远了你再看去，景象才会有书上呈现的秀丽。母亲在窗前就可以看到这些风景。

青石板补丁一样补在街道上，没有青石板的空白处，有砂礓来填充。两面的房子也补丁一样，门板都被烟熏黑了，砖都蜕皮了，瓦上都长瓦松了，青苔满墙根了。说来说去，就是一个老字。剧团就在老街里。母亲不识字，但喜欢看戏，以往不知什么叫戏，一看台上，吹吹打打，哭哭笑笑，一群穿着花花绿绿的衣服的人，唱着说着一段喜怒哀乐的事情，就着迷了，有时接生回家，路过那里，见听戏的还没散，就进去瞅一眼，有时刚进去才站好，就谢幕了，也很满足。

父母婚后一年，上级号召城里人到农村去，支援农村建设，也为国家减轻负担，这次父亲又是带头，他认为是党员就得带头。我想他还有其他目的，第一，他喜欢受表扬；第二，也唯有积极表现才能弥补其他不足；第三，以他以往经验，与其等到领导来做工作，还不如识相一点主动要求。父亲替母亲第一个报名。母亲开始没有表示态度，只看着父亲很兴奋，想想将来一定比这更好，并没有表示反对，再说农村讲究“嫁鸡随鸡嫁狗随狗，嫁扁担也要扛着走”。何况父亲还是一个革命干部，一个堂堂正正的男子汉。只是有一个地方让她留恋，那就是李彩凤、种爱萍那些神一样的演员和那灯火辉煌、台上台下两个世界的剧场。但，这也不是她能说出口留在县城的理由。书记、县长嘴上说，哎呀，老许你急什么呢？语气中确有三分挽留的意思，而内心高兴劲却有七八分，为父亲自发自觉响应党的号召而欣慰。

这晚，母亲去看种爱萍演的黄梅戏《罗帕记》，作为告别青阳小城的一个仪式，她刚走不久，张侉子就来了。他拿了一张纸给父亲看，是入党申请书。

父亲看完说，乖，越来越麻烦了，我们那时候举个拳头就作数了。

张侉子说，是啊，现在难了！说完，张侉子又掏出一张纸，写的是他之前的表现，把自己写得比董存瑞还勇敢，比骡马还能吃苦。

父亲说，你给我看这有什么用？

张侉子说，我想请领导给我签个“情况属实”。

父亲笑笑说，你这不是难为我吗？我就是签了，又能有什么用？

张侉子几乎要哭，就要跪下，说，领导啊，俺们毕竟是患难之交，你就签了吧。

父亲看不惯别人的可怜相，一见人家可怜兮兮或声泪俱下，顿时就没有了原则，就说，你起来，我签。

张侉子顿时满面春风，看着父亲每写一个字心就跳一下，感觉就向成功又前进了一步，且有点步步惊心的样子，父亲费力写完张侉子要求的几个字，张侉子接过来如看藏宝图，点着头，说，一字难求，一字千金。父亲似懂非懂。张侉子又说，领导您大恩大德，我张发财不光今生今世，就是下一辈子也忘不掉。

张侉子是北乡人，与项羽同乡，没有项羽品性，凡事多算计，多心且小心，是做小生意的大师，却不是做大事的材料。自从当了绞绳厂厂长，他很珍惜这个岗位，现在的生活比起在老家吃煎饼、卷大葱、啃窝头就咸菜，那是一天一地，更可喜的是，他上面两个哥哥至今还打光棍，而他到这里轻而易举就找到了青阳街的姑娘，这样大好形势谁不珍惜呢。为了巩固和发展大好形势，他认为必须入党，入了党，讲话硬气，做官踏实，政权才巩固，也就不会永远管这七八个老弱病残，说不准能干上居委会主任，手下就几千号人呢。于是他连续几年每月一份入党申请送到镇上手工业支部。这次有了父亲的证明，他估计该是心想事成了。

出了父亲的家门，张侉子脚后跟不着地，感觉要飞起来，就情不自禁唱起家乡柳琴“走娘家”。有板有眼：

桂花骑在驴上微微笑，
上下打量俺的少东家。
俺看他燕麦草帽头上戴，
大红彩带腰间扎。
浑身衣裳正可体，
穿一双厚底布鞋白水袜。

第二天一早，他安排好工作，要求广大职工，鼓足干劲，多快好省地建设社会主义，同时要注意安全。安排妥当后就往手工业支部走去。书记和居委主任都在。书记朱三是青阳街人，祖上明朝时就来到这里，有一种青阳街有他家一半的感觉，居委会主任许石江，名字包含了青阳街三大户的姓，三教九流都归顺他，他自认为有县长的感觉。张侉子一进门，两位好像等候已久似的。

朱三说，张厂长，来了，你来得正好，你坐，你坐。

张侉子迫不及待像交请战书一样把申请书递过去，转身就说，你们谈，不打搅了。

许石江说，哎，屁股还没沾板凳怎么就走了？

张侉子又转过身，说，单位忙啊。

许石江说，有事给你说。

张侉子问，有什么指示？

朱三说，那就请许主任给你说说。

许石江：张厂长，你来我们青阳镇也快七八年了吧。

张侉子把大拇指往手心一贴，其他手指迅疾倒向那里，变成一个拳头，大拇指遂又伸出，说，连头到尾七年了。

许石江：这七年，你的表现，我们大致都了解，还是不错的，虽说不知道以前表现如何，就这七年，我们觉得你是经得起考验的。

张侉子一听到“考验”就激动，这是一个人入党之前，支部书记使用频率最高的一个词，张侉子心头一惊，因为他听到“经得起考验”，那就是说，距离组织只有一步之遥了。他随即抽出父亲给他签字的那张纸，说，你们看，这是许所长给我的鉴定。他是不说假话的人。

许石江：那好，你能模范带头，以身作则，难得。目前，我们国家正处于大发展时期，全国各地都在响应毛主席号召，鼓足干劲，力争上游，多快好省地建设社会主义。

张侉子接话茬，说，是的，我们每天都带着全体职工加班三个小时，轻伤不下火线。

许石江说，我们就要你这样积极带头、以身作则的领导。现在，上级要求我们一些同志到农业生产第一线，支援社会主义新农村建设。我们和朱书记想来想去，觉得你很合适。

张侉子听到这里，脸上好像挨了重重的一巴掌，差点跌在地上，片刻又站稳，说，我服从组织安排，能不能让我再想想。我们厂里还有很多事没处理。

朱三说，可以，明天等你回话。

张侉子走后，许石江说，老地丁我们都不好动，几十年的老街坊，抬头不见低头见啊。

朱三哈哈一笑，说，对呀，张侉子不是要求进步吗？这下机会来了。

张侉子出门，并没有立即回厂里，直奔青阳镇党委所在地东大街。党委书记彭万江是他们老家那一带人，跟新四军彭雪枫过来后，就没离开这里。张侉子见到彭万江就用纯家乡方言，诉说了自己的遭遇：彭书记啊，俺都来七八年了，都没敢打扰你这位老乡，今天若不是走投无路，俺也不会丢人现眼来求你啊。

彭万江：你也是古黄河边上的，什么事啊，慢慢说。

张侉子说，是啊，俺们都是喝古黄河水长大的，到这里水土不服，这次下放，他们老地丁欺负俺这外来户，俺年年先进，样样带头，并不是吃闲饭的人，可他们非让俺下放，下放倒没什么，响应党的号召是应该的。可他们当地的人没一个下去，偏偏就俺一个，再说，我两个孩子，一个刚离手，一个还吃奶，北家的俺娘也要过来跟俺过，你说俺容易吗？你是俺老乡，俺的父母官，你评评理啊。张侉子说着，就给彭万江磕头，说，彭书记，你就拿俺当你老家的一条狗，俺给你看门吧，这次你留下俺，俺这一辈子，为你效犬马之劳，俺下一辈子都记住你大恩大德。

彭万江有点不好意思了，也深受感动了，更为这个地方欺生感到愤怒，起初他也不是没有感受到。说，你起来，你说的事情我都知道了。回去以后，安心工作，我来了解一下。

张侉子神情恍惚地出了党委大院，不留神被叮叮当当过来的马车撞了一下，不轻不重，肋骨伤了一根，医生说是骨裂。这伤情在穷苦农民那里也就是睡床几天，弄点草药敷敷而已，也无大碍。当下，县里已经有了医院，医生都是大学生，学的都是西医，很讲究消毒、感染、愈合等，连血压、神经都考虑进去了。就这样，下放运动结束，张侉子还没有出院。张侉子一听说下放结束了，就要求出院，第二天就拄着毫无作用的拐棍来到绞绳厂上班，后被彭万江誉为“轻伤不下火线，重伤也冲在前沿”的干部。张侉子没有给彭书记做看门狗，倒是过年时，叫他二哥带来家乡很多狗肉给彭书记。从此，入党申请书继续送往朱三那里，先前朱三还看看，后来送来就没兴趣看了。

县长最了解父亲，说，老许，招待所工作你最适合，可是柴米油盐婆婆妈妈你也不能干一辈子，县民政科办公室你又不愿坐的，现在给一个干实事的工作，组织上决定派你到魏营区政府做民政区员，整天要和老百姓打交道，苦是一定的，我们相信你一定能干好。

父亲说，再苦还能比打日本那时苦？

就这样，父亲背着两床被子，拎一个皮木箱子，母亲左手挎着竹篮子和右手拎着一个布袋子，两人徒步前往魏营老街。临走时只给外奶奶打个招呼。外奶奶不愿和儿女在一起吃闲饭，一个人住自己还有自己的自由，她就说，你们去吧，我家里还有小鸡、小鸭子、一头猪呢。

父母去魏营，当然不是直线，依然要走过瑶沟、七里沟、官塘，从官塘向西，就进入西南岗了。第一个村子是刘营，那里姓刘的不少。那么何谓"营"呢？老一辈的人说，这里曾经是刘备安营扎寨的地方，从他走后这里就叫刘营了。

刘营在官塘到魏营的公路南面二里路，我从这公路走过无数趟，开始是骑在大人的脖子上走过，后来是坐在马车上走过，再后来坐在父亲自行车后座走过，再再后来就坐大皮轱辘拖拉机，直到坐小车，开小车还经常路过这里，就是没有到过这个村子，我记忆最深的就是我们家差一点就搬到这里。当时一个大队书记刘兆阳和我父亲是至交，念我们家人多劳力少，生活拮据，当时这个大队是先进大队，工分值钱，吃粮食多，刘书记就邀请我们家迁入刘营。父亲是越是关系好的越不麻烦人家，后来还是去了小高庄。

过了刘营不到二里，原来有一个小桥，桥顺着涧沟的方向，这涧沟是每年夏季雨水洪水从西南岗冲下来，自然形成的，坡陡且伤痕累累，沟底窄，砂礓似森森白骨，又像点点繁星。一年春、秋、冬三季基本无水，小羊小猪掉下去很难爬上来，每年发大水都有人畜不慎落水。当年有人说桥下经常出鬼，耳听得轰隆一声，下去一看什么也没有。父亲胆大，有时夜晚走过这里专门坐在桥头听动静，但一直没有发现鬼的地方。

这座桥过去就是一个原来叫万头猪场的地方，那是激情年代的产物，美好的理想只是走得快了一点，但毕竟给后人长点记性。很多失败并不是后人可以轻易指责和玩笑的。猪场不搞了，留些流民在那里开荒种地，成就了一个村落，叫小猪场。那里有一户人家会用山芋、高粱熬糖，过年时候，父亲会叫我们去小猪场买点这种糖回来，炸了玉米花，再把这种黏稠的糖溶化，混合到玉米花一起，把玉米花粘成团，这样最高级的美食就诞生了。又甜又香——这是老百姓对食品的最高追求和评价。

后来我们家远离小猪场，来到小高庄，看到父亲在过年前也会熬这种糖。就是把山芋烀得稀巴烂，放入大麦芽子，顿时山芋中渗出水来，这水用纱布挤出，再放锅里用火烧，渐渐发稠，直到没有了蒸汽，糖就成了，晾凉像一块硬面团。

小猪场西边是岗岭涧沟流入平原的小河沟，断断续续有水，有浅滩，大家都称它为小缺。那里泥沙如油膏，乳白滑腻，夏季我们都喜欢在那里打滚，如猪那样惬意，姿态好似行为艺术，滚够了再去清水里洗净，如此反复，如做皮肤护理。

过了小缺就是魏营了。不仅父母的最好时光在这里，我也有幸在这里出生。魏营是我脐带掩埋的地方，这里是我终生纪念和想念的地方。

魏营是淮北典型的农村，向西不远就是安徽的地界，不像小高庄濒临水边有大自然的馈赠，水边人理解不了岗坡地的人们生活有多艰难。岗地砂礓多，黄泥硬，人们脾气也吃了砂礓似的，不过人品也砂礓似的淳朴实在。他们大多吃苦耐劳，付出很多，却长期受穷。

魏营老街和很多地方街道一样。两面对门盖房子，中间留一条路，路上铺点砂礓，街就成了，四乡八邻就来这里买卖。

魏营老街是东西街，街中间从东到西有三间屋空着，南去是老街的一个分支，北去接着就是一个大塘。塘边有一个烧草烧树根的澡堂子，上冻天就开了，有钱有身份的人个把月就来洗一次。澡堂也就是一个月烧次火。一般人只在为了迎接过年才来洗一次，条件再差一点的人根本就不来，也来不起。这个街道古老却无历史记录，就看那澡堂里的水池子，听老人说原来是青梗梗的洋灰，现在都上了黄锈了。街上墙根不多见的砖石也都早已青苔累累，不少人家屋顶上的木来根根铡断的麦草空心圆孔根根可见，现在都烂成整块灰土了，阴雨两天，上面便是一层厚厚黑亮的地皮菜，用长扫把划拉下来就是中午的汤菜；屋里抬头望去好似没有星月的夜空，墙上不知什么年代贴上的纸把字都黄得看不见了。

二十世纪五十年代初这里是区政府所在地，区政府办公室以前是地主家的房子，青砖大门框，两扇大门上包一层白里透青的铁皮，上面人为地鼓起一个个圆点，门铁环里是两个狮子头，门上有枪打的眼子，据说这枪眼是土匪留下的。

五十年代末这里是人民公社，公社大门框变成红砖砌成，换了地方，也换了方向，改门朝南，原来的区政府变成医院，墙上贴满男女人体解剖挂图，老百姓都嫌丑嫌怕不敢看。我们敢看，但是看不懂。

每逢阴历二、五、七、九逢魏营集，早饭后大批农民朝这里聚集，早饭前那些是卖草的人，这些人勤快，早来早去，回家不耽误干活。早饭后来的妇道人多，时间充裕一点，走走瞧瞧，挑挑拣拣，回家都太阳偏西了。这时说书唱捶琴的围客人渐稀少，都准备且听下次逢集分解；大洼子牲口行里卖牛卖羊卖猪的还正讲价讲得起劲，行老板正口干舌苦，眼皮直跳地里外做好人，也不知究竟在向着谁说话，有时为了偏向一方，自己打自己嘴巴来证明假话是真的，此时，嘴上的唾沫已经变成盐巴。行老板总是手里夹着纸卷烟，耳朵上还有闲置的。这个时候，卖青菜萝卜的也都走了，丢的那些菜帮子有散放的猪羊来打扫。街上有不外气的亲戚就到亲戚家吃中饭，叙叙家长里短，乡里人不白吃，总要带点大豆饼子、粉条子等稀罕东西来。街上人心里高兴，嘴上还说，他舅妈你看你，带这来干什么？留自家吃啊……

大家喜欢逢集，不仅热闹，也还因为逢集吃的比不逢集要好。

东西街是流水街，十天只有四天的热闹，四天之外，东西里路长的街上只有杨西宝瓜子摊子、丁万林的杂货摊子，冬天夜晚挂上昏黄的马灯就显越发的萧条。能保持长市街景的是老街朝南的一段小街，它长不到百米却内容丰富。从北数第一家是胡三胡四弟兄俩的剃头铺，全街上的人头只要想美观入时的都要经过他们弟兄之手修理一番。两间草屋里面涂上石灰就显得独一无二，脊木上挂一条棉被，夏季到来有专门人拉动大棉被呼噜呼噜地给剃头人扇风；冬天火盆暗燃，老年人无事来这里抽旱烟就省了洋火，有一搭无一搭或听或讲天南海北、陈猫死老鼠之类的事情。有时看胡家兄弟闲着就说：给我耳朵掏掏，有点闷人呢，下次给钱噢。胡家兄弟就说，哎哟，你年纪这话讲的，我们就认得钱吗？老年人就有面子，坦然坐上那洋椅子闭眼咧嘴任他掏。胡家兄弟镊一块耳屎很有成就感地说，你看看，能不闷人吗？快有蚕豆大了。他们还会拿胳膊拿腿，谁家孩子玩断了腿脚手臂错骨臼子，他们捏捏揉揉就行了。所以他们是魏营街的名人。

第一次剃头见胡三把剪子朝我头上剪来，我大哭大闹，坚决不从，几个人按着杀猪一般，后来觉得剃头是享受，剪刀咔嚓咔嚓响，不知不觉就睡着了。剃头匠也分几等，如在民国以前，这里有一种剃头匠就是夹个小包，走乡串户，上门服务，除了剃头，人家还有兼职——治脱臼——膀子离开肩膀，吊在那儿，他揉揉膀子就上去了；治落枕，他捏捏，脖子就不发硬了；人家还会挑痧，带根针，往裤子上荡几下就算消毒了。你头疼脑热什么的，挑挑经脉也就好了，老百姓不听广告，看疗效，有疗效，他们免费给剃头匠做广告。

胡家剃头铺对过是国营商店，也是早晚都有人光顾。虽说也是两间草房，可墙根半截是砖头砌的，也是独一无二，还有柜台也是独二无三，供应的货物除了供销社他家都没有。烟酒糖、洋火洋油盐都是国家控制的东西，叫统购统销，私人要卖就是犯法。小孩子有一分钱也往这里跑，大人们没钱也来这里看看，饱饱眼福过过瘾，闻闻迷人的味道。

国营商店对面是许尔翠的豆腐店。叙起辈分还比我晚一辈呢。泗洪这地方姓许的辈分排列是“克修乃尔昌”，我是“乃”字辈，你算算。做豆腐是祖传手艺，一般没有竞争对手，就那石膏怎么放，放多少，谁也不敢轻易拿金豆子一样的黄豆做试验。试验不起啊。要是一盆黄豆变成水，哪一家眼泪也不比那水少。尔翠从北乡迁来，是外乡人，但从事的是科技含量很高的工作，所以也有很高的声望，没有欺生的现象。院子里的偏屋暗无天日，双目失明的老母亲与这环境和谐共存，一盘水磨沉雷一样轰轰作响，跟着岁月转圈子，先进到永远。这里水深火热，烟熏汗渍，鸡叫三遍就起身，天亮豆腐才上纱包，放上石头压去水，买豆腐的人才手拿盆钵信步而来。他家豆腐细嫩如玉又硬实似砖，掉地上也摔不碎，所以生意很好。可那年月，磨豆腐人家豆腐渣是主食，有时就的菜就是生盐粒子。

他家的隔壁是刘子香的油条锅，他家门口支一口大锅，早上起来，案板支好，一团发面放上去，柴火腾腾，油锅冒泡，油香顺着小街四处散去，刘子香笑嘻嘻地把面拉长拍扁，左手按刀头，右手按刀把，前后上下翻动，一路过去，面条形成，尺子量的一样大小。两根面片一摞，筷子中间一压，右手拎起三摇两摇就投进油锅里，油条周围顿时泛花冒泡，越拨越粗，越拨越硬。一早上他就重复这几个动作。这时有聪明的各色人来，掏出一毛钱，拿双筷子趁热把油条从锅里直接送到嘴里，烫是烫一点，可油条热乎，油也沾得多，压咳嗽呢。原则上的程序是应该从架子上取那油控干的，但刘子香不计较，和气生财么。面炸完了，收摊子，刮油，油不可能除尽，有人把从许尔翠家买来的豆腐渣倒进去，趁热把油沾下来炒熟。卖草的人理直气壮地吃了两条，省下两条拴在扁担一头，扛在肩上一路前行，就有不少羡慕的眼光聚焦油条。

刘子香的对门是张英家，她家不做买卖，把后面房子租给小宋庄宋其升开染坊。当年白洋布居多又便宜，适合老百姓消费，但老百姓多忌讳白色，不吉利。所以染坊兴旺是必然的，想必这也是高科技，兑染料烧水都有讲究，他去世后就没有人继承了。人们口头语说，看给你二两颜料就能开染坊了，那是反诘，另一层意思是能那么简单容易吗？太不知深浅了！染坊其实就是两口大锅，四口大缸为主要设备，这里整日热气腾腾，蒸蒸日上，白的进去黑的蓝的藏青的出来，顿时变色，宋其升用棍子反复搅动，然后再放进大缸清水里漂洗定色，每份布的拐角有他密封，染料进不去，上写顾客姓名和长度以备检索查找。因为染布，他的手也被染料浸染，长年黧黑。他是一个辛勤的老人，那么多活就一人干。

到了二十世纪八十年代，人民公社改成乡政府，政府不迷信却又找了一块好风水地，大门框变成了白瓷砖，大门朝东，还是铁门。老街顿时萧条，真是撂棍子也打不到人了。

当年和平子去当兵，区里面用大白马送他到青阳街，他胸戴大红花就是从这老街上走过去的，考上的第一个大学生也是坐公社马车从这里出发的，这条街上有说不尽的往事。

魏营北面不远有驮龙寺庙遗址，在这里有新石器时代的灰绳纹陶鬲，黑皮泥陶豆，红砂陶扁鼎足，还有鹿角、兽骨等发现，也有传说魏营当年是曹操的军营，在此屯兵三十万达数月之久。可佐证的是离魏营东边五里地有一个地方叫刘营，传说是刘备的军营，刘营北面有仓湖、营湖，今人合称仓营湖，地势平坦，低洼，开阔，当时实为粮草、兵马屯集之地。

这里孩子们也似受古风影响，当年西头街的孩子与东头街的孩子形成两大阵营，每到晚上就隔空叫阵，用自制弹弓、箭镞在黑暗中互射，有的直接用手臂作为发射器扔砖头砂礓，弹尽粮绝就互相谩骂，很少短兵相接，后来都长大了，懂事了，觉得很无趣，就停火言和了。听说离魏营仅二里之遥的前营李人比较野，外边还有人做官，于是魏营的孩子们有时去挑战他们。基本都是游击战。异地作战，胜少负多，很快也就休战了。况且他们的父母都是熟人、亲戚、朋友，是最强有力的维和力量，稍加训斥就马上偃旗息鼓了。

我在魏营小学开始了a、o、e和1、2、3的启蒙，老师名叫李展。在六岁那年秋天，我的自由日子结束了，像牛犊要上绳套了，像狗要进笼子了。我浑然不觉，家里自留地高粱砍了的那天早上，母亲告诉我吃完早饭去报名上学了，我先知般感觉即将大难临头，我想那里就是一个牢笼，老师一定是凶神恶煞，把小孩子关在教室里、校园里，远没有我现在的天地广阔，北可以到魏营的名胜蒲塘洗澡（曹操似有蒲塘诗）；西可以到破落的窑厂捉迷藏；南可以到靠近前营李这个庄子的粮管所掏麻雀；东可以去小缺逮鱼摸虾，难道这一切就在今早完结了吗？我幼稚地以为躲过今天，母亲就不会追究这事了，于是准备把一碗稀饭吃到中午。母亲看出我的拖延伎俩，就以武力相威胁，顺手拿起那根还有生命的高粱秆，问我走是不走？我第一招失败，就来第二招耍赖，坐在地上装死。母亲用高粱秆说话，高粱秆借助我的皮肉发出的啪啪声使我不能自已，在母亲的拖拉和高粱秆的鞭策下，我像麻痹症患儿一样往魏营小学去。母亲并不指望我学而优则仕，只是我每日在外疯尸（玩耍）让她担惊受怕，这下总算熬到可以交给学校收容管教的年岁了——她完全是这样想的——后来她也这样告诉我。

魏营西边二里地，有一个村庄叫先射院，据说三国时期，袁绍重金贿赂了吕布，想借助吕布杀了刘备，吕布又不忍刘备被杀，于是他们订下协议，若吕布一箭射中百步开外的戟尖，则不去进攻刘备，袁绍方面估计吕布没有多大把握，就答应了，谁知吕布一箭中的，于是袁绍野心破产，刘备也逃过一劫。吕布还里外做了好人。这个庄子以前还有先射台，“先”指代的就是吕奉先吕布其人。后来挖先锋水库，据老书记朱德功说，为了保护文物先射台原封未动，后来他调走了，就不知道先射台哪儿去了。但先锋水库出现在魏营也不亚于高峡出平湖，不亚于先射台，下游万亩农田都因水库成了旱涝保收的丰产田。我在魏营小学读一年级时，经常听到老师表扬一个来自先射院的五年级学生王洪波，说他上学哪怕雨雪天也从不缺席，赤脚赶到学校。那时候遇上雨雪天气基本就是节假日，小学生到不了一半，哪儿有路眼呢？能来的就是了不起，老师也很有人文关怀，不硬性要求不得缺席。

魏营最南端还有窦冲、西南有欧岗，豆冲的冲与水冲有关，据说徐偃王曾在此建都数年。欧岗的岗与地处岗岭有关。泗洪地名很多就是依地形而来的。魏营最北边是蔡圩子，这里有个电灌站一度出名，但是最出名的要数蔡圩子的蔡文斗，他生于1887年，家境尚好，可惜童年染上天花，落下满脸麻子，最严重的的是天花伤及双眼，病愈了眼睛也总不能看一个方向。但他父亲对他不弃不离，请先生教书育人，蔡文斗记忆过人，一目百行，光绪三十三年去徐州考试，获得第一，因官方以貌取人，没有录取，后蔡文斗背弃宦海，浪迹江湖，以自己文学天赋和金嗓子，唱起江淮大鼓书。如何评价他的艺术水平？可以这样说，今天在电视上经常出头露面，数一数二的曲艺家，给他做徒弟都很吃力，那时没有媒体炒作，无线电传播，全靠自己的表演征服观众，一传十，十传百，如此而已，仅此他唱遍南京、上海、合肥、蚌埠等大中城市，更是遍及无数乡镇，别人唱书多在露天，要靠专人手捧盆钵挨个向听众乞赐润喉费，名曰收书签。蔡文斗在大城市剧场演出，须提前买票，稍迟则客满。有一次他在蚌埠一个月，全部书目已经唱完，但当地书迷不让走，情急之中去了一趟茅厕，回来坐下，随口编起了《三打茅家寨》，一唱又是半个月。他在本村唱书从不收费，家中收玉米时，玉米棒子要脱粒，他敲响牛皮鼓，很快乡亲们闻声就纷纷赶来，一边听书，一边剥玉米粒，皆大欢喜。

魏营西边不远是二甲张，这个村子里姓张的特别多，在地方出了不少人物，出了很多故事，否则一个庄子就没有内涵。其中最有个性是张瑞万，此人念过几天书，文不成武不就，养成了游手好闲的个性，到青阳街听戏，一听就是三天，到魏营街茶馆闲聊，一去就是半夜。抢场夺麦午收时节，人家去捉蚂蚱喂大头灰（一种鸟）呢。老婆不能容忍。须知咱们是农村人，讲的是“锄禾日当午，汗滴禾下土”，你这样不稂不莠，伸手不拿四两，倒油瓶都不扶，早晨你怕露水，晌午你怕太阳，晚上还怕小鬼，你这叫农村人吗？结婚三年老婆哭哭啼啼离了婚，找到一个走路都要搬块土坷垃回家的勤快男人，那是放下锄头拿镰刀、丢了扫帚拾起铁锨，家里天天增加财富，日子难免过得好，三年不到盖了三间湖草房子，高高大大，老远就可以看到很有气派。而张瑞万失去勤快能干的老婆，自己日益落魄，再没女人来自投罗网，自讨苦吃，来伺候他。自己成了流浪汉，脑子也一天一天不好使了，当年能代表有文化的中山装如今不仅改变了颜色，而且连一点中山装的样式也看不出来了。乞讨成为他最合适和最省事的生活方式。听说前妻家里过得好，他就端着饭碗去她家要饭，回来之后，村民说，瑞万呐，你还好意思去？张瑞万说，哼，我就是故意去刺激刺激他们，你们知道吗，刺激就是叫他们难看的意思。

二甲张的旁边是小宋庄，母亲在魏营时，因为姓宋，因为自幼家族门户很小，亲戚不多，更不知祖上渊源，在这里有了小宋庄就像找到娘家，找到了祖地，叙了很多长辈和晚辈。人生在世都有不确定的担忧和害怕，抓到一片属于自己的树叶、一根稻草都会觉得踏实一点。相互照应，相互依仗，免了孤掌难鸣、单丝不线的悲苦。所以她们经常来往，有的叫三姑，有的叫三姐，我们也在这里找到很多舅舅、小外爹和大表姐、二表姐，有的至今还有来往。说到过去他们都忘不了我母亲菩萨心肠对他们的慈悲，说要不是我三姑，哪有我今天这一大家人啊。

这里有一个兽医叫宋宝干，年龄很大，按母亲的辈分我和他是平辈，我喊他大表哥。我九岁时，他见我调皮机灵，就想培养我做他的接班人。当时的兽医地位一点也不比医生差，而且有很多优越性。医生治死了人担惊受怕，愧悔不已；兽医治死了牛马是死得其所，说不定还能吃到肉，特别是手术阉割牛马猪之类，割下的赘物都归兽医下酒，这是医生无法得到的。医生若这样反成了兽类。于是，母亲为我未来饭碗考虑，似乎也看到了我这方面的潜质，大表哥就把牛马经，药性赋一句一句教我，类似过去私塾的教法，远没有我们野兽般的玩耍趣味盎然，没到三天我就如脱缰野马逃走了。

所谓民政区员，管的就是调解家长里短、主抓救灾扶贫、照顾荣复转退、抚恤生老病死、兼管社会治安等等。小两口结婚来拿结婚证，喜笑颜开就走了；来闹离婚，双方不是怒目圆睁，便是喊冤叫屈，赖在父亲那里等待各自满意的结果。父亲总会用通俗易懂，又风趣的方式说理说法说人之常情，很快两口子就破涕为笑，雨过天晴，晚上回家就把一度中断的联欢继续下去了，过了年把，两口子也喜笑颜开来送两个红鸡蛋给父亲。老百姓不按公家作息时间，你下班就找到你家，赶上吃饭还得给他们准备点饭，客气的当然坚决拒绝，自来熟的人坐下就吃，这使我们常有愤愤不平的哀鸣，母亲就低声对我们说，少吃一口不碍事。

那时候是老百姓指挥干部，有时半夜三更有人来喊，许区员呐，不好了，小猪场失火了。父亲披起衣服，拎个小桶就得往那跑，有时有人来报有个醉鬼在打人，父亲也得去。

父亲的权力很大，每年有救济布票、粮票、油票、糖票，还能批钱看病，还有很多救灾款在手上。吃晚饭的时候，母亲说话了：

“你看几个孩子穿得和要饭花子似的，你那布票不能扣几尺给他们做条裤子吗？”母亲看父亲从县里背回一大卷布票，几尺布票在这里就是沧海一粟。

“这都是有数的。”父亲说。

“哪块扣一点都够了。”母亲以为。

“人家见你家孩子都穿新衣服，能不怀疑是我贪污的吗？”父亲说的是有道理。越是管这东西，越不能让人家说闲话。

“那好，反正都是你孩子，精光精腚（意为不穿衣服）我也不管了，你不怕丢人，我还怕什么。”母亲生气，但也胆小。

父亲当了民政区员，经常慰问看望荣复转退军人，他就想起了表弟应该追认烈士。这天父亲去找民政科孙科长。

孙科长是知识分子。父亲把表弟情况一讲。孙科长说，老许啊，现在形势复杂，很多事情也相继复杂了。关于你组织关系问题，组织部说，档案上没有显示这个，证人一个找不到，有的人甚至怀疑了你到底在没在过组织。现在不是仅仅听你说，而是要拿出人证物证，没有这些，你还怎么证明你表弟该不该是烈士呢。再说，怎么拖了这么长时间才想起来，这就不能不让人浮想联翩了。

孙科长和风细雨的语调，却使父亲胸口如枪击一般，那种剧痛从里向外爆发，耳朵轰鸣，眼睛黑暗，头就要爆炸了。孙科长看出父亲脸色异常，说，老许，老许，你冷静一点，凡事都要有一个过程。我们慢慢来。父亲毕竟是父亲，他很快就回到原来状态，但讲话又开始结巴。他说，我……我……我希望组织上尽……尽……尽快找到那几位证人。孙科长说，话说回来，组织上入党只是个形式，关键要思想上入党，一个人处处以党的标准要求自己，他就是一个合格的党员。你不要有包袱，要安心工作，相信我们会对你负责的。父亲听了这话，心情顿时好了起来。心想，我何时不是以共产党员标准要求自己呢。前不久，公社大炼钢铁那会儿，我三天三夜没睡觉，坚持到最后的就剩下我一个人。就这样父亲一时用孙科长的话安慰自己，心情却如彩云追月，时明时暗，也似清明时节，时阴时晴。

这天夜里下着雪，雪花沙沙落在屋顶，还有的打在门上，一家老小都睡得不知世上是何年。父亲眼望着小窗户，心情比雪花还纷繁，表弟问题，组织问题，大个子家房子问题，小葛庄几家断粮户，小老头在县医院出院没有，五十斤猪肉怎么分，六十七张慰问信怎么送。想来想去又想到组织问题，刚才还心平气和，现在顿时燥热，悔恨交加，面对江司令，面对表弟，自己过于急于表现，或者说急于革命，没让江司令留下一个纸条，没把表弟带到大队长那里说一声，那张借条又被祖父烧了，不烧又能说明什么，想秋后算账吗？就算江司令还活着，又去哪儿找？工作这么忙，领导也不会开介绍信放我去；就算放我去，我也没有路费，就算有路费，就算找到江司令那里，那江司令下面层层阻拦能给我见到他吗？他若在部队一定是指挥千军万马，要时刻防止美帝苏修反动派的侵略，眼睛都不能眨，要是在地方一定每天要考虑钢铁石油粮食产量，人民生活，国家建设的方方面面；就算江司令见到我，还能认识我吗，还愿意帮我这个忙吗……父亲想着想着就想到别人身上，替别人开脱了，自己越发没有了勇气和自信。雪花的声音好像越来越大，他似乎听到几里以外隐隐约约的鸡鸣，风偶尔鬼叫一样从屋山间飞过，凄厉怪叫。

眼看就要过年了，父亲和祖父一样，遇上逢年过节的时候，不管日子多么艰难，不管心情多么烦闷，总会冲掉一些不快。这时父亲又开始盘算给孩子们买点什么吃的，有哪些东西孩子们还没吃过，而他总是很少考虑穿着。在县里，一个秘书多次提醒父亲的裤子要系好，不要裤腿一长一短；褂子要常洗，不然脑油都把布眼盖住了。这个秘书虽说也是农村来的，但人家念过小学。他每天梳头搽油，洗脸抹雪花膏，小镜子随身带，裤缝笔直，是小县第一个夏天把衬衣下摆塞进裤腰的，引起很多人效仿。父亲比他，一样也做不到，也不去想。所以他有资格提醒父亲注意仪表和卫生。父亲翻身过去，长吁一口气，有了睡意，这时有人来敲窗户，动作很小，声音很低，若在白日根本听不到，现在却十分清晰，父亲警觉坐起，伸头去听，窗外说，老许啊，老许啊，睡了吗？父亲咳嗽一声，既是警示，又是回应，窗外继续说，老许啊，睡了就不要起来了，外面很冷，我是来给你告别的，我调到地委了，今后去宿县有事找我啊。说完，等父亲反应过来，披衣下床，找鞋，开门，一个黄吉普已经在雪地里歪歪倒倒走远了。

是老潘，潘县长，哦，调走了，专门来跟父亲告别。按理，他出了青阳，直朝泗县那方向走才对。可是，还朝南又拐西来告诉父亲一声。父亲站在雪地里，雪已经有半尺深，望着车子远去，消失在黑白交融的深夜，感到浑身莫名其妙的温暖。父亲回到床上，睡意全无，心里想：一个县长，现在起码是副专员了，专门来给我一个区员告别，这难道不是组织对我的信任吗？就这一点，组织上就没有抛弃我，这也说明孙科长那话，只要思想在党，组织关系可慢慢来啊，不就是几个证人吗。其实潘县长虽然不是父亲入党介绍人和见证人，但他很早就认识父亲，知道父亲的资历、父亲的为人和功劳，因为工作忙，有时偶尔提起恢复组织关系，说过就搁了，没有及时跟进，都认为既然众人皆知，恢复不恢复只是一个手续问题，而就这个手续问题，有时真成了问题。这下好了，潘县长雪夜来告别，明早这就是大新闻，父亲真希望雪不要再下，不要把黄吉普的车轱辘印子从门口盖掉，这种车轱辘印子在马路上都少见，何况在我家门口?! 更希望当时的邻居也没睡，知悉全部对话。

第二天，雪已经一尺多深，车轱辘印子无影无踪，邻居也没有听到潘县长的说话。书记、区长早已起来动员大伙扫雪，父亲则背着五十斤救济粮急急赶往小葛庄。有潘县长的鼓舞，父亲根本不按往日的路上走，而是走直线，他不懂几何，但知道两点之间直线最短，途中沟壑、烂泥地他毫不在乎，直行直行，绝不改道。

晚上回来，父亲还是憋不住，就给小他七八岁的唐书记说，昨夜潘县长来的。

唐书记大惊，怎么也不告诉我们一声?

父亲说，我都没见到人。

唐书记，那你怎么知道的?

父亲说，他扒在我们家窗户上说几句话就走了。等我出来车子都到圩外了。

唐书记如同从云雾中回到地面，仿佛在听戏文。说，他这是干什么? 说了什么?

父亲说，他调地委了，是来给我说一声。

唐书记终于明白，脸皮松动，五官归位，说，老许啊，你不简单呐，你比我们有面子。唐书记是坚信潘县长深夜来父亲家的，他知道每次上级来人都喜欢到父亲家吃饭。也就是这样的招待落得一点虚荣和真情。书记是个较为清高的人，也不喜欢拍马，那时拍马也不好使。上级来人愿意到他家吃饭，他也乐意，也不小气，就是老婆不配合，老婆是供销社会计，在家能管书记，三代都是城里人，讲清净，讲卫生，有时会给客人脸色看，说话阴阳怪气，让客人感觉有压力，无胃口，在饭桌上像在考场，这样书记难免尴尬，倒是父亲的大方给他无意中解围不少。

那个时候县里常有领导到区里来调查研究、帮助工作。他们有的骑自行车，有的步行，有的到公社和书记、社长那里交流；也有直接到庄子上、田间与社员交心，访贫问苦。遇到饭点当然就要吃饭。那时没有公款招待这一说，不管上面来了谁，你认识，你就带回家；他认识，他就带回家，吃什么，丰俭也由你们感情和生活水平决定。上级领导也不乱吃，作风不正派的，习惯拍马溜须的，在地方影响不好的下属家他们轻易也不会去。那叫注意影响。他们不乱吃，也不白吃，如果给你粮票你不要，好，下次你去县城开会什么的，到我家我招待你，咱们礼尚往来；那么要在村子里赶上吃饭时，就要大队书记安排到德高望重、根红苗正的人家吃饭。这家女人一定心灵手巧，男人一定也是忠厚老实人缘好(那时叫群众基础好)，家里家外干净利索。吃饭前，大队书记表示大队给这家补助粮草，上级来的人不同意，吃完饭就给粮票和钱。农村人认为这是看不起他们，他们不是因为你是干部是当官的，农村人是天生的传统习惯，就是个走大路的人（路过的陌生人）遇上吃饭时也要留人家吃饭——起码口头上会邀请。既然留你吃饭就是友好行善使然，若收了钱还谈什么友好行善？是友好行善值钱，还是钱值钱呢？老百姓穷，但穷得有志气，有人情味。有的干部就好为难，于是就偷偷把粮票钱卷起来塞到碗底。要知道上面来的干部也要面子，白吃白喝多不是那时干部的习惯和德行。

上面来人喜欢找我父亲，因为当年在青阳街就熟悉，脾气也都了解，他们喜欢和我父亲说笑，因为父亲说话很俏皮，他一出口笑声就哄然而起。他们更喜欢他的热情诚实，毫无虚情假意。他们既是来吃饭，也是来寻开心。那些县长、局长什么到我们家都和父亲弟兄一般，讲话随便，互相调侃甚至揭短。若是家族里，级别就得服从辈分。有一个许姓县长比一个许姓科长辈分晚一辈，科长经常骂县长，县长只有无可奈何赔笑，没有丝毫不快。那时辈分比级别高贵。

限于当时生活条件，只吃豆面条，调点砧碎的红辣椒和青蒜拌点麻油酱油醋，这在当时老百姓家，也算高档饭菜的；有时有几个余钱，还喝点酒，桌子上也就是一点花生米、豆腐干、萝卜丝、菠菜、芫荽、黄豆粒之类，最好是韭菜或青辣椒炒鸡蛋。辣椒要辣，这样受吃（或怕辣不轻易被吃完），他们还说开胃。有时酒喝到月上东墙，他们才辞谢告别，返回三十里外的县城。本来都是争先恐后地喝酒，这时个别人还有点虚伪，说，死老许，你把我灌醉了，车子都扶不稳喽。下次上泗洪（县城）一定要到我们家弄两杯啊！（而父亲从不搞“礼尚往来”）。有的领导说，老许啊，有什么困难、要求，尽管给我说。父亲好像视这种“困难”“要求”是不可容忍的瘟疫、污点，连忙摆手，说，没有没有。拒人千里似的。可有时也后悔，怎么没有“要求”和“困难”呢，比如表弟的事、自己的组织问题。转念又打消了念头，或许领导只是顺口说说，哪能顺杆爬呢。既然没什么“要求”和“困难”，领导他们就心安理得地推着自行车走了，走了一段后，感觉脚跟稳了就骑上车，在空无一人的乡村小道上蛇形远去。

路上他们还在回放父亲先前的一些俏皮话（这些话在当时情境中效果好，过后还有人重复，说明是确有效果的），像回味那些酒菜那样开心。他们话题意识流似的谈到某常委在大灾那年去湖边检查工作，当地书记准备了冬瓜、豆腐、粉丝和二斤大米做一顿丰盛的中饭。书记本是尽力了，饭都端到桌子上，见此饭菜，常委恍然大悟似的，说，哎哟，我得抓紧赶到下一个地方，来不及吃饭了，你们吃吧。于是常委到邮电所打个电话，安排他在粮管所的小舅子招待，吃的是野鸭、大雁和老鳖，还喝了羊肉汤和原泡子酒。这些人既讨厌这位常委的享乐思想，也哀叹这个地方书记的小气，可想来想去又怎么办呢，打肿脸充胖子脸很疼啊！

他们走的夜路约三分之二是青草，约三分之一在中间，是白的，是行人脚踩出来的，一行人在月色下，沿着白路走，看路边庄稼，哗哗生长，就谈起了收成，秋季分配的事情；听水流潺潺，就议论冬季水利工程和党员冬训，到了家，一路上属于自己分管的会也就开完了，第二天也不必再坐那儿有一搭无一搭闲扯，通知一声，干，就是了。

这些人回去像做广告一样说在老许那里吃到了豆面条、小干鱼熬酱豆子，还喝了高粱酒。讲者有心，听者更有心，下次到父亲那里检查工作，就直奔我家，没进门就嚷开了："嫂子呢（弟妹呢），老许叫我们来吃豆面条了。"母亲是父亲最忠实的执行者，不是一家人不进一家门。父亲要面子，对来人不能打一点折扣。借账也得借。处处要让客人感到宾至如归。所以，很多人说，到老许家喝点水都甜。话说得好听，热情好客，慷慨大方，美名远扬，母亲说，给两个孩子做褂子的钱又吃了。

1960年，父亲咬牙卖掉县城的祖业九间房子，得一千元，在当时是巨款。可是不到两年全部被来人吃光。有一次一个年轻农民在途中遇到父亲问路，父亲听出是他乡口音，就问哪里人，姓什么。那人说姓许，大楼公社黄泥庄的。父亲和他一叙辈分，他得喊父亲为大老爹。父亲为此一高兴也带他回家吃了一顿。还特地买了二斤小鱼。

眼看就要过年了。天气在制造气氛。

雪停了，太阳还没出来，一个个村庄若不是冒点热气，根本不知道它的存在。这样天气，老百姓都窝在家里，有的抱被窝；有的找点烂麦糠沤火取暖；有的在门口铲雪，起码铲一条到家后茅厕的小路。主人算着褶子里、土瓮里的粮食能不能熬到收麦，妇人把破衣破布拿出来拼凑、补贴、裁剪，近似创作。老人抱着老烟袋用烤烟那特有的辣味来止咳。父亲正扛着二十斤猪肉、二十斤粉条，深一脚，浅一脚，朝庄子走来，几次鞋子陷在雪里，扒了一个好大的坑才把鞋子找到。

庄子西头第三家是烈属。老两口三个孩子，一个女孩出嫁了；一个男孩给人家招女婿；一个老大死在了渡江战役。老两口能苦能累，省吃俭用，从不到区里哭穷，可是，你不哭穷，政府不能忘了你，你儿子是为人民牺牲的，为新中国卖命的，人民就要养活你，政府就该照顾你。前几年灾害严重，父亲时常来看望，问他们这样，那样，他们都说好。父亲就说，那好，今天我就在你家吃晌饭。这下老两口慌神了，顿时在屋子里乱转，像干了坏事被父亲抓住似的。父亲揭开他们的锅，只见一锅黑乎乎的山芋叶和黄豆皮。父亲顿时眼泪就下来了。父亲说，国家再困难，也不能让你们饿死啊。今天要不是我亲眼看见，谁相信你们就吃这个。

后来好长时间父亲端起饭碗就流泪，就想起这两位老人。这次父亲来除了政府慰问以外，还自己掏钱买了二斤红糖、一斤香油。老人一到冬天就咳嗽，喘，彻夜难眠，据说香油能止咳喘。父亲知道，老百姓一年到头，就在过年这一段有点喜气，一年的辛劳都在这时给予回报，吃点喝点总算不虚此生此年。传统节日都是为穷人设计的，一个家庭哪怕天天鱼肉，而到大年三十吃糠咽菜那就是很悲惨的，大逆不道的。反之，一年到头吃糠咽菜，大年三十这天有酒有肉，也会忘掉一年的艰难，这就是农民，这就是老百姓。

父亲就是农民，就是老百姓，他一天也没忘记自己的身份。他来到这位烈属家，门还没开，门前雪已经偎门，一只瘦弱的公鸡跳在屋顶惊奇地打量父亲。伸头移步，步步惊心似的。门没有闩，他们也从来不闩门，这里就是给小偷路费他们都不会来。父亲进去，额头被门框撞了一下，一阵灰土落在父亲脸上胸前，屋子里黑乎乎，像进入了深夜，老两口见有人进来，连忙从被窝里坐起来，“哪个啊?”声音像从遥远的地洞里传来。父亲说，我啊，我姓许啊。

老头几乎是连滚带爬下了床，冬天他们都是和衣而睡，上床下床倒也方便，穿衣脱衣对他们是一个复杂艰难的过程。老人摸了一个木墩子说，哎哟，许区员呐，你，你你坐，你坐。大雪都偎门了，你还不在家烤火。你看你!

父亲说，快过年了，政府派我来给你送点年货。父亲拿出猪肉粉条红糖和香油，还有三十块钱。

老头说，许区员呐，这回真的什么都不缺，队里昨天杀了猪，你看！父亲瞅见梁上挂着约莫二斤猪肉，在黑漆漆的梁上一条白肉尤为显眼。老头又说，许区员，这些东西我们就收下了，大老远背来不容易，这钱我们用不着，上回发的还没花了呢，这你就拿去花吧，家里几个孩子也不容易啊。

父亲拍拍后腰，说，要这样，老人家，你不如现在就把我给枪毙了（父亲还真带着枪，那时区干部配枪)。这是什么钱？这是你儿子拿命换来的钱，谁敢用?!

说着，老太太也下床了，说，许区员，你还没吃饭吧。今天我们早饭晌饭一顿吃。说着就伸手去够梁上的猪肉。

父亲说，你不要费事了，我这还有好几个庄子没跑，肉一定要等到过年再吃。

老太太又去水缸舀水，水缸冻了。她拿起食刀砸开水缸里冰块。

父亲说，你就挖外面雪化水就行了。我来时看那砖井都被雪盖了一圈。不留细能掉里去呢。

父亲和老百姓对猪肉都充满无限深情。猪肉是一个人在最馋最饿时候总能想到的食品，而且总能吃得人心满意足。一个人家三天两头有猪肉吃，其他任何困难就都不是困难了；来客人有猪肉招待，礼节就是百分之百了，任何欠缺都不是欠缺了。父亲居然和其他领导一样，到农民兄弟家了解过年情况，第一句话都是猪肉买了没有？

老太太说着就把水瓢拿出门外挖雪，锅里挖满了，就把食刀在水缸边沿上荡得当啷刺啦响，荡完刀就毫不犹豫地切猪肉，父亲看到就制止，制止无效，就说，我走了，前边黄庵庄还有一家，宋桥还有一家，说完，背着口袋就往外跑。老头急忙追了出去，拖着口袋不让走。老太太也拎着食刀跟出来，那场面，不知情的人还以为父亲是抢老百姓东西呢。这时庄子上依然不见有人露头，只是远处有小孩子玩耍的惊叫声。父亲好说歹说，说过年后再来。老人也算通情达理，知道还有那么多人家没到，就无可奈何地说，那好，那过过年，我守你啊。老人的鼻涕流到胡子上就结冰了。父亲说，进去吧。雪后寒呐。父亲就急急走了。老太婆责怪老头子没有留住父亲，说，怎么说，热汤热水也要人家喝一口啊。瞧这天，猫狗都不敢露头了。老头子站那儿默默望父亲远去。太阳白白的，比以往也小了许多，周边还长了毛。

父亲到了小胡庄，又上演了残废军人撵小鸡的壮烈场面。小胡庄离老人那庄子约莫五六里，有一条小河，走河堤上路好走一点，但风大且尖，像一根根针扎在父亲手上，父亲抓着布袋的口，一会儿手面就开裂渗血了。走河坡下小路又怕掉水里，雪抹平了地面，分不清坑坑洼洼。父亲只好走二坡，即河堤之下，河边之上，这样走安全一点，暖和一点，可是两条腿一高一低，行路更难。太阳渐渐长大，出来，僵尸一样的原野开始旋转起来，摇晃起来。小狗朝着太阳方向跑，或许以为靠太阳近一点会更暖和；乌鸦落在一片雪地寻找食物。乌鸦的翅膀真是挡不住阳光，倒是阳光使它们灵动许多，在雪白的田野里像一幅水墨，大树上的雪开始松动，哗啦如瀑布，轰然而下，惊飞树枝上一群麻雀如枯叶向地面飘零。

父亲进了村子，带眼就看见在屋山头晒太阳的胡老三。屋山头面向东南，没有落雪，地面干干的，一群人集中在墙根下，利用太阳能取暖。几个小孩在人窝里乱穿打闹，小狗跟着玩闹。有妇女在一旁纳鞋底。不时呵斥太顽皮的孩童。

胡老三也是残废军人，一条腿半截是假肢，平时不出远门，他都把假肢拿下来不用。他是从国军那边投诚过来的解放兵，刚过来第一仗就把腿打折了。庄子上人说，胡老三命好，要是在那边打伤的，现在死也没人问事呢。

胡老三也看见父亲了，大叫，许区员，你怎么来了？

父亲说，过年了，来看看你们。

胡老三赶忙拉着父亲，说，走，走家坐。

“老婆子，你看谁来喽！”

“哎哟，许区员呐，怪不得我一早就听喜鹊在门口叫呢！”

“少废话，给那个紫冠子的给我逮到。”

胡老三用拐棍指着一只正在张望的紫冠大公鸡。这些公鸡是不容易抓的，除非黄鼠狼老鹰们，就算是它们，公鸡也不是轻易可得，束手就擒的。胡老三叫媳妇抓鸡，媳妇转了几圈连鸡毛也没沾到，她抓把玉米撒在地上引诱，公鸡它们就过来警惕地啄食，看人一拉架子就跑开了。

胡老三说，你不出心啊，不能动作快一点吗？

老婆说，你说得轻巧，你来试试？

胡老三火了，当年老子把鬼子撵得吐血，你一个人连个小鸡都抓不住，看你是不出心，废物。

这句话说到老婆痛处，结婚几年没生孩子，在没查明谁是谁非的情况下，他就判定是老婆的不是。

“废物！”

胡老三老婆一听这话，干脆转进屋子里不出来了。父亲急忙进屋，见胡老三老婆在哭，父亲明白他们追小鸡是为了招待他，转身出来拉住胡老三说，老三，你这是干什么？你看你把老婆气的，你叫我都站不住脚了。

胡老三听了父亲这话更觉得没面子，拾起拐杖就往小鸡砸去，小鸡没砸到，自己失去重心跌趴在雪地上去了。小鸡惊魂甫定，居然回过头来，一步一步走近胡老三，像慰问，像歉意，似乎还要扶起胡老三。胡老三看鸡靠近了，急忙伸手去抓，鸡迅疾逃离，胡老三在雪地挣扎想爬起来，滚了一身雪，父亲过去扶起他说，你看你，逞什么能呢？

胡老三气喘吁吁地说，不说了，不说了，中午只有猪肉烧粉条吧。

父亲说，你烧唐僧肉我也不在这，你看，我这还有好几家呢。记着，不要再找老婆算后账。气跑了，我不给你找啊。

胡老三终于笑了。

过年前一天，地上的雪开始化了，雪下的时候好看，化的时候就很难看，原来一件披在田野上的天鹅绒衫，渐渐破烂不堪，漏洞百出，露出的田野像花斑豹的僵尸。雪水四处漫流，东西南北村庄的人都往魏营老街来赶最后一个“光蛋集”，讲价要价这时也都很好妥协了，总之，能买的能卖的都在这一天了结，竭尽全力卖完买完不再留有遗憾，回家安心过年。路上全是泥水，和黏胶一样，人们不时地弯腰拔鞋子，都尽量往路边有枯草的地方走。过年的喜悦使他们没有更多的埋怨，或许很多人认为就该走这样的路。心情都好，一草一木都惹人喜欢。这天，胡老三和老婆来找父亲。胡老三脸色通红，头顶热气像火山爆发，老婆手里拎着那只逃过初一、没逃过十五的紫冠大公鸡。往我们家一撂，说，许区员呢，那天实在对不起，瞧，今天给你逮来了。

父亲刚吃完早饭，准备出门，看到胡老三和公鸡就说，老胡啊，你就在家老老实实多好，你看，还拎小鸡来，这让老百姓看到影响多不好。

胡老三故意大声说，这又不是阶级敌人送的，你怕什么。你看哪个敢龇龇牙？再说了，那年我复员回来，不是你前前后后照应，我骨头恐怕早上黄锈了。我这条命都是你给的，送你一个小鸡有什么影响？多大事啊！

父亲说，那好，坐下来烤烤火，上午我回来陪你喝两杯。

胡老三并不推辞，说，你忙你的，许区员，我不急。

胡老三老婆说，你麻烦人家干什么？

胡老三眼一翻说，这又不是旁人家，麻烦什么？都照你的。

这些人到这里真不拿自己当外人，困了往床上一倒睡得比在家里还踏实。那时候，真像李铁梅唱的“我家的表叔数不清”。老百姓上街赶集总会在我们家那里停留，找口水喝，擦把汗，坐树下凉凉，借根绳头系口袋，这些服务总是有的，他们也像燕子一样总会在善良的人家做窝，而且越来越多。

对于过年，父亲虽然不像祖父那样大张旗鼓，面面俱到，但父亲也不会忽视每一个细节，还要给老家祖父送年货。我们常听他说不信鬼不信神，听人说刘营桥底出鬼，他还专门独自一人夜里去捉鬼。他也曾责怪过母亲不该把道妈妈请来家给孩子撵鬼治病，可他也会贴灶王爷，有时还烧香，吃饭前还把一杯酒浇在地上。春联也是他自己写，自己贴。大年三十晚上放鞭炮，他亲自点火，我们负责举着竹竿，谁要是鞭炮一响丢了竹竿逃跑，父亲必骂，没出息，胆小鬼！晚上，父亲忙着炸玉米花，用自己熬的糖稀把玉米花粘在一起团成团，一个一个拳头大小，年景好的还要炒点花生，卷一点面糖，这几项下来鸡就叫了，我们实在撑不住就只有等到明早来享受了。

这年大年初二，三叔从三十里外的老家大新庄来报，说祖父不行了。父亲装着若无其事，背上家里留年后招待来人的几斤猪肉，连夜回到大新庄。祖父因膏粱厚味而死，死得其所。众人悲伤主要在于感怀他曾经对大家的慷慨帮助。他的一个远房侄子一字不识，却有鲁迅的观点，他说，我们就是活一百岁也不如我大爷这六十岁享的福多呢。他这句话使在场人把悲伤缓释了很多。这不就是说生活质量吗。父亲跪在祖父灵前和家里人商量祖父安葬事情，父亲知道老家这边受了灾，这场大雪压塌房子一千多间，也砸死了人，一万多亩麦子积水，麦子怕水淹，明天他得去县里报告灾情。父亲把带去的猪肉和粉条白菜烧了一大锅，招待来帮忙的人，趁太阳未出来把祖父安葬了——这民间风俗帮了父亲的大忙，据说这样死人亡灵能入土安息。否则，若错过这个日子，就得按另一种风俗在家停尸三天供人吊唁，这样，父亲会急得要命了。

安葬了祖父，父亲也没回老屋看看，拍拍身上泥土，从坟地直奔县城青阳街。城里比乡下节日气氛浓了许多，地上满是鞭炮炸过的纸屑，人们穿着也焕然一新，三三两两逛大街的，嗑着瓜子的，文化馆那里猜灯谜发小糖，挤了一屋子人；戏园子门口聚了很多来回走动的人，和几个围在一起说笑的人，都在等着看李彩凤的泗州戏《丰收之后》，有人刚买一条新围巾，从脖子挂到胸前，不时向脖子后面甩过去，又抽回来再甩过去，动作很大，让很多人都看到了。

泗州大街已经铺上了细石子，下雨天也照穿绣花鞋，西大街那边在演戏，文化馆这里猜灯谜，县政府门口还有花挑旱船在拜年，读报栏换了新报纸和画报……父亲无心留意这些，径直走进县政府那新盖的三层小楼，门都关着，一间稍大的房间门开着，煤炉上烧着大茶壶，茶壶盖被蒸汽掀得一起一合。父亲走进去，无人。父亲坐下，一个青年人裤袋还没系紧就进来了。

“同志，你有事？”

“你是……”

“我是政府办值班的小吴。”

“县长今天上班吗？”

“哦，有的回家了，有的去部队慰问了，你是来……”

“我们公社，受了灾，老百姓房子塌了一千二百四十六间，还砸死了三个人，一百一十二家五百六十三人断炊了。”

“好，我来叫通信员去找陈县长，这是他分管的。”

父亲坐那儿喝着小吴倒的热水，不一会儿，陈县长居然被通信员找到了。

“死老许，不给家老老实实过年，跑这儿干什么？”陈县长把羊皮军大衣捋一半在腰后，把翻毛大头皮鞋在地上跺跺，问父亲。

父亲把灾情说了一遍。陈县长说，话到这里为止，不许说砸死人的事情，明天看能不能开个会，研究救灾问题。

父亲说，研究什么啊，等到明天说不定又要饿死冻死人了。

陈县长说，老许啊，你可不要乱说啊，反右的时候你逃过一关，到现在你还没有教训吗？

父亲说，你能不能批点木材给我，今天就找车拉回去，把倒塌的房子先盖起来。老百姓没有窝不行。

陈县长说，一天两天能有多大区别？现在又都是过年期间，凡事总有个过程。知道吗？老许同志？我还有事，就这样了。

父亲站那儿目送陈县长下楼，心下不免嘀咕：当年比我还低一级，见我都敬礼，人家跟大部队跑一年回来就是县长。我这些响应号召，逞能要坚持地方的，倒是越干越小了，至今还弄个不明不白的。

父亲看陈县长走远，这才一步一步下楼去了。到了大门口，父亲不知道该往哪儿走了。

这时，过来一个人，骑着自行车在父亲面前停下来，父亲一看，竟是张侉子。他一身崭新蓝卡其中山装，黑皮鞋，戴个白手套。和父亲一比，父亲就是个地道农民。

张侉子带有怜悯的眼光看着父亲说，哎哟，领导，你跑这儿干什么？

父亲说，没有事。

张侉子骑在车上，两脚点地，说，哦，新年好，新年好，我们镇里还有事，你忙吧，俺走了。张侉子腰一扭，脚一蹬，走了。

父亲目送张侉子的身影越走越远。张侉子逃过下放一劫，日子一天天见好，现在已经在镇里做事。

这年春夏之交，小学校要我们背诵毛主席《为人民服务》。我很兴奋，因为我脑子好使，第一个就会背诵，而且被拉到全校几百个同学面前背诵。这以前在班上，我也经常被老师拉到讲台前，面对全班同学，那全都是惩罚，是让我丢人。这次不一样，面对全校师生，是露脸，还能得到校长和老师的夸奖。这是我从上学三年有史以来第一次得到这样严重超标的夸奖，晚上回来还余兴不尽，还在回味、默诵“我们的八路军和新四军”，忽然一阵莫名其妙的惊恐袭上心头——我似乎第一次知道了人总是要死的，不仅古代人说了，毛主席也说了。古代人说我未必相信，毛主席说我一定会信。乐极生悲，于是心里难免恐慌起来，这也倒不是恐慌自己，看着床上兄弟姊妹都发出甜美的鼾声，母亲在灯下安详地做衣服，一切正常，但我想到他们“固有一死”，就浑身燥热，空气稀薄，就睡不着了，就暗自流泪，这之前压根就不知道人会死，就是看到有死人的，也不会联系到家里人和自己，总以为我们一家永远就这样。现在我陷入无限的悲伤之中，居然抽泣起来，夜深人静，母亲听见了，以为我有病了，摸摸脑门，不热，母亲就说，你不睡哭什么？我当然不敢说“人固有一死”，就把头缩进被窝里，继续思索。

这时，父亲推门进来，悄无声息，搁以往进门之前他总要说，老爷们儿回来了。引得我们一群孩子向前簇拥，等父亲摸过我们的头，我们就兴奋地散开，等着父亲带来的好消息——主要是好吃的东西。这次回来，父亲知道我们都睡了，可以往这样情况下，也要咳嗽几声，提醒他人，我回来了。以往，哪怕就是昨天，父亲出去半天回来，也会久别重逢似的问母亲这问母亲那，问得母亲都烦了。

今晚，父亲自是不言语，站屋子里发呆。

母亲说，还没吃饭吧？

父亲说，不想吃。

母亲看父亲少有的沉重，就问，怎么了？

父亲说，我听说又要搞运动了，恐怕那件事又要倒腾出来。

母亲说，你不是说有过什么结论了吗？

父亲有点不耐烦，说，你不懂。说着就从笆斗里抓了一把花生，放在一把草上面，在锅门口把草点着，火苗活跃地包围了花生，不一会火苗干枯，消失，花生壳烧黑，发出扑哧扑哧的声音，随着冒出一束白气，接着香味就传到了我的被窝里，按惯例我会奋不顾身起来抢几个，可现在我还在“人固有一死”的悲痛之中，又看到一反常态的父亲不像以往那么总是说说笑笑。我就装着睡着了。父亲吃完花生，站起来拍拍手上灰，看我们五六个孩子睡在一个床上安静地呼吸，自己也打个哈欠去他们那一间屋里睡了。母亲的油灯结了很多灯花，灯火一跳一跳像要断气，屋里的东西都跟着跳，母亲把灯花剪掉，灯火恢复平静，母亲继续做衣服。这衣服和人家说好了，明天顾客就要来取衣服了。这些人都是乡下人，让人跑空趟不忍心，人家来回十几里都是步跑的，很不容易。

小高庄

父亲担心的事还是发生了，一场运动之后，全家跟随父亲下放到农村劳动。就这样，我们一家最终落脚母亲的老家小高庄。本来想到刘营，父亲权衡再三，还是回老家吧。

小高庄在青阳街南边五里之地，之间路不算远，因为过一条小河要脱鞋，一条弯弯曲曲土路雨天有泥泞，晴天有坑洼，只能步行，也只有步行，另有一个乱坟岗横亘其间，后来路改到其西侧，这里面终日似有雾气烟尘缭绕，野狗和座座坟头一动一静越发使人小腿发麻，脊背发凉。天一擦黑，路上便难以见到行人。所以去一次青阳街总是令人兴奋，而且也必然是成群结队为多。独行且不论时辰的只有一个疯子和一个据说喝过鬼血的老侉子。他们中午时分或半夜三更都敢从此路过。听说鬼虽然怕阳光，唯独中午时分他们敢出来，他们会在路两边的高粱地出没，或在这小路上闪现，所以，在我的记忆里这路上中午时分只有蚂蚱弹射来去。还有马刀蛇（类似蜥蜴）在鬼祟张望或潜行。

这次搬家同上一次搬家一样悲壮，第一次是一辆板车把所有家当和烧锅草刚好够一车，老百姓手扶着板车依依不舍，他们拿几个鸡蛋，买几根油条、斤把猪肉，还有自己做的童鞋等等都塞在能塞的地方，这些东西都是重礼，都是他们舍不得吃、舍不得用的东西，他们陪着母亲走了好几里地才回去。母亲和他们依依不舍，牵衣拉袖，回忆往事，展望未来，互发邀请，期待重逢。母亲强装笑脸，一一应对，转过脸来就眼泪簌簌了。

这次是一个拖拉机，前轮小，后轮大，跑起来醉汉一样，车厢也很大，所有家当才装了半个车厢。公社拆迁扒房子，父亲花钱买了一个扒下来的单扇门，八十厘米宽，一米八高。父亲远见，这个门几年以后，我们家盖小锅屋终于用上。之前摆那儿当床。这是他革命几十年得到的唯一一件国家财产，父亲认为占了不少便宜，来人就说“要是在市场上起码还得多加两块钱”。鉴于此，有时父亲索性跟人家说是公家送给他的。

我们原先住在外奶奶家的草房子里，十口人挤在一起，外奶奶几十年的寂寞和安静都被打破。她三十多岁守寡，在兵荒马乱、灾难不断的年代，带着一儿两女过日子，艰辛不必叙述，说是水深火热并不过分。儿女成家立业后，她仍然坚持一人生活，每次到我们家过上一两个月，就嚷着要回家，母亲希望她能在这里代她管理我们这些为非作歹的东西，外奶奶却在担心家里的庄稼和托人代管的小猪小鸡。我却认为原因有三，一是老人有自己的生活习惯，饮食起居和下一辈格格不入；二是老人不愿意拖累儿女，让儿女觉得是负担；三是最重要的，老人离不开这片生死相依的土地，这里有她刻骨铭心的记忆和血泪交织的情感。她热爱土地，热爱劳动，她不愿意去儿女那里享什么清福，所谓清福对于她犹如囚禁，是罪过，而一群不懂事的孩子缠绕，又有何清福可言？我们一家的到来，是她一生中最幸福的一段时光，她也一直在母亲面前嘀咕，在外面哪天是个头呢？来家（小高庄是她心目中真正的家）还能没吃的吗？吃——是我们家以及千家万户在那个时候的第一追求。就连父亲这样“国家干部”也只有这样境界。我们考试得一百分和零分对于他，他的态度都是一样的，我上学或逃学以老师不来告状为底线，他最看重是你能不能干活，会不会干活，干活能不能找到饭吃，当我快要成为文学青年时，我孜孜不倦或奋笔疾书时，母亲也会说，还不去下湖去，看这能当饭吗？

这时外奶奶明显老了，但还是每天下湖割草、拾草什么的，一时也不闲着。母亲因孝顺而发火，而这种孝顺，外奶奶并不需要，母女无法达成共识，外奶奶就和我们在一起交流了。老人和孙子辈孩子似乎没有代沟。

在我们很小的时候，母亲每天上班，都是外奶奶关心我们冷热温饱，看护我们行动，外奶奶没事总是问我们，我死了你们哭不哭啊？对于这个问题我们实在没有答案，那时我们压根没有死的概念，以为外奶奶永远不会死，我们也永远就这么大，有时被外奶奶问急了，我们就随口茫然回答。说不哭，外奶奶就假装生气地说，瞧这东西，整天服侍你有什么用啊？若回答哭，外奶奶就把我们一下搂在怀里，头卡头，说，好乖乖，来给外奶奶疼疼。

小高庄有一句俗语：外奶疼外孙，抄堡地里撵旋风。现在人离传统文化渐行渐远，不懂其意，首先要知道抄堡地是犁刚刚翻起的土地，起伏不平，走上去深一脚，浅一脚，比蜀道还难；旋风是来去无踪，稍纵即逝的，不是连绵不断的，风，本来就虚幻，况乎旋风呢。这句俗话就是说，外奶疼外孙是没有回报的，其回报的希望就好比在抄堡地撵（追赶）旋风那样既不可望，也不可即，无限渺茫啊。平地上你也追不上旋风啊。

外奶奶压根也没有指望我们这些狗屁不通的家伙有什么回报，她是用心血无私地对待她女儿的后代——等同于她的后代，夜里她总要起来给我们压被子，叫醒我们小便，以防尿床，一夜她睡的时间很少，难怪早上吃饭时她就不由自主打盹，听到一点响动又马上惊醒，紧张四顾。

母亲说，妈你困你就睡一会儿。

她说，大白天，困什么困啊。

白天外奶奶还要给我们洗啊，擦啊，还要搀我们，驮我们，抱我们，生怕我们有了闪失。

为什么外奶奶对我们恩情似海，唯一只问我们在她死的时候哭不哭的问题？现在我们越来越接近她当年提问的年龄，也早知道人固有一死的绝对真理，想来外奶奶的最大愿望是——我们知道为何而哭了，说明我们成人了，知道人三事了，她的任务完成了，也就可以放心而去，含笑九泉；我们哭了，也总算没白费她白天昼夜，尿一把，屎一把带我们的心血。我们哭，说明我们知道感恩，有良心，这不仅是对她，我们一生也就靠感恩和良心这两个传家宝活下去——这些都是外奶奶要我们哭的深意和最大愿望，以及欣慰吧；哭还是对死者一种最后的情感回报，可追思，可检讨，可诉苦，也仅此而已，哭对于死者是一种送别的音乐，长歌也不过当哭。据说，哭可以哭开地狱大门，灵魂可以游走自由世界，也为来世铺平道路，哭也是证明这一家人心善良，家庭和睦，情感丰富，香火旺盛。试想，一家死了人，悄无声息，在小高庄那真是不可思议的事情了。

现在经常听到有爷爷奶奶问孙子辈，你长大挣钱给谁花啊？这个时代真是俗不可耐了，比起外奶奶那种境界真是天壤之别了，金钱算什么？你不知道哭，你还是人吗？不是人，要金钱有何用？

外奶奶去世时，我们真的还没有成人，也只是几滴眼泪而已。外奶奶去世四十年了，每到逢年过节，无论在哪儿我都坚持给她送点纸钱、食品，磕个头，与其说是慰问先人，不如说是安慰自己。我们不再哭，也不需要哭了，外奶奶一定理解我们，因为不久的将来就希望有人哭我们了。

我的外奶奶一生总是谨小慎微，上了年纪后外奶奶就越发完美，其完美最大体现就是自省。有时她失手打碎了一个碗，其他人根本就毫不介意，而外奶奶则认为犯下大错，给家里带来巨大损失似的，就十分恼火自己。“不死，还过问什么啊？”她就这样骂自己。一个碗，上升到死的惩罚，实在过分了，可外奶奶觉得似乎只有用此惩罚才足以抵消自己的过失。可外奶奶拿着碎碗还试图力争把它们复原，碎碗并不理解外奶奶的心愿，手松即散，外奶奶叹口气，把碎碗悄悄地塞到僻静的角落里，等到巴锅匠来希望他妙手回春，破“碗”重圆。虽说当年都贫困，一个碗使外奶奶这么在心，只有过过那个年代或更往前时代的人才可以理解。当巴锅匠也无能为力时，外奶奶才最终放弃，把碎碗卡在土墙顶上，防范雨水冲刷，算是发挥碎碗的余热。不久，外奶奶用母亲给她的零花钱买来几只碗。

外奶奶出生于清末，走过民国到新中国成立，战争、瘟疫、饥饿以及早年守寡，人间该受的磨难她几乎都经过，虽然后来子女都过得不错，温饱并不是问题，可外奶奶总是担心温饱这个事情，有时母亲给她冲个鸡蛋，她总说，我又不扛不担的，吃有什么用？她总是推让给别人。有时吃肉，母亲就怕她客气，特意给她挑几块，她立马又夹到别人碗里，说，我牙不好，塞牙。我们印象中总觉得外奶奶没有吃过饱饭，可她总说，晌午吃多了，晚上就不吃了。

外奶奶一直喜欢独居，到子女家不要三天就要回去她的小高庄，那里有她的草屋，她的菜园和鸡鸭，还有她的老姊老妹，她们在一起就是不说话，都感觉是在亲密热烈地交流，那里不仅寄托着她的勤劳，也表现她终身不吃闲饭的品格。母亲拗不过她，拿她没办法，又担心七十岁老人有个万一，就在寒暑假时派我去陪她。我倒没有使她寂寞，可把她烦死了。有一年，我受母亲派遣带着鱼肉到外奶奶家陪她过年。一天中午，我在外面玩耍直至饥肠辘辘才急吼吼地赶了回来，端起碗就往嘴里塞了一口外奶奶坐好的面条。她误把碱面当盐，煮出面条来十分难以下咽，我因饥饿而恼火只顾大哭，外奶奶只好为我重做，嘴里还不停地念叨那句老话，嗨，眼瞎了，该死了，不死还过什么啊？而原先那面条外奶奶一点没剩给吃光了。又是一年暑假，我在外奶奶家终日在河里泡着，还尽情地喝凉水吃生瓜果。终于肠胃集体反抗把我打倒，整日不思茶饭，外奶奶看我一反常态，真是太意外了，着实使外奶奶惊吓不已，摸着我脑门（都是摸着脑门诊断一切）自言自语道，要是有个三长两短，看你妈妈会怎么待我啊。门旁同为寡妇的大汉子很有经验，就说，八成是吃顶食了，买点大黄熬给他喝，外奶奶就急忙去来回十里之外的小城里，买来大黄烧水给我喝。这是外奶奶她们几十年来常用的秘方，凡是孩子们不吃喝就用大黄烧水灌之，多见效。天色微明，外奶奶在门前的楝树下用三块砖头摆成锅灶，上面放一个瓦罐，里面是大黄和水。晨露湿重，树木草叶水洗一般，瓦罐下的草只是冒烟不冒火，外奶奶就趴在地上吹火，烟熏火燎，熏得她眼泪簌簌，燎得她头发吱吱响，蚊子在她全神贯注烧火时扑上来叮咬，她都没有一点感觉。

不一会儿药味飘了出来，鼻子都能感到苦得要死，外奶奶把药水倒进碗里，那药水酱油一般，不热不冷时外奶奶喊我起床，敬神一样地祷告着：乖乖，听话啊，不要品味，一口气喝下去，喝了就好了，天亮了，外奶奶摊油饼给你吃。说着，外奶奶还率先尝一口，我一口气把药喝下去，她赶忙拿出葱白和几个糖块，说，好乖乖，能干，快，过过嘴。好像我立了大功。

外奶奶什么教都不信，她不曾与他人吵架斗嘴，有时偶尔和别人顶几句，最后还是说都怪她都怪她，这样争吵就平息了。有时我们犯了错，母亲要严惩，外奶奶都把责任揽在自己身上，分担我们的过错，说怪她没带好我们。等我们免予处分后，外奶奶背地就对我们说，下回要留细了，不要调皮噢，打不疼吗？

我想外奶奶若是做领导，她这天生的自省，一定会严格要求自己，群众也会拥护。

父亲感觉到了外奶奶的为难，她是克服了所有困难和习惯，满足这一大家在这里团团圆圆地生活，就打算凑点钱盖三间草房子。恰巧有一家人刚盖了房子要卖，父亲就借点钱，还把正在长肉的猪也卖了，把那家房子买下来。家前屋后也有了自己的小园地，一家老小住进新房子，我们终于有了属于自己的家，高兴是必须的。父亲高兴之余还在想哪个地方是不是违反上级规定呢。他觉得并没有特殊化，就每天晚上组织我们抬土，把门前垫高一点，听老住户讲，门前三十米就有一条小河，汛期常常漫上来，直逼墙根。

这段时间父亲感到从来没有的满足，房子有了，住的问题解决了，虽然不宽敞，孩子还不算太大，挤挤也就住下了。门前有了菜地，蔬菜不会缺了，猪圈也选址结束，就在菜地东北角。几天后猪圈落成，再过几天小猪入住，接下来猪粪可以直接扔到菜地，余下交给生产队换工分，再喂点小鸡、小狗、小猫，这就是一个标准人家了。

第二年春天，春风传喜讯，父亲“解放”了，被重新安排工作，工作单位就在离我们家二里路远的化肥厂。以前青阳街的工业以铁匠木匠为主，从未见过这么洋气的工厂。大烟囱把天都戳了一个窟窿，有人说在三十里以外双沟都能看见它。那些机器都是外地人来操作的，当地能进厂里的都是县领导的孩子，依次往下排，直到排到额满为止，剩下的才有当年的退伍军人和几个小高庄因失去土地而补偿的进厂指标。它的神秘和威严在于人们第一次看到工厂有门卫，外人进不去，进去必须登记说明事由，这尤其对于乡人十分别扭和畏惧；更奇怪的是乌黑的煤炭进去，出来的却是雪白的化肥，于是就有人说这里还是兵工厂，就越发神秘和森严。父亲在这里的职务是管理员。我们不知道他管理什么，只知道他每天老早就往那里去。

化肥厂原料是煤炭，没有煤炭就是一堆废料。当时江苏煤炭奇缺，化肥厂一旦开机就不能停下来，停下来本身损失就会巨大，连累农业损失则更大，能保证它正常运转的就是煤炭，上级给的指标总是上顿不接下顿，县里的领导原先为兴建化肥厂激动得睡不着觉，现在缺煤使他们更激动了，饭也吃不下去了。而邻省安徽是煤炭大省，县领导老孙听人说父亲安徽有很多战友、同事和首长，于是开着黄吉普到化肥厂找父亲。

父亲说，我给你说实话，我最怕找人办事，特别这开后门的事情，不好开口啊。

孙主任说，老许啊，这不是你我私事，我们都是干社会主义的，为了我们泗洪早日赶上大寨县，让老百姓都能吃上大米洋面，住上小瓦房，这个后门开得光荣啊。

李书记说，全县就这一辆黄吉普，给老许专用！

父亲一听有理，也激动，就说，好，我去。

父亲第一次去找的是省里的一位副书记，当年大军撤退时，他的老婆是父亲一路出生入死护送到根据地的，他看到珍爱的老婆安全归来，几乎要给父亲磕头了。这位被救的妇人告诫这位后来的副书记说，随到哪天，都不要把小许忘了。他紧紧握着父亲的手向父亲说，小许同志，无论何时何地，我都会记住丽莎的话。你等于给我第二次生命啊。

到了省委一打听，说书记去北京学习了，要一段时间才能回来。随行的驾驶员机灵，对工作人员说，这是你们书记的生死之交，麻烦你给他打个电话。这位工作人员精神一振，说，那要等到晚上，这会儿一定在听课或者开会。等到晚上就晚上吧。孙主任急得把头抓得冒烟，父亲也惶恐起来，究竟有多大把握他也拿不准。太阳还高高地挂在正南，晚上，那是一个漫长的时间，有结果还好，没有结果那还怎么回去面见李书记和知道此行的所有人员，怎么对得起这“专用车”？他们都在等待胜利的消息呢。这还不是主要，主要的是化肥厂在等待，它像一个急需输血的病人，没有血，生命随时可以终结。

孙主任似乎变成了父亲下级，一时一时问父亲下一步怎么办？父亲也没有主张，哭笑不得地总是在说：等等，等到晚上。父亲巴不得把太阳关掉或摘下来。孙主任又去给那位工作人员说好话，说下次来给你带两瓶双沟大曲瓷壶的，还有空心挂面。

那位工作人员连连摆手说，不可以，不可以，书记知道会骂死我的。

孙主任说，我们的许厂长（临时随口任命，父亲无所适从）和你们书记那是说一不二，你怕什么？

那位工作人员看父亲的面相确实像大官，倒是有点忽视了孙主任。

天，终于黑了，那位工作人员小心翼翼，花了好长时间拨通了北京的电话，那位工作人员说明原委。

电话那边说，把电话给他。

喂，你是老许……许同志吗，你听懂我的口音吗？

哦，你的口音还没变，听懂听懂。

你的事情，秘书刚才说了，这样，我马上打电话给黄司令黄大炮，这事交给他办，煤矿那边他熟，你放心。这样呢，影响不大，免得别人说闲话。我还有一个月才能回去，陪不了你了，下次吧，有什么事你就给我秘书说。

那位工作人员在一旁听着父亲的回话，感觉跟他领导就不是一般关系，这样就更加热情了。

随后，书记给黄司令打电话。就是那个在泗县城里冒充“许队长”的那位，后来又冒充卖笔墨的货郎，父亲听到刚才孙主任说“许厂长”，就忍不住要笑。心想，姓许的官都这么好当。书记电话内容大致如下：大炮，我给你讲，对，就是那位当年你们吃人家喝人家的那位同志，你不要摆臭架子，老区来的老战友，慢待哪一样都不对头，既不能对不起老区，也不能对不起老战友。务必到大门口迎接。

泗洪“专用车”黄吉普在警备区大门口被哨兵拦住，哨兵一个敬礼，刹车。

警备区有很高的大门，两边各一小门，上面爬满爬山虎，只露出“八一”军徽威武坚强，进出军人都从小门，有小汽车时而来去，布帘遮挡，不知里面情形。一个士兵手持五六式半自动步枪站在门口，门口无一闲人，普通人从那里都是匆匆走过。父亲刚下车，哨兵又啪的一个敬礼，随即迎上来帮父亲拿包。哨兵记车号有讲究，只要司令部那边来电话，有什么牌号车进来，需要什么礼遇，哨兵都记得清楚。一个字不会错。

进了黄司令办公室，父亲才算开了眼界。办公桌可以当床，沙发可以当床，花盆可以当面缸，窗户比我们家门还大，窗帘子可以当被子，会客厅里地上都铺毯子。父亲心想，这毯子我们床上也没有啊。父亲刚进门就身不由己了—— 一个娃娃兵过来把他外衣挂好，父亲还说自己来，转眼茶水又端来了，父亲刚要站起来接杯子，黄司令说，老许，你坐那别动，你抢人家的工作了。这些孩子就是干这个的么。那小战士约莫十五六岁，转眼又递来温热的小毛巾，父亲感觉应接不暇了。

黄司令说，书记安排我到门前接你，按理说那是应该的，可电话太多，不敢离开。我们都不是外人，不瞒你说，这段时间沿海有点情况。

父亲说，工作要紧，工作要紧。

黄司令脸比以前大了好几圈，头发却比以前少了一半，但含金量似乎比以前高了许多，根根发亮，金银闪闪。总之整体都不是在大新庄那个时候的模样，要不是那鹰一样的眼睛，父亲还真找不到当年的感觉。黄司令把孙主任和司机安排在另一房间，说，我和老许单独说几句好吗？孙主任只有点点头说好，没说第二个字。

黄司令在一个小房间里，歪着头和父亲说话：哦，一晃多年，你也是老许了，那一年你放走了我，听地方同志说，你因为放走了我这“汉奸”，你还受了委屈，嗨，这我有责任，没有及时与地方沟通，我从江司令那里调到四师搞敌工，后来打老蒋又驻防宁波，从朝鲜回来，又去军校学习，早把这事忘了。吃了不少亏吧，老许？

父亲说，我没吃亏，没少胳膊没少腿，比起那些死掉的人，我占大便宜了。

黄司令哈哈大笑，说，你还是老传统，好。过去的事不说了，来，老许你尝尝我们这雾里青怎么样，与龙井好有一比。江司令也很喜欢。这几年老首长受点挫折，内部消息，听说要调中央重用，他记得你的。以前经常提到你。说不定现在见到你还能认识，你也没有多大变化。只是江司令越来越不好见了。来，这是我的一个兵送来的，现在在县里做武装部政委了。这小子很灵光。

父亲似懂非懂听黄司令天南海北畅谈，他见父亲注意那小战士。黄司令哦一声，说，这孩子是我一个老上级的老疙瘩，放我这锻炼的。明年提干。老许啊，你孩子都工作了？黄司令转换话题太快，父亲有点猝不及防似的，支吾说，都，都，都工作了。

是的，都工作了。此时此刻我已经成为小高庄预备社员，基本掌握锄地、栽秧、挖沟等工作技能，有待转正为整劳力，目前暂时和妇女编为一组干些杂活。有时累了，听她们谈些男女事情也就不累了。

黄司令说，老许啊，怎么都，都，都啊。对，你以前讲话有打结巴习惯的，还没矫正过来？我这里医院中亚主任就会治你这毛病。

父亲说，早好了，一急就会有点。

黄司令说，你急什么，又不是打仗那会儿，一时集合，一时行军的。

黄司令笑得有点狡黠，说，老许啊我知道你没说真话，你是死要面子活受罪的。那一年，你要不是硬充好汉，要是跟大部队走，你恐怕也是师团、地县以上领导了。按资历我还比你迟半年呢。那些混蛋批判老子吃老本，贪图享受，你看我这里伤疤，差一指头，就穿心过了。

父亲不言语，一任黄司令纵横穿越。在老首长面前，虽然他可以对父亲亲密无间，可父亲不会对他亲密无间，比如首长可以跟你开玩笑，你最好不要跟他开玩笑。父亲不久前去见一个老同事，就是早先被科长骂的那个晚辈县长，父亲见他穿见风抖白褂子，父亲还以长辈身份，像以前那样跟他开玩笑，说，乖，怎么像泗县维持会杨大牙穿那个褂子？那晚辈县长一反常态，突然板着脸，说，说话要注意场合啊。父亲出来后感觉天上一日，地下千年。

黄司令继续说，我算看透了，当年老子拼死拼活打江山，现在这些小子一天仗也没打过，有的连枪也没摸过，享现成福，吃现成饭，还看不起老子呢。老许啊，有权不用，过期作废这话最近听说了？

父亲说，听说过。

黄司令说，你孩子要是真没工作，来两个，我安排他当兵，怕什么，你不放心？我还不当自己孩子培养？咱们谁对谁？

父亲心头一热，噌地一下似乎要飞出去，但很快就坐回原地。没说话，只是点头。父亲想，我是来搞煤炭的。先把煤炭定下来再说吧。

黄司令看了一下表，喊了一声警卫员，冲进来一个小青年，大喊一声到，笔直站在那里，黄司令说，把我的老战友带去招待所安排一下。老许，上午下午我都有会，晚上，我来陪你喝古井贡。

到了招待所，警卫员忙前忙后，端水递毛巾。

父亲说，小同志，我自己来。

警卫员说，不，照顾首长是我的责任。

父亲说，我不是首长啊。

警卫员说，不，黄司令是我的首长，他要我来为您服务，您就是首长，有什么要求您就说，或者命令。

晚上，黄司令没回来，警卫员解释反复，说黄司令请他喝酒的太多，他酒量首长你以前也许知道一点，自从平反再次出来工作，酒量增加一倍。黄司令可豪爽了。我们一辈子也学不到。警卫员和一个副政委、一个副参谋长一边夸着黄司令，一边劝菜劝酒，不断说，黄司令说了，陪不好你们，就要处分我们呢。

黄司令不来，父亲他们反倒觉得轻松。

是夜，父亲直到鸡叫头遍还没睡着，反反复复回忆着思量着黄司令白天的那些话，真要是弄两个来当兵那该多好啊，好处说不尽了，就说这茶饭吧。老大若去当兵，凭他稳重，聪明能干，还写一手好字，要不了三年就能入党，提干，这不仅使自己的历史阴影消除一尽，就是在小高庄也要高人一等；就算老二（我）去，虽说他好吃懒做，不讲卫生，行为散漫叫人不放心，这一到部队，有纪律管着，军令如山，好吃可以叫他吃个够，吃得往外冒，懒惰有军法管着，由不得自己，也说不准浪子回头金不换。这样一来，家里有两个解放军，在抗战时就是双抗家属，县长都来挂大红花啊。就是现在和平时期也不多见。逢年过节，上级敲锣打鼓送慰问信，花挑旱船来拜年。父亲似乎看到我们一身绿军装，帽上红五星，黑色三接头大皮鞋，草绿色军装都闪着应有的光芒，站在家门口微笑而不失英武，给来访人员散烟，打招呼。整个小高庄的天是晴朗的天，小高庄的人民好喜欢，晴朗和喜欢不是因为出太阳、过新年，而是因为我们。

父亲是干了几十年民政工作，最知道军人有说不尽的光荣，每当春节来临之际，他就带人敲锣打鼓放鞭炮去给别人家送慰问信，人家满面红光，可他心里是有一丝酸楚的，要是家里有一个军人多好！有时剩一两张慰问信，他就偷偷拿回来，他不好意思贴在墙上，他没有参加野战军。他就把慰问信放在某个显眼的地方，自己光荣自己。

现在好了，黄司令黄大炮主动表态了，他有这个权力，他安排一个兵，也就是一句话的事情。父亲想到这里，感觉浑身燥热，胸口发闷，深深吸了一口气，一点倦意也没有了，他坐起来，靠在床头，在此仔细过滤、回忆黄大炮白天的话，没错，一字一句他记得清楚，作为他这一级领导不会乱表态，况且是部队，军中无戏言的。

父亲此时觉得警备区大院静得树叶落地都震耳朵，都惊心，父亲望着床前明月光，开始低头思故乡，但这里没有丝毫乡愁和失落，有的是一步能到达小高庄，把老大老二送到这里来的兴奋，那是真正的一步登天啊！看这里一个大院就是一个花园，整个小高庄找不到巴掌大这样的路，这样的房子，这样的树木。荷花池、篮球场、俱乐部、大礼堂、招待所、食堂、医院、总机房，城外还有小农场，青阳城又怎么样？是的，哪里塞不下一两个兵？难怪黄大炮这么精神啊。忽然一阵乌云遮去窗前的月光，玻璃顿时不透明了，父亲的心头也一下暗淡下来，一股莫名的悲伤见鬼似的涌上心头，自己那个海外关系怎么办？许孟林死了吗？还有，前不久，一个县委书记的女儿被部队遣送回来，据说所谓“特招”就是手续不全，开后门，被一个老红军告到中央了，黄司令再能也能不过中央啊。正常当兵得先在大队报名，再由大队报到公社，公社先目测身体，再考虑送县里体检，合格了就要查家庭成员和社会关系，个人表现，各级领导要签意见，再报到县武装部，武装部和带兵的一致同意，发入伍通知书，这样才保险。你看，那女孩，走的时候多风光，这家请，那家候，需要什么送什么，大红花，绿军装，一帮人敲锣打鼓送上车，你说现在被无声无息撵回来，这……想到这里，父亲莫名其妙害怕起来，似乎看到我们被押送回来的狼狈和窘境，这兵当不当还真是无所谓了，那可叫“开后门”啊，要是被人告了回来，对自己、对孩子那该多么丢人，那真是没脸见人了，一大家都毁了，说不定黄司令也会受到影响，那才是终生有愧了。对不起人家啊。再说黄司令这黄大炮能扛得住党的政策、上级命令、别人告状？想到这，父亲释然，还是当老农民牢靠，他长叹一口气，居然睡着了。

第二天早上，父亲要回老家，黄司令问招待如何。父亲只说，你这个警卫员不错，热情、勤快、嘴甜。黄司令哈哈大笑，说，都是老家人，我亲自带来的，不好好干，行吗？苦干三五年提了干，一辈子还用愁吗？父亲又一阵心揪，他希望黄司令再次提起孩子来当兵的事，且能保证万无一失。白天，父亲胆子又大了起来，那儿个不都是黄司令“特招”的吗？可黄司令就是不再提小孩当兵的事，估计也忘了或是当时随口说说而已。一会儿有人来向黄司令报告公事，父亲就说要走。黄司令说，那好，我也不留你了，最近会议特别多，明天还要去南京开会。老许，还是那句老话，有事跟我说。他随便指一个人，说，来，去叫驾驶员把我老战友送到城外主路口。黄司令转向父亲说，驾驶员也是老家的人，用得顺手放心。父亲说，路口不远，我有车，自己过去就行了。黄司令说，专车给你开路，是你享受的特殊待遇，哈哈，我的老许同志啊。

孙主任拉过父亲，说，老许，我们来是干什么的？父亲大梦初醒似的，立即把黄司令拉到一边说，这次来主要是……

黄司令说，你看我这脑子，书记给我说得明明白白，你一来，我一激动，全忘了。走，到我办公室，我写一封信给矿上，矿长是我当年带的兵，你放心，那小子很会来事。

父亲说，这算不算开后门呢？

黄司令说，死老许，都什么年头了？你还以为是八年抗战那会儿啊，哈哈。你怕是挖安徽社会主义墙脚吗？哈哈。

一旁的驾驶员始终在擦车，车子擦得像刚出厂，可黄司令还说，车子老了，马上上面要给换新的了。黄司令的驾驶员把父亲一行送到城外，又下来比画一会儿怎么走，这才真正告别。一路上，孙主任一个劲地说，老许，我看出来了，你们这不是一般关系。今后有事找你就管了。父亲哼哼不语，五味杂陈。

父亲回来，滔滔不绝给母亲讲在安徽的礼遇，讲此行的巨大收获，母亲一边听着，一边忙着家务，这些话对于母亲近乎陈词滥调了，因为父亲所讲的任何胜利捷报、成功喜讯都和家里无关，母亲姑且听之，而这次当父亲讲到我们的工作时，把黄司令的话重复一遍，母亲就再也忍无可忍了，劈头盖脸把父亲骂了一顿。在父亲看来，对于别人的关心，只要人家口头上讲出来，即便没有结果，他就心满意足了，且不去追究结果，生怕人家难为情呢。总的来说，人家想到你了。比方说黄司令关于我们当兵的事，虽然没有了下文，但父亲后来常常提起这事都感到自豪，都感动不已。

母亲诉说家庭现状，小孩都大了，没一个有工作，床也睡不下了，以前一个床上睡四五个，现在睡一个都不宽绰，有的不是干部人家都盖瓦房了……母亲讲得热泪盈眶，父亲就着急了，就开始给母亲描绘蓝图了，母亲刚看到蓝图的轮廓，诉说渐止，父亲的老毛病又犯了，说，怎么没有工作？在生产队劳动不叫工作？盖瓦房有什么了不起，我要是像×××书记，我早盖楼了，他怎么样，瓦房盖好了，自己去蹲墙拐子了（坐牢）。老战友要给我收音机搬回来听，我说我们家好几个呢。

母亲至此只能破涕为笑了，她拿父亲实在没办法了。她没有文化，不知鲁迅，不然她会说，你真是一个阿Q。

这一年冬天，我被父母私下研究一致决定要我去当兵。父母的意思现在我大约知道，从正面讲我有点文化，说不定到部队能混出个人样，从反面讲，我当时与同龄人相距很远，人家出门都知道带着香烟联络感情了，而我面对家里来人还不知道打招呼，惹得父亲常常像教育幼儿园小朋友一样，“这是张大爷，还不拿板凳、倒茶！”“叫王叔叔”，这还不算，要命的是我始终好吃懒做，这类人发展下去就是堕落腐化，偷抢扒拿，吃喝嫖赌，按父亲这样推理下去就得蹲墙拐子了，那么如果我能混入部队，部队是大熔炉，就算你是砂礓也会炼点铁渣出来。而我则认为，不谦虚地讲，我崇文，亦更尚武，我虽散漫，但一提到英雄就豪情满怀，我唱了王二小，我就想到我是许二小，听了戚继光、黄继光想当许继光，继他们的光。我知道英雄必须当兵，只有当兵打仗才有当英雄的机会。当下我更知道，一旦当了兵，天高任鸟飞，海阔凭鱼跃，这光荣里面还包含着极大的虚荣心和出人头地等诸多的私心杂念，有的还真说不出口。我很小的时候就看到魏营街的和平子骑着大白马，披红挂绿，被一群人吹吹打打送去部队，尊敬、羡慕的目光一直追随着他。特别是近两年更是高潮迭起，敲锣打鼓送来入伍通知，走的时候全家老少欢天喜地，亲戚朋友锦上添花，全村子人们跟着凑热闹，做母亲的难免流几滴眼泪，那也是喜泣，春雨一般滋润人心；回家探亲，门庭若市，出出进进，说说笑笑，像看演出、看展览、看风景，奇闻趣事不断传出来，世界在这里扩大，很多人就在那儿感叹：嗨，人家这也是一辈子啊！我每听到这话，恨不得立即就飞到部队。

父亲史无前例地带着我跑了半天，一路上要我打起精神，不要缩头缩脑，龟腰鳖斜像怕死鬼一样，部队最讨厌这样的人，搁过去这样早就拉去毙了。我觉得此时此刻该不该考虑人生了，我成人了吗？父亲边走着，边不时地矫正我的走姿，腰挺直了，头不要往前伸！我第一次把腰挺起来，觉得很别扭。到了体检那里，还没人，看门的说，今天只查个血丝虫。查血丝虫是晚上，只在耳朵上采点血。两秒钟即可搞定。父亲看天色尚早，就带我去剃头。

剃头匠是老青阳街的，认识父亲，父亲当然也认识他，这些特殊行业，明星一样。妇孺老幼，天下谁人不识君呢。父亲就对剃头匠不断提要求，“给剃短一点，像当兵的那样，你看这都像贼头了”。剃头匠得知我是来考兵的，就说，年轻人出去闯闯好啊，当年我要不是家里打坝子（阻拦），我现在都该是团长了（很多人总是这样估价自己）。父亲听了这话就更有紧迫感，更有切身感受。

这个头剃得仔细，花了我以往几倍的剃头时间，我都快坐不住了，估计一定得不少钱，可剃头匠没收钱，还说，走的时候不要忘请我喝喜酒啊。父亲对我说，听到吗？转而又对剃头匠说，我还要他送喜糖给你呢。告别剃头铺，父亲又带我去洗澡，澡堂那看门的和父亲还是老表，他母亲是父亲姑妈，二话不说，就手一挥让我们进去了。

父亲说，这不买票能行吗？

老表说，俺大哥你真是的，算我的还不行吗？

我很少来澡堂洗澡，一年的澡都在夏天的河沟里洗完。有时一冬天洗一次，那还是父母逼的，说，总得干干净净过一个年吧。洗完澡，出来以后，父亲老表还坐那儿卖洗澡牌子，问父亲，这是老几？

父亲说老二，来考兵的。还不叫表叔。

我小心翼翼叫了一声“表叔”。

父亲的老表说，噢，老二都这么大了？好啊，当兵好，我要不是这麻雀眼，恐怕现在天天都坐小包车（轿车）了。走的时候给我讲啊，我送你一个带塑料面子的日记本和一支金星笔。到部队好好干，将来当大官，表叔我也去你那里开开洋荤。

父亲说，听到没有？你表叔等你当大官开洋荤呢。

父亲又带我走进牛市街一个小巷子里，进了一户人家，这家人是刚从宁夏部队回来的，男的是军官转业，青阳街人，老成稳重，说话不多；女的是浙江人，洋里洋气，屋里都是时新的家具，我们家一样没有，父亲叫我喊过大表哥以后，就和他窃窃私语，父亲好像在给他说自己的组织问题和海外关系什么的，那转业军官沉思后说，这也要看个人表现，讲成分不唯成分论，到时候我给武装部说说看。

这一路下来，我真是感到了压力，感到了荣誉，父亲也是喜忧参半地带着我，一时沉默不语，一时滔滔不绝。我感到父亲这是第一次关心我，拿我当大人，我想我难道真的成人了？

第二天正式体检，我看到很多同学和熟人也都来了，他们都很庄重又激动，他们有的急中生智，有的是“过来人”指点：担心身体有毛病，预先去了医院做了检查，血压高，就预先吃一片降压药，有的某些地方问题突出，就找人代考，有的身高不够就练习偷偷跷脚尖，最好的办法就是找熟人打招呼。总之在光荣和前途面前，都是迅速提高智商，绞尽脑汁，不惜一切代价。要知道，这一走，就是光宗耀祖，就是全家光荣，亲戚朋友沾光；这一走前程不可限量，不是在农村一辈子也出不了二亩地的圈子；这一走，天南海北，阅尽人间春色，享不尽的荣华富贵，不要说别的了，就是干两年就回来，老婆也好找了，工厂也能进了，衣服三年不要买了，有退伍军人、共产党员的牌子，在大小队里也能弄个一官半职。我被这荣誉、前途交织的气氛感染了，不可救药了，我简直要振臂高呼：不要体检了，不要政审了，给我换上绿军装，给我一包炸药，你说炸哪里？是珍宝岛，还是台湾岛？我义无反顾，现在就出发！

可是，那领队的不时地呼喊，某某某，某号，外科，五官科，内科……有一个人紧张，心跳很快，讲话都接不上气，就担心有心脏病，就请另一位去替考，结果把替考那厮心脏病查出来了，连累自己，有口难言。父亲在门外不时地往里张望，眼皮不停地跳。我则稀里糊涂，心惊肉跳地在那领队像指挥牲口一样指挥下，这屋进，那屋子出，这屋子伸舌头，那屋子脱裤子，最隐秘的地方也都明察秋毫。我记着父亲“挺腰抬头”的教诲，无师自通地朝着医生们可怜地点头微笑。

体检结束，等通知，后来知道这也是给那些有门路又不合格的人留点活动的空间。父亲带我去青阳街豆腐巷二祖父家去吃中饭。这也是父亲第一次带我去别人家吃饭，父亲知道我见到可口饭菜的那种吃相，仅每秒叨两块菜这个速度，就会使他无地自容，主家也会平添尴尬，而更可悲更丢人的是我还浑然不知，且乐在其中。这一次到二祖父家吃饭，再一次说明，我真的成人了？二祖父家日子过得殷实，大米洋面，鸡鱼肉蛋是不断的，这天中午还喝了什么啤酒。这也是我人生第一次，关于这啤酒的味道，我在假装难以忍受的表情中炫耀了好几年。好几年后人们才开始广泛地喝到啤酒。

这顿饭似乎比我们在家过年还丰盛，当然这是二祖父对父亲的厚爱和看重，我是沾光。二祖父的大儿子说，到部队好好干，干好了，将来吃的比这好百倍，那都是山珍海味呢。将来大爷我去别装认不识噢。他们这一系列的畅想越发激励我这兵必须当，而且一定要当好。

回到家里，发现母亲和我说话也和气许多，还破天荒地给我床上被单也换了，这反而让我不适应，这样的待遇对于我显然大大超标了。父亲照例把一天的见闻说给母亲听，内容依然是报喜不报忧为主，说自己是如何有面子，还顺便说了我存在的某些问题，但都是和风细雨的。

几天后，带兵部队首长来到我们庄子上，接见几个预备役，我有幸参加，他们的出现整个庄子就好像提前进入春天，枯枝望去都满眼的绿树红花，到处闪耀着春天的光芒，到处都暖融融的，我们几个预备役和他们在一起感觉都快进入盛夏了。那个带兵主任对我说，你的班主任给我说了。你这文笔要是到了部队那就有大用处了，我直接把你要到政治部，搞宣传。不客气地讲，我当时的文笔还真不错。写过诗歌，写过小戏，写过报告文学，幼稚是幼稚，可一般人幼稚不出来，有的同学还压根不知道诗歌、小戏、报告文学是怎么回事呢。这主任说得我浑身一惊一乍，到处发热发痒。我想脱掉棉衣了。

夜里，我开始失眠，我设计了接到通知的场景——民兵营长进门就会大喊：老二，快拿包烟来！我知道一定会有好事。这时不要我出面，父亲一定会率先迎了出来，并催促我拿板凳，倒水，随后会说，中午（或晚上）不要走，我叫卫国去买菜，安徽带来的古井还有两瓶呢。我想到亲戚谁会来，父亲的朋友谁会来，同学谁会来，谁会给一沓钱说留到部队上花，谁会送塑料封面笔记本，谁会在笔记本扉页写上：许卫国，祝你在部队取得更大成绩！他们都一定会说，好好干，到时候我们到你那儿玩，听说这次是海南岛兵，他们一定说那里好啊，一年四季都不冷，辣椒跟树一样，落了叶子再发芽，发芽开花再长辣椒，不像我们这里一年只能长一季子呢，听说那里俄贤岭周围是原始森林，还有流传千年的俄娘故事，小学就学过的《美丽的西沙群岛》，就在那儿。

看望的场景没设计完，我又想到了换军装，到花园口照相馆拍照，回来以后，父母亲在准备请客，请大小队干部，特别是民兵营长，请亲戚朋友，请几桌，买什么菜，喝什么酒，抽什么烟，按父亲的性格，一定都是竭尽全力，把面子要足。喝瓶装酒，不喝散酒；抽锡纸包烟，不抽白纸包；鲤鱼一条不能低于一斤半，一桌一个蹄髈，一只整鸡。我可以堂堂正正上桌子敬酒（以前这样场面最多是候补），成为主角。我似乎听到父母亲也没睡，正在窃窃私语议论这些事情。我又想到离开家的那一天，望着这三间草房，望着这彻夜厮守的木床，窗外的芦花鸡，绿头麻鸭和黑狗，那棵樱桃树，以及屋子里每一样东西都使我心酸流泪。它们没有情感，但我有感情，一草一木我们都共同度过那些岁月。如今我走了，它们还在默默无闻厮守这里，但是为了个人前途，为了祖国，为了党，我又不能做绕梁的燕子、井里的蛙、温室里的花朵，池边的小鱼小虾，不能做芦花鸡、绿头麻鸭和黑狗，我要远走高飞才是啊。我看到敲锣打鼓的队伍，胸前的红花；看到父母幸福自豪的笑脸，我翻了一个身，丹田气出，感觉还是气闷，就坐了起来。

这时庄子上的鸡开始此起彼伏，远近高低，领唱、对唱、合唱、二重唱，角色齐全，和声入律，音韵合辙，遥相呼应，烘托泛起的红霞，新的一天就要到来了。我希望这一天会有好消息，我也暗想，迟几天也无妨，只要有结果，我能坚持住。到了部队第一件事就是写信，第一封信当然写给父母，把沿途所见所闻、部队情况、第一顿吃什么饭、住什么房子都写上，寄一张带有领章帽徽、手握钢枪的照片。接下来再根据轻重缓急分别写信给有关人员。想到这里，我索性穿好衣服，起身下床，出门，伟人一样仰望星空。月亮即将隐去，最后时刻亮得透明圆满，快要胀开要流出水似的。屋顶上的白霜晶莹顽固，铁皮一样披在上面。黑狗从草堆下出来摇着尾巴，舔着我的手，向我问好，黑狗也是我的牵挂，我走了，谁来照顾它？我们家爱狗的恐怕只有我一个，这个嫌它脏，总是趴在灰土里，那个嫌它烦，夜里总是喋喋不休，他们总是忘了它夜里的辛勤值守。我拍着他的脑袋，心里发酸，它在我两腿之间绕来绕去，我希望两年后探家回来，它能健在。

回到屋里，我打开一个小木箱，里面有几本书，都是我省吃俭用买来或在泗洪中学图书馆偷来的。《西沙儿女》是我买的，这是浩然用诗一样的语言写成，百读不厌，而且我从中知道了很多海南和南海的符号，难道真是巧合吗？这次若是去了海南，这本书不就是我最早的向导吗？我要比那些不曾了解海南的战友优越啊。这几本一定要带上，比如这本《写作常识》，还有毛主席《在延安文艺座谈会上的讲话》（这是在泗洪中学图书馆趁管理员老毕不注意拿走的）。总之，若到黑龙江当兵，我就学《智取威虎山》杨子荣“抗严寒，化冰雪，我胸有朝阳”；若到海南，那不用说，就是《红色娘子军》党代表洪常青“众望所归根基牢，宏图大展知路遥，且看今朝椰林寨，万紫千红分外娇”。

父亲一贯起早，而且准时，当他看到今早我比他起来还早，内心感到无比欣慰：嗯，你看，还没走呢，就不睡懒觉了。

现在，我处在美好而焦急的等待之中，只要结果不是落榜，我会永远地等待，这样每一个黎明都会急切地召唤我——新的一天又开始了。城里的兵先走，他们和我们不是一路。据说一个家长怕儿子走不掉，就在带兵的家访之际，把几瓶双沟酒故意摆在茶几上试探，带兵的刚坐下，对面就是茶几，双沟酒闪亮夺目，带兵的惊讶地说，你们这里也有双沟酒？那家长说，就是产自我们这里，就在青阳南面二十里地。怎么，首长也喜欢双沟酒？“首长”并没说喜欢，只说这可是好酒啊。家长说，要是首长喜欢，我这多的是。临行时，“首长”拎走两瓶双沟，顺便把这兵也带走了。我把这事说给父亲听，试图也弄两瓶双沟酒，父亲说，不可能，要是不合格，一百瓶也没用。

最终，等了两年，人家都退伍了，我也没等到入伍通知书。这两年我在黑暗中摸索，煎熬，我知道父亲打击不比我小，他听说人家父母都是党员，而且都去找人活动了，带兵的也得征求地方意见。他没有过多地责备我，他知道他有些问题影响到了我。

三年熬过，生产队把地分了，家家都成了地主，收到的粮食大多数都为自己所有，这样，当兵未成的阴影和悲伤也就很快散去，看看身边也没几个混得像样回来，流星一样，心里稍稍平静一点。日子因为土地而繁忙，内心因繁忙而充实，以往的传统农具承担不了这繁重的劳动，新一代农民也耐不住这样的繁重。母亲找到魏营那里熟人，买了一辆二手手扶拖拉机回来。这是全村第一家私人拥有的大型机械，父亲很担心政策一变又要倒霉。虽然不正面制止，却时时告诫母亲不要学过去地主，不要撵风头。这也许是他和祖父曾经的教训。

当时柴油很难买，还是靠计划供应，而所谓计划从公社那里到生产队“跑冒滴漏”已经所剩无几，母亲对父亲，说，你天天吹这个认识，那也认识，拿钱买一桶柴油犯多大法？又不是去抢去偷的？找存化（他的许姓一个晚辈）还不是一句话。

父亲说，就你能，人家那是有计划的。再说，你和他们也不是一个公社的。

母亲都知道时代已经悄然变化，而父亲还不知不觉，母亲就翻旧账，历数父亲对家庭失职的不是。父亲一边听母亲数落，一边看到手扶拖拉机如同一堆废铁摆在那里，心里也着急，十几亩麦子运输、脱粒全指望它，亲戚朋友也来预定。我们虽然都已成人，但已经没有老一辈那么能吃苦耐劳，也没有老一辈那么娴熟的农业技艺，而人的懒惰是和学习一样，逆水行舟，不进则退。有了板车，就扔了扁担；有了收割机，就拿不动镰刀了；有了床，就懒得坐了。

这时邻居果然来求援趁热闹，说，表姑父，我家十几亩小麦就指望三哑巴（她儿子）怎么行？听说后天还有大雨呢。借你家机子用半天。

母亲听之好像来了援兵，不依不饶，继续唠叨，说，你这表姑父不吃粮食，机子没油又不找人买。

邻居紧跟，说，哎哟，表姑父，工作几十年，哪里没有熟人啊？

这些话对于父亲也有点紧箍咒似的折磨，但没有有力的理论批驳，父亲只有色厉内荏吼道，你们还能不要鬼评啊(唠叨)。一天到晚就尽想歪点子！其实母亲也是因为众人央求而得寸进尺，当父亲一吼，也就悄无声息了。父亲则在屋子里沉默好长时间，面对现实，自己的思想在互相斗争，然后找一张纸，写了一张纸条，交给我，要我明天去三十里外泗宿镇去找许书记，临走时还再三交代要装好，千万不能丢了，全是按照他当年送情报的要求。母亲怕我力度不够，硬要父亲随同，父亲坚持不去，说，你还是不要唠叨呢，要是不行，我去也不行。

当晚，当我拉着一桶柴油回来，母亲笑逐颜开，说，你要是早这样，我们家能穷到这个样子？父亲并无喜悦可言，却像做贼一样轻声问我，乃友（他又一个许姓晚辈）没说什么吗？旁边可有其他人在？我说，乃友哥还手举着你的纸条对那几个人，说，这是我大爷的条子，他的条子就是圣旨，多大个事啊，不就是一桶柴油吗？没有我大爷当年培养，哪有我乃友的今天！说着就要秘书带我去供销社。父亲听之，淡淡一笑，自言自语，这个乃友啊，一点也不注意影响！

庄子上人听说父亲找人买了一桶柴油，好像父亲开发了油田，找他买油的人门庭若市，那时人们刚刚享受初级机械化，身子一下就懒惰许多，离开手扶拖拉机似乎就一事无成或就没法活。那时柴油紧张，一家只能买到十斤塑料桶的一半。油贩子一斤卖供销社五斤的钱，虽说咬手，也得买，人是铁，饭是钢，一顿不吃心发慌，机子没油人遭殃。有人就说，表姑父，弄点来家卖，你看你家堂屋也该重盖了，小孩都大了。父亲本是好脾气，来人总是倒茶端水散烟让座，这时也烦不胜烦，对那些歪丝缠的晚辈就爆粗口，吼道：我上哪儿抢啊？

母亲鉴于这次父亲巨大贡献，受到鼓舞，并希望父亲再接再厉，举一反三，而父亲还因为“开后门”买柴油，为那

“乃友”担心呢。母亲说，就你胆小鬼呗，你看，张三儿子不照样安排到乡里开广播吗？你不是天天讲当年是你安排工作的吗？找他安排一个小孩不行吗？父亲被说急，就说母亲，你呀，幸亏没当干部，要是有了权也早蹲墙拐子了，看你一天到晚就想那些歪门邪道。母亲理论不过，就来挑动我们，说父亲不问我们的前途。我们岂敢啊。我若敢说父亲不关心我们前途，他会暴怒，会用“不争气，没出息，少才无料，好吃懒做，你自己不是人吗”等致命武器击中我的要害。

张侉子突然出现在父亲面前，这人吃了那么多粮食和油水，还是皮包骨头。他几十年写的入党申请书足以出一本十几个印张的散文集，还算组织有眼，一直没能通过。父亲当年的证明也因父亲人微言轻不起作用，现在他以“国家干部”的身份退休了，入党的事情告一段落，但是他还有追求，他听说离休和退休待遇不一样，他想到了父亲。他提着两只公鸡来看父亲，公鸡也很瘦，胯骨都刺透了翅膀。

父亲说，侉子，多年没见，这不年不冬的你拎着小鸡来干什么？

张侉子说，哎呀，俺的老领导啊，老早就想来拜访你了，整天穷忙，这下退休了，我就立马来了。他问父亲拿多少离休工资。

父亲说，我也不知道，反正给多少拿多少。

张侉子说，老领导啊，我可亏了，按理说我也该是离休，这下好了，不仅没算离休，还给我工龄少算三个月。

父亲说，我还少几年呢。

张侉子说，那你为什么不去找呢？像你这样老同志不多啊，你吃大亏了。

父亲说，我吃什么亏？我占大便宜了。

张侉子不由自主挤挤眼，把绷紧的脸皮松松，说，俺说领导，你还占便宜？你占什么大便宜？

父亲说，第一，打仗我没死掉；第二，我现在不上班，到月还发工资。我那表弟参加革命连一顿饱饭都没吃过，还有那么多人死的死，伤的伤，穷的穷，比他们我现在死都够本了。

张侉子把头低下说，俺说领导，话不能这么说，俺们不是赶上机会了吗，俺们要面对现实。你现在得抓紧找，好机会啊。

父亲说，我一直在找。刘部长也说帮我忙呢。

张侉子就可怜兮兮地说，老领导，你管了，有部长帮忙还用愁吗？可俺容易吗？俺今天来，不瞒你说，就是请你给俺出马，俺听说组织部刘部长以前和你是老关系呢，每次下乡都在你家吃饭，第二家都不去。

父亲说，吃顿饭算什么呢，你那时要是来我家，我也得请你吃饭啊。

张侉子连连摆手，说，不，不，今个事成以后，俺请你，俺要重谢！你是俺的救星，你今天一定跟俺去一趟。

父亲经不住张侉子的哀求，正好要去刘部长那有事，说，走就走。

张侉子见到刘部长腰都直不起来了，刘部长跟父亲说话，他在一旁点头哈腰像伴舞。

刘部长说，老许啊，江司令现在是最高法院院长，只要他有个证明，你的待遇就是县团级啊。

父亲说，我不要什么级不级的，我什么都满足了，什么都够本了，我最大要求是表弟的烈士问题。

刘部长说，我不是说了吗？有江司令的证明，你什么问题都好解决。就不是这点小问题了。你放心，这边能办的我会在我职权范围内尽力。

张侉子听了半天，听出父亲是为表弟的事情陪他来的，就在父亲背后拉了一下他的后襟。父亲转过身对张侉子说，你有什么话，快说，我等回去了。张侉子一步跨向前，说了自己的工龄问题，并且要父亲给他做证明，他是参加过淮海战役的。

父亲完全没有准备，说，我证明有用吗？

刘部长说，我们有档案，需要什么证明我们会安排人去查的。俺这老领导就是活档案呐，当年就是他带着我们支前的。刘部长看张侉子一直哈着腰，就问，你的腰是不是有毛病?。

张侉子说，俺这腰或许就是支前那会累的。

父亲说，当年跟我去的千把人呢。都要我证明吗？

张侉子说，他们不是没有这个资格吗，我可是国家干部。

这一句话把父亲说气了，说到父亲的痛处，父亲转身就走，连刘部长也没打招呼了。

张侉子追出来，说，老领导你干吗这样呢，俺求求你了，俺给你磕头可管？

父亲说，你说谁没有资格，不都是支前吗？谁比你出力少？一千多人都回家种地了，还有打死的，没一个来找什么级别待遇的，你还不满足？

张侉子急了，说，老领导啊，俺不是那个意思，我们不是赶到机会了吗？该享受不享受吗？

说到“机会”“享受”，就更是父亲的忌讳，他失去多少机会啊，他内心有隐痛，有伤感，只是不说而已。张侉子居然还给父亲说“机会”“享受”，真是太贪得无厌了。父亲说，张侉子，你机会还少啊，你混到城市户口，你死皮赖花，哭爹叫娘没有下放，你一个搓绳头的，当上国家干部，一家老小又都安排工作，工资拿着。当年你找机会逃跑，现在又找机会加工龄，机会都是你家的？

张侉子大惊失色，说，领导啊，俺什么时候逃跑过啊，俺那不是去断后吗，后边丢了东西，我是去捡东西的。

父亲说，你就别说了，再说，我可以证明你逃跑。好几个都可以给你证明。张侉子，你该满足了，你比我呢？

张侉子声音低了下来，但还不依不饶地，说，你离休，俺退休，怎能比你呢？

父亲大步远去，张侉子小跑追赶，父亲不再理睬他，张侉子站那儿发呆，想起了两只公鸡没有发挥作用，还差点坏了大事，父亲似乎知道他的心思，回头说，走，跟我去把小鸡拿回去！

第二天，老干部局来通知离休干部去北京旅游，父亲本来不想去，因为他有一件“不可告人”的事情急等要做，刘部长来动员，说，死老许，你真是死脑筋，一分钱不花，有吃有喝，包住包玩，上哪儿找这等好事？别人想去没还资格呢。再说了，如果有机会见到江司令，你想想回到泗洪你想干什么吧。县委书记又怎么样？父亲没去过北京，多少年也压根没有想到这辈子还能到北京，他也曾想我有资格去北京吗？北京是我们这些人去的吗？好在这次是刘部长带队，那去就去吧。那件事回来再说。

一群老干部坐车到北京，无不热泪盈眶，无不感慨万千，一路上回忆往事慷慨激昂，没有片刻停留，夜深人静还有人在说某年某月的事情。他们都是怀着对党和毛主席的信仰参加了革命，也侥幸活了下来，他们一辈子所向往的地方，战争年代是延安，和平年代是北京，延安他们没有去过，北京，今天他们来了。以往即便无条件、无机会来到北京，也不知北京具体在什么地方，但是他们心中有北京，困难的时候想到北京，浑身就充满力量，遇到不顺心的事情总想向北京诉说，他们最后的靠山，就是到北京去伸张正义。今天他们来了，他们在毛主席纪念堂默哀，在天安门前留影，在人民纪念碑前流泪。在这三个地方走过，他们心满意足，再好玩好看的地方也不想去了。领队审时度势，宣布：今天上午我们就在宾馆休息休息吧。刘部长找到父亲房间，说，哎，老许，今天上午没活动，我陪你去见江司令怎么样？这几天父亲的心情和刚参加革命那时一样年轻，一样激动，沉浸在梦幻和一种莫名其妙的冲动中，刘部长话没落音，他连一秒钟的犹豫都没有，说，走！

父亲和刘部长一路打听最高人民法院在哪儿，有的说不知道，有的指个大致方向，最终遇到一个特别能说的老北京，他讲得出最高法院在东交民巷27号，坐几路车，到哪儿下。他讲东交民巷和马可·波罗的关系，讲那里就是一个联合国，外国人曾经在这里横行霸道，讲后来毛主席率领解放大军横扫东交民巷的外国军队。那人纵横几百年，天南地北，毫无结束的意思，一直和父亲他们交流，问是不是冤假错案，如果是，现在正是好机会，很多人在那里昨天还是阶下囚，今天就是人上人，昨天还是穷光蛋，今天就是百万富翁，从新疆伊犁农村地窝子里调回来，今个住一环里的公寓，昨天还是一个被管制的普通劳动者，今天就坐轿车在中南海上班。你们有什么冤案？

刘部长说，我们去找江司令办点事。

老北京说，哪里有个江司令？老皇历了。该是江院长吧。那你们怎么认识他的？

刘部长把父亲推向前说，呐，江院长当年就吃在他家，住在他家，几百亩土地都给他们吃光了。

老北京这才认真看了父亲一眼，但不觉得惊奇，平静地，说，那你们怎么到现在才来找他呢。我的一个街坊是副总理，那家伙，每天门庭若市，都是老家老区老部队的人找他。以前我们还可以在一起打打桥牌，现在根本就看不见人影。车子上都加了窗帘。

父亲和刘部长虽然对他肃然起敬，眼看时间不多，就谢过那老北京，急急赶路。到了最高法院，门楣高大，哨兵威严，刺刀闪亮，出进的车子果然都帘子遮得严严实实。大门外面庄严威武，里面深不可测，父亲胆怯了，不敢近前。刘部长说，怕什么，你是找江司令江院长，找他们的头，怕什么。刘部长嘴说“怕什么”只是嘴硬腿软，其实他也不敢造次，一步也不敢往里去。

父亲再一次鼓起勇气，把裤子往上提提，紧了紧裤袋，又把头发用手划划。你想啊，江司令就在面前了，他应该不会忘记，是父亲把他带回家的；是他带着父亲去南湖沟底宣誓入党的；是他派父亲和黄大炮去泗县城送人头给日本人；是他亲手写的借条给祖父，还在一个铜钱上刻了一个“江”字留纪念，还有一个秘密江司令说对谁也不能讲，至今父亲还守口如瓶（正因为有江司令交代，父亲受到很多委屈，讲出来也许就清白了，这事江司令估计早已忘掉。几十年了，还有什么秘密可言?），这几件事，他起码该记得一件，一件就足够，一件就能说明很多问题了。父亲想，我什么都不要，给金山都不要，你只要说，不错，是我带他宣誓的，就含笑九泉了，或者你只说，记得记得，那我们回头就走，也就心满意足了，如果你能给一杯水喝，那就真的是涌泉相报了。

到那小门，有个值班室，一个黑脸人，快要退休的样子，问，你们找谁?

这次父亲主动上前，说，找江院长。那黑脸人说，你还真会找，一下就找到了我们的头。有预约吗?

父亲说，没有。

黑脸说，你们知道找他需要什么程序吗？

刘部长立即凑过来说，他是江院长的老朋友。当年……

没等刘部长说下去，黑脸人说，又是当年，当年我们头走过二万五千里长征，南征北战大半个中国，他接触的人何止成千上万？你说你是他的老朋友，有什么证据？没证据可不要乱说，会有麻烦的。有证据又能怎么样？当年，当年，现在还能去和你们滚稻草铺，啃窝窝头？

父亲听了这话就浑身发凉发酥了。心想，证据？我们就是来找证据的。

好了，没事就走开，不要影响我们工作。

那能不能请你打个电话说一声，就说淮北泗县许……

好了好了，我给他打电话？他知道我是谁？你想把我饭碗砸了？再说了，我们头现在忙着呢，就是他老子来也没空接待呢。

此时此刻，父亲他们血压下降，心跳还原到正常频率，眼睛好像也暗淡了。他们站在门前往里望，像站在大地遥望南天门，江院长好像神仙，可以想象，但不可以见面。

北京此行，悲喜交加，父亲没有像以往那样滔滔不绝介绍所见所闻，也没有给我们带来惊喜，也许我们真的长大了，不像几岁时那样，父亲外出回来总是蜂拥而上搜身要吃的。从北京回来的当天晚上，他一个人悄悄地去了另外一个村子亲戚家，来回也就三四里路吧。他去干的这件事情，是后来父亲病重，那位亲戚告诉我们的。

这位亲戚，女方是母亲的姨姊妹，男方是父亲在魏营工作认识的一个小青年。个头不高，干劲很大，在生产队年年是劳动模范，五好社员。在生产队干活争先恐后，人家锄地锄了一趟，他可以锄两趟，大伙送绰号“双铧犁”。收工回家以后，拿起镰刀去割草，一个夏天下来，一个大草堆就出来了，一个大草堆相当于一个人全年劳动的收入，堪称奇迹。冬天到了，草枯了，他黎明出去用大耙子搂草，大耙子二十四个铅条钩子并排在地上走过，枯草悉数卷进耙子上，天明时分就挑着一担草回来，唏里呼噜吃过早饭，和社员们再一道去生产队干活。茶余饭后还去拾粪，挖菜地，队里老婆婆都说，谁家闺女摊到他就走时了。可是仅勤劳还是远远不够，女人家主要看结果，就算你白天昼夜不睡觉地干，你还是穷家破院，女人就得掂量掂量。也感动不了非七仙女那些女人，就算你投机钻营，偷抢扒拿，只要看你门楣高大，自有女人如过江之鲫，奋不顾身。父亲得知此人，见命运对他如此不公，遂把母亲的姨姊妹介绍给他。有了家庭，他更是如虎添翼，斗志不减，干劲倍增。父亲更欣赏他忠诚老实，今天埋藏在他心底很久的事情必须交给他来办才放心。

这些年，粮食多了，吃不完了，父亲就看到一个令他痛心的现象。一些人家收粮食不能颗粒归仓，田头和打谷场到处散落的是粮食。一些人家吃饭不能吃光喝光，吃不完随意就倒掉，小孩子吃馒头咬一口就扔了。很多人家嫌粮食碍事占地方，就不存粮食，全部卖光只存钱，他们认为有钱就有了一切，这使父亲焦灼不安。父亲一生至此已度过三个严重荒年，他亲眼看见一个人家妇人煮自己的孩子吃，官家去抓她，她还说你让我吃一口再走，凭什么抓我，我吃的是我自己的孩子。说完，自己也倒地断气。他亲眼看见饿死的人满嘴的观音土，浑身肿得像充足了气；看到过一个一岁的小孩子吸着已经死去的妈妈的乳头，在不停地哭喊；他也见过老头票子成堆也不能当一个馒头吃。

父亲也曾被饿昏过去，倒在路边，被野狗咬醒。眼下，他多么想号召乡亲们勤俭节约，勤俭持家，勤俭建国，备战备荒为人民，有时还情不自禁地在人前重复以前荒年的情景，而那些不长记性的人早已好了伤疤忘了疼，那些不曾经历的后生更以为是传说，这样，父亲难免遭到嘲笑和鄙视，那就只有教育我们，我们属于可控范围，而我们听这话也都有时阳奉阴违，一笑了之。父亲只有强迫我们把碗里饭吃完，把掉地上的饼拾起来。就父亲的经历来说丰年之后即荒年有的是，庄稼一年不收就要出去要饭的人家多的是。为了有备无患，为了证明自己的远见，父亲与这位勤劳的亲戚商定，买三千斤小麦请他保管。父亲怕家人和外人笑话，叮嘱这位勤劳的亲戚务必保密，他一辈子对父亲的知遇之恩、媒妁之情感激不尽，用他的话说，没有父亲就没有他这一家人，这点小事只是给他一个报答的机会，当然欣然答应。这三千斤小麦一般保存三年，三年到期，可用新的小麦取代，每年六月辛天搬出来曝晒一日，麦蛴子、蛾子在似火的骄阳下会翻身打滚，当场毙命，或亡命天涯；秋高气爽之际再扒出来出出风，秋燥吸去所有水分，残虫在此被大风扬走，这样就可以防止霉变，彻底清除虫害。这位亲戚全面执行父亲的指示，及时曝晒，及时出风，隔三岔五还把手插进小麦深处，测试里面的温度和水分，把小麦掏出来铺在手心查看虫口鼠粪。有三千斤小麦，有这样忠诚的保管，父亲觉得有了靠山似的，常常暗自得意，或许也有幸灾乐祸的闪念，等着瞧吧，看你们糟蹋粮食等待报应吧。

台　北

后来，我在小高庄学校当了老师。学校之小，不用敲铃，用中等声音喊一声：上课了！全体孩子们都会如雷贯耳。教师之少，连校长副校长一共就五个教师，一个公办教师，即工资全部是公家给办的；两个民办教师，即公家给补贴，生产队给工分；两个是队办教师，即只拿生产队工分。校长和我们在一起办公，有两个老师共用一张办公桌，每一个抽屉都不上锁。

我们身在教室，放眼田野，门外十步远就是黄麻地，秋后就是小麦地，麦地边缘是洋槐树。春天，小麦的味道就环绕着教室，还有槐花，还有野蜜蜂，蝴蝶经常飘落教室。有时散放的牛羊，还会突然走进教室，咩咩的也不知说什么。但师生都为之一振。有时一个妇人突然闯进来把自家的孩子拖着就走，也不知什么原因。等老师反应过来，已经远去。这里，一点也不像个学校。为此，我十分迷茫，下面不知去向何方。

这一年，父亲对我提出要求，说老大已经入党，你看你怎么打算？

我说，入有什么用？又不能当饭吃！

父亲先是一愣，接着随手拿起棍子就朝我打来，貌似怒吼，但声音很低，说，不争气的东西，要是搁过去，不要别人，我自己就给你毙了！今天这话哪儿讲哪儿了，要是在外边讲这话，你就去死吧！要是我再听到，我不要旁人，我送你去公安局。

父亲看过反革命反党分子被押上审判台或枪毙的情形，我也看过，可我知道上头不是正在高喊解放思想、改革开放吗？

父亲第一次发这么大的火，以前也不是没发过，那都是火苗火星，这次可是熊熊大火，火光冲天。父亲发完火，依然怒目圆睁对我说，你还知道张麻子是怎么死的？我当然不知道，我没说话。父亲接着说，不也就是一句话吗！你这个嘴要是管不住，你就等着倒霉吧。你要是党员，前几年相亲，人家也不会推辞了。今天，我给你说，三年之内入不了党，你就不要来这个家了。

我又何尝不想入党，我从小就受党的教育，我一清二楚，我们今天的所有幸福都是共产党带来的。一年级那会，因为没有戴上红领巾我都耿耿于怀多日。在初中，团小组长来找我谈话，要我向团组织靠拢，积极要求进步，我整个一堂课都几乎没做小动作，也没有和同学交头接耳。先前，我一直以为父亲是党员，很自豪，四年级时听有人说他不是党员，我难过很长时间。听到小朋友说他爸爸是党员，我就一改嬉皮笑脸的风格，顿时热泪盈眶。我想，我们家要是有一个党员那该多好，冬天一屋子都会暖烘烘的。

我不是不喜欢荣誉，也不是不知道入了党，当兵、入学、提干都优先啊。那年当兵，如果父亲是党员，我就会梦想成真。如果那时我是党员，带兵的会来争着要我。现在父亲要我入党，我或许理解父亲的好意，他先前的“机会”说，似乎是在弥补他的遗憾和悔恨，更是为我们前途着想。可是经过那次参军的打击，我的自信越发脆弱，而且也越发钻牛角尖。

我翻看了《党章》，有的我能做到，有的能勉强做到，有的就拿不准，比如永不叛党，我就想，如果我被敌人抓去，一边是老虎凳、辣椒水，一边是香槟酒和平易近人的美女，我会选择哪一个？你比方反腐倡廉，当我还是一介平民，当然我会疾恶如仇，积极支持反腐倡廉，那么我如果真的坐上县委书记位置，我该如何把持？我的内心就算有颗太阳，但是太阳下面时有阴云飘过，明暗不定。下级孝子一样对待我，随我心意，美女像春风扑面，鲜花环绕，飞蛾扑灯，我对他们能无动于衷？反之，一旦入党，人民群众会看着我，会说，瞧，这也是党员，哪点像党员的样子？为此，我的一举一动都必须要做出表率，对于一个一直在母亲棍棒下成长的我，一个集老师、生产队长扭耳朵，刮鼻子，讽刺、挖苦、恐吓、训斥于一身的我来说，要进步，绝非一日之功所能。父亲的期限是三年，我觉得太紧迫，但我也不想主动放弃。

我在浑浑噩噩中、焦虑不安中又无可奈何中度过一个个春秋，有时生活在幻想中，有时沉湎于书本里，整个一个人好像没有了主题，结构也很混乱，层次也不清晰，在父母的眼里已经越来越没有人样了。眼看孩子一个个人高马大了，人口没有增加，但屋里屋外一下子觉得这么多人了，作为父母懂得，孩子都大了，该走的要走了，该分的要分了，该来的还要继续引进，他们着急，要盖房子，要置办家具，要为一个个兄弟姊妹准备进出的东西，这些都要钱。父亲满足于他的离休工资，似乎并不着急，只是到了重要开支时，才觉得捉襟见肘，心情沉重。母亲无奈，急中生智，开始在一个青阳城里的亲戚带领下，去无锡贩衣服回来摆地摊，此举遭到父亲强烈反对，他既觉得丢人，又说是投机倒把。他们发生了激烈争吵。父亲站在政治高度和面子的角度，母亲从社会潮流和家庭实际出发，争吵半天，不分胜负（此时吵到中央高层都不会有结果），母亲继续风雨兼程，夜以继日，父亲到青阳街见到母亲在摆地摊则离得远远的，绕路回家。还生怕别人也知道。

不久家里要盖房子，当母亲不给父亲知道，把一车车砖头拉回来、一根根木料买回来，父亲顿时没有了优越感，发现自己那值得骄傲的离休工资，根本就不值得一谈，就这他也还是公事公办似的提醒母亲注意，小心。母亲说，我没偷没抢注意什么？父亲也讲不清楚，就偷偷去工商局问他的老战友，贩衣服卖碍不碍事？老战友说，市场都能逐步放开了，碍什么事？父亲认为并没有得到准确答案，还是心有余悸地静观时局变化。

母亲又看到商机，毕竟年龄大了，虽说贩衣服赚钱不少，可是长途跋涉身体来不了，她就决定在家门口开个小店，其实是个售货亭。是我五弟独立设计制造，五弟属于母亲这条道路上的人，在国营化肥厂搞电焊已经混出一点名堂，无论在技术上，还是职务上都属于重点培养对象。父亲为此也兴奋一段时间，还告诫五弟，先把组织问题解决。可令父亲深感意外的是，他居然辞职了，干起个体户。父亲为此也很伤神，觉得很没面子，一个个反水叛变，逃离他的阵营，他的号召没人响应和声援，越发孤独。随着形势发展，他的那点工资已经无足轻重，也无人向他求援。

从地摊到小店，是一个飞跃，对于母亲就好像游击队有了根据地，对于父亲来说，好像资本主义真的开始复辟了。按照这样发展下去，就是资本家了。但这次父亲已不敢公开反对，只是在行动上持消极态度。对待这个小店，他连一个顾客身份都不愿意担当，他就像一个看客，一任母亲折腾，等待失误，等待问题，等待不可收拾，也许他才会走到前台，沧海横流，力挽狂澜，收拾残局，方显英雄本色。

父亲一天天见老，骑自行车没推自行车时间多，而且骑上总摔跤，就改步行，可他又不服老，黎明即起，打扫庭院，是几十年的老习惯。打扫完毕，把扫帚放进走道老地方收好，一旦被别人拿走，就有失业的感觉。天亮时分，路人渐多，他便寻一两个熟人说说话，而这些人多说有事，有的进货，有的送货，有的送孩子上学，有时遇到一个闲人，不是对牛弹琴，就是话不投机，偶尔遇到一个耐心的听众，父亲就特别感激，对方若抽烟，他会从小店拿来一包塞给他尽情吐纳。父亲说话的主题依然是他们过去如何能吃苦耐劳，干群关系、上下级关系如何好，干部如何正派……对方若附和，父亲就大加赞扬。人家欲走，父亲就说，等等，听我再讲几句。有时讲到吃饭时候似乎话题才开头，父亲先是推迟吃饭时间，后来被催急了，就拉着这位忠实的听众一道来吃，人家多知趣，恰好趁机溜走。父亲坐到桌子旁，还对母亲说，搁九辈子饿死鬼托生的样，没看我跟人说话吗？喊，喊，喊什么？

说话已经是父亲的唯一娱乐，几十年来，他几乎把所有时间都用到工作上、劳动上。他不可能坐那儿下一个小时象棋；不可能丢下满湖的庄稼去养花种草；他也不可能丢下鸡鸭，去喂鹦鹉黄雀。他不相信太极拳、气功，只相信劳动最锻炼人；他更不相信什么老干部局健康长寿的专家讲座，恰好一个比他还年轻的保健专家讲完课第二天发病身亡，更成为他的有力佐证。他认为人能吃能喝就行，他更不会去附庸风雅写字画画，对这些他嗤之以鼻，还经常拿那几个练气功、吃补药、按书本吃喝的老干部举例说明，说，我什么也不练，七十岁还不照样骑自行车，那几个呢？才六十露头就爬大烟筒（火化）了。他以偏概全来证明老干部养生健身是无用的。他看电视电影都说是假的，打仗根本不是这样的，他说歌舞妖里妖气，他也越来越看不惯电视剧那些接吻、拥抱的“流氓”情节，几次要砸了电视，其他人看，他则在一旁配音：看，看，有什么看，跟好人学好人，跟花子学流民。这样，他就基本上没有文化娱乐活动。

忽然有一天，他走进了小店，说母亲不会算账，认不识货物上的字，让母亲下岗了。母亲惊喜之余，感到意外。只说父亲换魂了。原来这里接触人多，趁买卖时间和顾客交流，有时商品价格以谈话时间长短定，时间越长物价越低，能和他经常深入交谈的，且时间较长者，什么牙膏、肥皂、打火机，都是“拿去！算了。不要钱。”这样，小店成了他再就业的理想天地，也是他的俱乐部。

每天一大早，打扫完庭院，就打开小店的门。小店三米柜台，两米货架，柜台里是销量不大的商品，货架上是不断进出的商品，原来母亲经营是分类不太讲究，有时一件商品放哪儿自己都忘了，却被顾客发现。父亲认为这样的服务不到位。有时开门太早，小店尚无人光顾，父亲开始整理货物，该归类就归类，该摆齐就摆齐，不一会儿就有人来了，是过路的，摸摸身上没有烟，带眼看到路边就是小店，惊奇还有这么早就开门的小店，对于烟瘾袭来的人们真是雪中送炭了。

买烟人嘴甜，问大爷大前门多少钱一包？

大清早有人喊大爷，父亲甚是高兴，父亲问，乖，我怎么不认识你？老家哪里的？

路人说是柳山的。

父亲就说，柳山刘建国你还认识？

路人说，嗨，那是我三爷，我父亲是老大，他是老三。

父亲把烟往路人手里一扔，说，拿去抽吧。

路人说，还没给钱呢？

父亲就说，叫你三爷给。

那人一头雾水，执意给钱，父亲自是推来推去，说，既然这关系，我要是要了你这包烟钱，你三爷看到我不诮评（看不起）我才怪呢。

路人说，大爷你贵姓？

父亲说，青阳三大姓，许、石、江，我第一个。

路人说，那，许大爷，不好意思了。

父亲说，乖，你跟我客气什么？你三爷每次来都翻箱倒柜掀锅盖，要吃要喝，你吃饭没有？小店旁边就是烧饼油条。父亲话没落音从后门出去，随即又转身回来，说，马小鬼今天来迟了，锅还没冒烟呢。

路人看样子有事，就说，许大爷，谢谢了，我得走了，七点二十的车。

父亲说，叫你三爷来玩哪，你就说是高庄桥头姓许讲的。

那人说，噢，好，许大爷，你老没事也上我们柳山转转，现在农村条件也比以前好多了。那人走着还回头招手。

一包烟带来好多开心，父亲望着远去的后生，自言自语，这孩子嘴好甜，一口一个许大爷。

第二个来买酒的是前庄老扁，是母亲姨弟，他对父亲说，一大早家里小孩外爹来，死老头一天三酒哎。

父亲就把先前发生的故事讲给老扁听，说你小孩外爹不是柳山的吗？

老扁说，对啊。

父亲说，刚刚一个柳山人从我这走的，乖，你说多巧，他是刘建国弟弟家的孩子，还喊我许大爷。刘建国和我早就认识，在魏营又同事三年，两人处得就多一个姓，给亲弟兄一样。有一年，过年，他家来人，跑了十几里来请我喝酒，说他家黄狗逮到一只野兔子。他知道我喜欢吃兔子肉，一再交代老婆说，这兔子要等许区员来吃。后来，真是的，我到他家，兔子还挂在梁头那儿，一点没动。乖，这个人也大方，跟你好了，头都能割给你。人正派，讲原则……

老扁一看表，就说，哎哟，一打岔一个小时了，我得走了。老扁刚抬步，又立即放下，说，三姐夫，你还不如去陪他喝点酒呢。

父亲说，我早戒酒了，再说，这小店没人怎么行？

老扁拿过酒，把钱一扔就急急匆匆走了。老扁经常买这种双沟山河大曲，知道价格。他扔的钱不多不少，父亲还走出柜台喊，来找你钱。老扁摆手疾走。父亲又自言自语：嗨，这皇子（抬举式骂人）！这时路对面大官来了，他不是政府里大官，他是姓官，个子高大，邻居都喊他大官。大官的舅舅姓许，比父亲晚了三辈，他就喊父亲老太太（曾祖父级，非指老妇人）。大官是来买榨菜的，父亲就说，一早晨吃什么榨菜？我一大早就有人来请我喝酒呢。

大官说，哪有一早喝酒的？

父亲就说，这你就外行了，西南岗那边早上喝酒多的是，就连柳山都有。有一年冬天，我们几个人带队去周台河底拉大苇子回来建万头猪场，遇到一位过去我们一起趴过（隐藏）洪泽湖的老同志，他家就在周台子住，巧了，那天他回家有事，被我们碰上了。他一大早留我们几个吃早饭，小鱼嘟豆腐，猪肉烧粉条，这一顿平均每人估摸喝了有半斤白干酒，那天我也喝有三两，乖，吃过饭，你猜怎么着？一出门就看那太影跟月亮似的，天也转，地也转，浑身暖烘烘的，西北风刮身上也不觉冷。陈赖猫开始跟缩头鬼似的，出了门也把头伸出来了。

大官喜欢喝酒，听父亲这么说，也亲临其境似的，说，那，我要是在场非得一斤。

父亲说，那时候你可能才上小学呢。

大官听父亲继续谈古论今“品酒”，老婆隔路喊话，你买个榨菜怎么这么难呢。你不上班了？大官这才从早晨喝酒的情景中返回，想到此行是来买榨菜呢。

父亲说，拿去吧，没钱找。

第四个顾客是三年级小学生，他买泡泡糖，父亲公事公办，一手交钱一手交货，两分钟完成交易，几乎连一句话也没说。

天二顿饭有我们端到小店里给父亲吃。他越来越像哨兵值班，似乎分秒都不想离开那里。有时忍无可忍要上厕所，他才会喊其他人看一会儿。中午那段时间人比较多，其他人去帮忙，父亲并不接受。他认为一会添乱，二会以为他不能胜任，等到一帮人都走了，他才想起该吃饭了，这时饭已经凉了，得再下锅烧一下。

先前小店有一台黑白电视，那时电视并不普及，三家划不上一台，这台电视机是母亲全部的娱乐，不管看懂看不懂，看清楚还是看不清楚，就是图个热闹，有个响声。有时她睡着了，电视里还在自作多情地表演着。电视放到小店里，有时有遛门的人也会站在那里看一会儿电视。这些人或家里没有电视，或在家无权力掌控电视，为了避免寂寞和争执，就出来转转，在这里一边聊天，一边或许还能看到和家里人意见不一致的节目。父亲向来不喜欢这些娱乐，嫌吵人，本想移走，但是他发现有人在此驻足，迟迟不走，还能边看电视，边和他聊天，他就把电视保留下来了。

路上的人逐渐稀少，小店的电灯也越发明亮，夜就往深处去了，这时的父亲在灯下数钱。数钱也是他现在一项重要娱乐，他先把百元、五十元、二十元、十元拿出来，压到一旁外人看不见的地方，然后，像下棋一样，把硬币和纸币一分、二分、五分、一角、二角、五角、一元、二元、五元按顺序排列，省、市、县、乡、村、班排连营团旅师军似的，然后都是合并同类项，哪一项先捡完，就先用纸卷成一个圆柱，如此这般。对纸币不是这样，是同类十张一沓，抽一张对折夹住那九张，然后统计总数，整个过程要一个多小时，若说纯粹就是数钱，也就十几分钟，在父亲看来也许是少了文化娱乐的意味了，谁又知道在数钱过程中多么全神贯注，头也不晕了，再说数完又能干什么呢？反正现在也睡不着。有时到了深夜，父亲还在数，母亲就说，还不赶紧关门，你不怕小痞子抢你钱？父亲说，他敢！一两个还不一定是我对手。这话早几年说还是可以的，因为父亲受过军事训练，一个两个还真能对付，可现在说显然是不服老，实际上不服老是不行的。你看，刚才收起来的大票子，一会儿就不知放哪儿了，找了一头汗，还不停念叨，出鬼了吗？蓦然回首，原来就在那扇子下面。钱数完了，父亲还意犹未尽，站在柜台面前，仔细打量货物的多少，然后重新摆放，归类，直到自己满意，看得顺眼，这才锁好门窗，走进屋里。再查看哪个房间是否灯没关，水是否在流。这才上床，闭上眼睛，回顾一天的历程，展望明天的工作，当脑海里出现很多奇怪的情景，不知不觉就进入了梦想。

我们每天看到父亲这样工作，其实心里是麻木的，以为父亲会永远这样风平浪静，很少去体会他的感受。这天来了两个穿工商服装，却没有工商帽徽领章的混混，要收管理费。他们到来，似天外来客，跟正常人不一样，故意装作不苟言笑的样子，父亲不是没有见过世面，只是出于对他们尊敬，或希望有人交流，对他们还算客气，可那两人并不接受父亲这常规的客套，开口就要交罚款一千元。父亲先是一愣，以为真的年老耳聋，再问一遍，没错，一千。

父亲要看文件规定，那伪工商说，咦，文件是你看的？

父亲说，没有文件规定，不交，有文件规定，该交多少就多少。

伪工商看父亲也非一般老人，就说，那这样吧，我们弟兄也很辛苦，把那条红塔山拿来给我们抽，这个月罚款就算了。

当时红塔山父亲都舍不得抽，父亲就想起当年泗县城里维持会那一帮人，就来气了，说，你们这是什么政策？如果有政策，别说一条红塔山，十条我也不含糊！

那伪工商也不含糊，说，什么政策，共产党政策，今天你若不交，我们就没收你的物品，关你的门！

父亲自是寸步不让，伪工商就打电话招呼乌合之众前来助阵。

父亲被围在中间，伪工商逼着父亲，交是不交？

父亲破口大骂，我看谁敢抢？

围观的人逐渐增多，议论纷纷，七嘴八舌都责问伪工商凭什么乱罚款，欺负老人？就在伪工商蠢蠢欲动时，过来一个真工商，从车里下来，他推开人群，大叫，怎么回事？让开，让开！那真工商走到父亲面前，睁大眼睛，又后退一步，父亲也准备更加色厉内荏，继续斗争。就听这家伙说，哎呀，这不是我许大爷吗？随即转脸对那一帮伪工商说，眼瞎了，知道他老人家是谁吗？那一帮人顿时低下头，不语。像一群狗见到主子，再凶也得温顺。那真工商手一挥，说，还不快滚，哪里不好来，来这里！

那帮人陆续离去，最后一个走的是最早来的那一位，对父亲说，许大爷，我年幼无知，刚才就当跟你开个玩笑。

那真工商进了小店，说，许大爷，我是吴来顺儿子，那有一年是我父亲去找你把我安排去当兵的，你还记得吗？在魏营啊。

父亲已经恢复常态，说，乖，都这么大了？哪年转业的？

真工商说，去年，去年分配到工商局，当个副职，负责市场这一块。许大爷你放心，今后我保证没有人来刺挠你。你放心好了。今天那个要吃要喝的家伙，检讨不好，我要开除他。

父亲说，能教育还是教育。如果有文件有政策规定，我还能违背政策吗？

真工商说，你老就不要烦心了。政策规定也不对你。

父亲挽留吴来顺儿子吃中饭，那人一再推辞，说，许大爷，你老就不要跟我客气了，我照顾不到位你该骂我才对啊。过几天，我爸回来，我请你。说完就上车走了。

这个戏剧般的事件，成为父亲经久不衰的故事，有来人，他总是不由自主地提到这件事，父亲一人担任几个角色给来者演说，比现场还生动，吃饭时候还提起这件事，而我就借题发挥，说共产党坏话，我说，苏联这不是个例子吗？一夜之间完蛋了。父亲听到这里，已经怒不可遏了，把手中的筷子当武器，一筷子迅雷不及掩耳地打在我的头顶，说，你吃你的饭，你没有资格讲共产党，你要是出去讲这话，你就不要回来这个家了。我看你迟早是大牢里货！

而最使父亲惊吓和愤怒的还是台湾许孟林方面，几年前提到继承遗产的事情被父亲举刀“斩断”，如今已经迫在眉睫。许孟林坐在台北荣民总医院病床上，望着窗外风云，老泪纵横，一点也看不出曾经是杀人如麻的刽子手。人之初，性本善，人之老，性亦向善，人已老，如人之初，戾气杀气，因气血之衰而衰，都快接近气数已尽，最重要的一是思乡，一是希望有一个最亲近的人来继承遗产，以便死而瞑目。当年一心想反攻大陆，也有乡愁使然，如今身不由已，轮椅和床铺是最亲的伴侣，他是这个家的负担，想当年有指挥千军万马之豪气，也有直接统领过百十号精兵强将的业绩，如今老婆孩子三个人都忤逆，无一服从，如果大陆能来个家族近亲把遗产继承，听到乡音，也算见家乡一斑，早晚陪他说个家乡话，叙个旧，问家乡七姑八姨，民情人事，把心中很多疑问、悬念一一解开，不至于带到棺材里，老人会轻松许多，说不准还能多活两年。

此时我经过几年改革开放的洗礼，崇洋媚外风潮使我多少对台湾好感加深，了解也多了许多，台湾不是他人说的那么好，也不像父亲想象的那里都是杀人恶魔和人间地狱，都是充满阴谋和凶险，不锈钢到那儿都能腐烂。这时我还住着两间平房，两间前屋，如果不与时代比较，不与他人比较，只与过去比较，我会很心安理得。虽然这房子阴天漏雨，晴天屋顶某处会透光透风，可它毕竟是瓦房，雨再大没有倒塌之虞，晴天透光透风从健康角度来说也有好处几许，而一比较就心有不甘，有时来客人虽有《陋室铭》支撑，也难免心虚惭愧，精神几近倒塌。到人家看地毯、空调、洗衣机、录放机就无语了。

我听台湾来人说，若去台湾，我居住的地方是一座属于自己的小山，转上一圈得要半天的工夫；半山腰是一个半隐半现的别墅，热天清凉，冷天温暖，采光可任意调节；门前不远是一个露天游泳池，随时畅游，一旁不远有个车库，一辆雷诺越野，一辆别克轿车，都是世界名牌，若开到泗洪，外行人都会注目。一条柏油小路环绕小山下去，进入大道，去台北，去花莲都是串门子似的；别墅再右前走就是一个大草坪，几只黑山羊，和几只身长棕色毛、背上自后脑到尾巴有一道黑带的山羊在那里徜徉；还有兔子、黄山雀、白耳画眉、八色鸟、长尾山娘，还有信天翁也会偶尔光顾，起降随意。山上四季常青，有多种水果，可随意品尝。

要想吃，北台湾（台北）有蚵仔面线、潮肉烧肉、金锋鲁肉饭、红烧牛肉面、新竹肉圆、海鲜手卷、盐酥鸡、竹南怀旧肉粽、新竹贡丸、台北牛肉面、鼎泰丰小笼包、贾竹堑饼、姜太公柿饼、胡椒饼、基隆纪猪脚、石家鱼丸、芝麻糊配豆花；中台湾（台中）有黄记鹅肉冬粉、红豆圆仔汤、彰化汤圆、小林煎饼；南台湾（台南）还有小月担仔面、松饼淋现做果酱、方块豆腐冰、台南冰鸡爪冻、云林盐酥猪脚、六合高架牛奶草莓、东山“排骨酥”、嘉义粿仔汤、米糕、香肠、棺材板薯粉大水饺、总统鱼、嘉义的鸡肉饭、金瓜酥……这些饭菜，大多加个台湾地名，还是大陆血统，大陆基因。

那来人又说，若想调调胃口，吃吃泗洪秃头饼、二抹头、马虎汤、面疙瘩自己也可以做。超市里什么都有，你意想不到那么多。买来家自己做。那来人老家宿迁人，是精明的生意人，比许孟林年轻好几岁，许孟林称他小老弟或小老乡，他没在国民党军政部门待过，更无从谈起要职和罪恶，所以来往海峡两岸很方便，也很受欢迎。在台湾与许孟林是忘年交，无话不说，他的话可靠性很强，既无夸大，也没缩水，他和我交流以后，也觉得我去还真适合。

这次，父亲反应程度不太剧烈，这几年的改革开放他也无可奈何地部分选择性适应了。他知道眼下还是共产党领导，还听说继续坚持马列主义、毛泽东思想，这让他放心不少，他经常告诫我：你不要看别人怎么样怎么样，你要管好你自己。争取年底把组织问题解决。此时我们家弟兄姊妹已经有了四五个党员，我若是，就够一个支部了。

眼下已不是上次情形，几年下来，我有了老婆，有了孩子，拖家带眷已成事实。现在若去，只能我一人去，能不能拖家带眷那要有一系列程序，就算在大陆，在江苏，从泗洪迁移到淮阴也不是简单的事情，何况还有这云诡波谲、深不可测的海峡。这我必须考虑，不是我眷恋家室，我担心是去那里灯红酒绿，大开大放地方，我会经不住诱惑，何况我在某些方面还需要诱惑吗？一旦陷入，结果会什么样？我该如何适应那里的社会，如何继承和发展许氏家族在台湾的业绩，我想我必须有我的底线，绝不能去做败家子；我走了以后，这边父母一大家我该承担什么责任？我想等我混好，我要创造很多就业岗位，在这里要有一席之地或一片天地，要有人喊我“许总”或“许老板”，乃至“立委”，或者响应家乡招商引资号召，在泗洪工业园区搞一个电子企业。这企业谁来管理呢？我绝对不可能，我要频繁往返大陆和台湾，或许兼顾新加坡、美利坚等国家和地区，我不仅仅就一个电子企业吧。据说许孟林在香港还有一个百货大厦，台北还有一个五星级酒店。

想着想着我就睡不着了，我起身到外面转转。这种举动与那次当兵有点相像，但这次动静大多了。我审视我们这一大家高低起伏的一片房子，都是七凑八凑盖起来的，也显得乱七八糟。弟兄分开家就更彰显各自特色了，房子的成色就可以看出年轮，看出追赶潮流的艰难和窘境。父亲也经常嘀咕，还是住楼好，你看这小河堆上就我们这一大家没盖楼了。父亲要面子，要强，我们知道，每当他重复这句话，我就心情沉重，手脚无力。现在，我若去了台湾，第一步就把这片房子全部拆掉，由我全资设计、规划、重建，父母住朝阳这一套，落地玻璃窗，冬季会温暖如春。而父母总是恋土难移，又讨厌空调，我要设法在冬季时动员他们去香港或台湾避寒，派专人做手擀面条、秃头饼、面疙瘩、红烧肉。

面对这片房屋，再想就想不出我对房屋改造的认知范围以外，我就对此宏伟规划告一段落。出门看远处田野，脚下小河，在身边我亲手栽下的一个法桐，已经遮蔽小院，黄狗已经取代黑狗，黑狗去向不明。我想台湾会有我们这样星罗棋布的村庄吗？会有从夜的远方传来的鸡鸣狗叫交响吗？会有春雨过后的小溪里鱼虾泥鳅争上游的情景吗？有夜幕下青蛙合唱的稻田吗？有云雀掠过的金色麦地吗？有鱼咬了、狗走油、猫叫窝、猪爬摞、驴起性那些声情并茂，生动活泼的联欢吗？有大豆摇铃、玉米吐须、高粱红头、小麦扬花的风景吗？能看到燕子绕梁、麻雀藏檐、老鼠见猫的妙趣吗？我想把这些都带走，可是远远不够。这片土地给我的东西太多。

白天，遇到熟人，我无意中有点矜持，对他们还有点莫名其妙的同情，实际人家目前状况比我好了不知多少。但我还是告诫自己，将来回来，千万不能有穷人乍富，腆腰凹肚，眼睚大而不识人的傲慢嘴脸，要低调，百米以外就下车，徒步走回村子走回家，见人就主动打招呼，散香烟。特别要保持小高庄的方言。

这时我是一反常态的，而且看家乡的一切，都像海伦的那三天的光明，深情、迫切、遗憾，还很有点兴奋。具体就是穿什么衣服去，到公安局办什么手续，那边该如何配合。

年底，组织上果然找我谈话，说我最近表现不错，要我继续努力，经得起考验，争取早日加入组织。我有点双喜临门的高兴，很快，父亲的期望我就要实现了。我们家山河就要一片红了。不一会儿，我又悲哀起来，是的，我恨我的脑子老是不闲着，总是不知疲倦不知好歹地胡思乱想。我想到了，这要年底入了党，台湾还能去吗？想了一会儿，我又放松了，安慰自己，不是还没入吗，想那么多干啥呢。如果到时形势改变，两岸友好，那么熊掌和鱼都有，脚踩两只船，两头通吃，岂不更好吗？

快下班了，领导不在，几个闲人在议论国家大事，我觉得我该放松一下紧张而兴奋的神经，就加入他们的议论群。世界每天总有好事和坏事发生，总有人倒霉，有人走运，这些都成了新闻，为那些闲得发慌、心有不满的人提供取之不尽用之不竭的议论素材。我也自以为有思想，有观点，很快就融入他们之中，还想当他们的精神领袖。也许这机会不多了。他们议论还会联系实际，话题会转移到青阳西大街文物破坏，重岗山汉墓被盗，进一步到自己单位，议论的目标都是领导或叫“头”“老板”“一把”。我的到来，相形见绌，我很快成为主讲，在别有用心的家伙引导下，我开始对本单位的现状进行评点，对未来进行设想，引得阵阵叫好，最后又补充道：如果我许某当了本单位领导会如何改革开放，解放思想，勇于拼搏，团结奋进，前面讲得抽象，后面具体到奖金、住房、休假、外出考察观光、办公室配空调、饮水机……在一片叫好声中，我渐渐进入角色，只讲得天昏地暗又日出东方，一片光明。没想到今天下班之前还有我一段快乐时光，“研讨会”“施政演讲”结束，几人各奔东西，我乘兴把破自行车骑得像新自行车那样飞快，甩下一辆桑塔纳，路旁的树急速后退，风簇拥我，跟着我往前跑，行人给我让路，一个女孩久久驻足凝视我远去的身影。爽！

我路过九楼大厦，这是以楼层命名的大厦，当时是我们小城最高的楼，是百货公司，刚开业时几乎是全县商业文化中心，问上哪儿去？众口一词：九楼！此时，我又开始同情九楼了，对不起啊，九楼！不久以后我的大楼高就是你的四倍，宽是你的三倍，你千万不要往心里去，我可不是有意和你相比。出了小城直往小高庄，路边据说是一个部长楼，其实就是一个单独三层小楼，加一个院子，没见过部长，只见过铁门紧关，门口寸草不长，偶有背蛇皮袋老头朝里面喊：有酒瓶废纸碎铜烂铁卖吗？门口几棵冬青树令我们北方人惊奇和感叹：啊，都下雪了，这树怎么没死？部长大人，我丝毫没有和你斗富比阔心理，可我不由自主想到我的未来别墅，面朝大海，四季花开，这简直就没有可比性了。到家了，看到自家两间平房，却完全没有了比较和怜悯想法，而只有怀念和崇敬了。怀念似乎早了一点，可又怕迟了怀念来不及了，而崇敬与其说是对平房的崇敬，不如说是对自己的崇敬——在这里居然生活过一个亿万富翁，一个世界上较为幸运的人。现在我有点坐卧不宁，但是我还是力争“宁”一点，让外人看出我的低调，让家人看出我的沉稳，如果还像以前那样整天嬉皮笑脸，散漫随意，一点也不正经，如何能承担天降大任呢？

台湾方面能信任吗？而那种强烈的告别感，是发呆而不是沉稳，反而暴露出魂不守舍的神情，老婆知道我要去台湾，她不知台湾真相，更不知到那里将来的辉煌。我要说那里一顿饭能买你这两间平房和前屋，以及地皮，打死她都不会相信，相信也就不用打了，她自己就会吓个半死。我要说，将来我足以开个飞机回来，她只能嗔骂或哭哭啼啼去找医生，说，我们家男人疯了，还有什么药啊。是的，到如今她从没有见过一万块钱摆那儿是什么样的规模。她倒是对我的去留不感兴趣，只要能维持家庭正常生活，她不会干扰我的任何行动，她看我发呆，就说，去就去，不去就不去，看你跟掉魂似的。

是啊，这房子我住了快二十年了，朝夕相处，在这里甜酸苦辣，饥寒交迫它都默默无闻地包容着，守护着。我们无论得意，无论狼狈，无论风雨，天黑了总有一个忠诚的等待者，把光亮收拢，把温暖收拢，把安详、宁静收拢，让我们在这里放下焦虑、愤恨、胆怯，放下疲惫，保守家丑。我的第一部小说也是在这里诞生的，当时正是暑热炎炎，外面的知了都懒得发声，而我就在窗前我家唯一重要的家具上——三抽桌，滔滔不绝，奋笔疾书，两个香椿树长得快像椰子树了，它们的枝条贴近窗户，来回摆动，把暑热赶得远远，带来一阵阵清凉。

时间在一天天过去，入党和去台都在一天天接近。单位里的人都在忙着庆祝元旦，他们并没有反思碌碌无为的一年，反倒稀里糊涂，天真烂漫地迎接新年的到来，而新年值得他们迎接的也就开个茶话会，吃点瓜子、小糖、橘子之类，还有一个参与性极强的保留节目叫击鼓传花游戏。对于这样的单位，我的留恋较为平淡，不足以引起我多愁善感。我和他们在一起只能激起我的骄傲或堕落。好在我很快就要离开他们，不要多发议论，不要指点江山，不必干扰人家的愉快生活，天各一方，留个念想总是好的，将来回来再风光，也得有个捧场的人啊。也许我等不到元旦就要启程，这样反倒怀念那年年如此的茶话会，当初我不也曾经兴致盎然期盼，参与吗？

我沉静在幸福和忧郁的等待中，有目标有结果的等待总是美妙的，我觉得我全身在荡漾，脚尖一点估计能飞起来。

这天，单位的头把我喊过去，把门关上，严肃地要我坐下，我有点不适应。我坐的姿势不规范，像腰椎间盘突出。

领导说，我看过你的入党申请书，我记得你这样写的：如果组织接受我的申请，我会戒骄戒躁，更加严格要求自己；如果组织没有接受我的申请，说明我对组织要求还有距离，我一定经得起组织考验，继续努力，争取早日加入中国共产党。

我说，是的，我是这样写的。我预感这二分之一的“如果”倾向不妙。

头说，这次，本来，基本是没有什么问题，但是出了一个岔子，有人到局里报告，说你把改革开放大好形势说得一塌糊涂，把我们领导说得一无是处，并发表施政纲领，你这是要篡党夺权，还是要发动政变呢？我给局党委再三解释，说你有诗人习惯，浪漫率性，局党委认为你政治上还不够成熟，仅仅业务能力强那只是一个方面。政治上要有觉悟，要和党的思想路线保持一致。所以，这次机会错过了，我也为你感到遗憾，但是，组织的大门是敞开的，你就等待下一批吧。要把嘴管住。你不要有压力，有压力也要把压力变动力。

过了一会儿，我想，现在我真还没有压力，如果真入了党，台湾就去不成了。当下笑贫不笑娼，人人以富为荣，按实惠来讲去台湾当然好。这样，我就可以轻装上阵，以民主人士的优势，一路绿灯。可我还是难免在想这是谁会把我们闲聊的事情反映到局里。我当时还强调，咱们话哪儿说哪儿了。大家一致应和了啊。

我在等那生意人电话。我家里没有电话，我把单位电话号码告诉他，上午八点到十一点，下午两点到五点半我都在。现在我上班期间主要是耳朵在工作，在隔着四个房间里听着办公室的电话。每一次振铃我都视为台湾电话。我告诉办公室的同志，有一个叫黄金水的人的电话一定要告诉我。就这样我连上厕所几分钟都要先报告办公室，然后再急匆匆往厕所跑，就担心恰巧这时候黄金水来电。

这样等了四五天，终于在第六天中午有我的电话，看电话的小马也很激昂地喊我的名字，说一个姓黄的找你。我窜出我的办公室往领导办公室跑。我手有点抖，喉咙突然有点堵，我咳一下，问你是谁？

对方说，乖，听说你要远走高飞发大财了，连我的名字都听不出来了？我是黄老四啊。

我像奔驰中且颠簸的车轮抛了锚而平静下来，说，你找我有事？

黄老四说，我想找天找几个老同学老弟兄给你送行啊。你看给几号？我们就到重庆人开的“辣翻天”好吗，味道正宗，这天吃也暖和，怎么样？

我故意低调，说，你听谁说的我要远走高飞发大财了？

黄老四说，乖，整个青阳街都快传遍了，你还给我装？是不是怕我们将来当乞丐去你那里要饭？

我说，老四，你就别操心了。真要是走了，到时候我来安排。

黄老四说，那不行，你安排归你安排，我安排归我安排，我们再穷，哪怕喝口水也是我们弟兄的心意。就这么说了。

黄老四是我小学同学，棉纺厂倒闭他也跟着倒闭，凭着以前干采购员的口才和人脉在社会上散混，有一帮三教九流的狐朋狗友，鸡鸣狗盗，八仙过海，黄老四仅靠给人说情、摆平些四两拨千斤的事情就如鱼得水，一般人谁都不敢得罪他，我知道我现在也还是一般人，只是他把我硬拉进他们的圈子，给我一点面子。他常对外宣传，说，我的一老同学是文人，厉害。他知道他的圈子里目前就缺文人，有了我，各色人等就齐了，完全可以组成梁山泊一百单八将了。我若爽约与婉拒会感到很多无形的压力，他的吐沫就可以把我淹死，若不是因为老同学关系，后果会很严重。所以要去！

黄老四坐在买单的位置，还请来一位二线的政协副主席，姓皮，黄老四一口一声喊皮老爷子，并向皮老爷子介绍我。皮老爷子说，噢，听说过，才子才子。黄老四喝大呼小，一般情况不出面的老板都战战兢兢地亲自来到包厢听候他发落，黄老四指着“皮老爷子”说，这是我们县领导，你这饭店将来，唵——这一个是我们泗洪大文豪，你不要他给你宣传吗？

那重庆人嗯嗯点头，自是不敢多嘴一句。

还有，口味稍微淡一点，我们皮老爷子最近有点上火，听到没有？

重庆人说，听到，听到。人刚退去，话没落音，转眼间热气腾腾的火锅端上来。

大伙排好座次，认好酒杯碗筷，一切准备工作停当。黄老四要皮老爷子说几句。皮老爷子，倒驴不倒架子，但还假装谦逊，说，好，那我就说两句。都老百姓了，没什么说的，说话也没用了，你们小弟兄该怎么玩就怎么玩吧。

黄老四说，那不行，你是我心目中永远的领导，那一年，你做常务县长，要不是你皮老爷子，我早就进去了。你怎么也得说几句。

皮老爷子经不住辉煌的回忆和群众要求，感觉找到了，就说，各位我就说几句吧：新的一年就要到来了，在过去的一年里，我们的国家，包括我们的泗洪都取得了很大成就，我县连续三年获得农业大丰收；双沟酒厂税收突破亿元大关；泗洪中学五个孩子考上清华北大。在精神文明建设方面我们也是连续三年获得省治安模范县，获得省扶贫攻坚进步奖、省文物保护先进县。今年4月，新的一届县委班子已经建立，我相信在新的一年里，在新的县委班子领导下，继续以邓小平理论为指导，积极践行“三个代表重要思想”，我们国家、我们泗洪两个文明建设一定会取得更大发展！

黄老四带头喊：鼓掌！

几位陪客都是下岗、内退的老同学，心灰意冷，只对柴米油盐在乎，对形势的敏感度极差，黄老四几次吆喝这才面面相觑，有气无力地拍手，和没拍差不多。

皮老爷子说，话多了，话多了，来，喝酒，我先敬这位才子。

我惊慌失措站起来，说，我该先敬主席你才对啊。

皮老爷子坐那儿，说，不对，你将来就是客人了。远来为客么。我都听小黄说了。

我连忙摆手，说，还很遥远。

黄老四说，唉，没想到老同学突然变低调了。

皮老爷子率先把酒干，杯底朝下给大家看。

黄老四说，你们看皮老爷子怎么样？许卫国你烧什么烧？干了！

接下来，气氛渐浓。纷纷给“皮老爷子”敬酒，皮老爷子宝刀不老，都是一口闷。

黄老四说，皮老爷子，你留一点没事，他们要喝干。

皮老爷子，放下酒杯，说，在台上不拼命喝酒，到台下就要拼命找酒喝了。哈哈。

他一笑，大家跟着笑。酒精激发了情绪，那几个心灰意冷的家伙恢复了元气，话也多了，刚才看到县领导“皮老爷子”时还有点拘谨，三杯酒下肚，级别和辈分就接近了。

重庆人一时一时来问黄老四还需要什么？

黄老四说，这里没你的事，需要，我喊你。

重庆人看看桌子上形势，就喊服务员倒水。

高潮过去，皮老爷子捋捋染发露褪色的彩发，又和我“加深”两杯，说，我有句话不知该不该说？

黄老四立即接过话茬说，你说，你想怎么说就怎么说，这些小弟兄都听你的，文人也得听，嘿嘿。

皮老爷子望着我，说，我希望你今后无论在哪儿发财，无论有多少钱都不要把家乡忘了。我们欢迎你经常能回老家来看看，多来指导，给我们介绍一些工业项目，明年我们工业园区要扩大到五里江，特大型企业我们都吃得下。我们的条件也很优惠。税收三年全免。你是我们家乡走出的最年轻的海外人士，也是最有实力的，这边需要我出面的我一定尽力。虽说我已经二线，还有点老本么。在青阳还没有我办不成的事情。哈哈，喝多了。

黄老四眼盯着我说，听到没有？皮老爷子不是醉话，皮老爷子说到做到。

宴会在热烈友好的气氛中结束，在门口大伙反复握手，等黄老四把皮老爷子送走，这才一个一个离开，我骑的自行车大圈翘了，老是剐蹭车架子，吱哏吱哏地响，我想到了黄金水说的那一辆雷诺越野，一辆别克轿车。路人不多了，但都注意我的自行车发出的有规律的刺啦刺啦的响声。

到了桥头，父亲的小店还露出一道黄光，店门已经关了一半，这意味着离全部关门也快了。小店靠路边，寒风凛冽，站不住人，柜台里边太狭小，进不去人，即使挤进去个把，人家也不好意思，“经济重地”，瓜田李下，此时父亲把钱也数完了。这样，父亲在这里这时就只有孤独陪伴他。现在父亲穿的是我们两倍还多的衣服，以前他是戴帽子的反对者，现在是拥戴者，而且是三块瓦的黑貂皮帽子。以前他不许我们把双手插在袖笼里，他说像俘虏，像乞丐，像二流子，底线是可以放到裤兜里，最好是把手伸出来。他自己也率先垂范，再冷天也要直起腰来，特别是在人多的地方不能抖抖瑟瑟，一副受罪鬼、怕死鬼等鬼的样子。眼下，他不像以前爱和人聊天，没事就坐那儿打盹。我好像第一次感觉到父亲真的老了。他现在准备关另一半门，他看到路上已经很长时间没人路过。我下车，和父亲说几句话，也算看望吧。父亲见是我，又坐下，问，怎么到现在才回来？又去干什么了？黑夜三更不要乱跑。

这是父亲几十年问我们晚归原因的格式，小的时候是恐吓，一二十岁时是审讯，现在我们都生儿长女了，只是询问，但意思都一样。在他看来，晚上迟迟不归总没有多少好事，特别是当下有了歌舞厅、洗头房，父亲没去过，听过路人把那里事情当新闻传播，父亲听之忧愤不已。这一家，父亲就担心我会赶潮流。我就说，和几个同学喝酒的。

父亲说，你还能再喝吗？你没听说高庄小虎前天晚上喝的酒，第二天早上家里人喊他吃早饭，怎么也喊不醒，摸摸身上早都硬了。

父亲现在也不从正面教育我们了，要在以前总会说整天吃吃喝喝像什么样子，见酒就不要命了，九辈子都没出息！片刻，他又转移话题，说，我听说上天郑亚东回来了，你听讲没有？

我说，不知道。

父亲说，这个人杀了我们七条人命，后来逃亡到台湾，听说这次回来政府没有治他罪，还专门派人保护去给他老家祖坟烧纸呢。我还听说，县长还陪他吃饭了。

我说，这很正常，现在台湾人回来不管当年多么反动，多么血债累累，都是上大人一样对待，前呼后拥，连他们自己都没想到。

父亲不语，低头片刻，问，那边人找你没有？

我明白父亲讲郑亚东的意思了。我说，我在等电话。

父亲说，你是怎么打算的？

我说，随他去。

父亲说，这几十年政策说变就变，你记着：想巧就是当，不如自己苦一口，吃一口保险。老五老六马上都要入党了，你呢？父亲不再往下讲，我知道是在拿老五老六鞭策我。

我就说，书记说了，下一批优先考虑我。父亲忽然抬起头来说，嗯，去家睡吧。我关门了。

回　家

台湾终于来电话了。喊我接电话的小马都激动起来了，说，从来没有听过有人喊我先生呢。

我接过听筒，你好一声。

对方说，你好，你是许先生吗？

我说，你好你好，我不是先生，你喊我小许好了。

对方说，那是不可以的。我给你说啊，你的叔爷爷住院了，到现在还神志不清，你的事情要等到他清醒以后，才能往下办理。我先告诉你一声不要着急。有消息，我会尽快告诉你，许先生。拜拜。

遥远的拜拜，听筒里电流声汹涌澎湃，灌入我的耳朵，我感到了惊涛拍岸，我把听筒放下。

小马说，是台湾电话吧？

我说是。

他说，哎呀，台湾电话？我第一次接到台湾电话。你真的要走了？

我反问道，往哪儿走？

我真的不知往哪儿走。我只能往家走，把台湾情况告诉父亲，父亲反而如释重负，表情很好地说，快九十了，也该死了，这个人太坏，他对共产党太狠了。早该死了。你也该死心了吧。我早就说不要想那些歪点子。快把组织问题解决了，在哪儿干不是干？你这样人，没钱我担心，有钱了我更担心。这么多年我也看过了，有钱人没有几个好心肠。父亲说话现在越来越乱，当然，就是以前也不能要求他按逻辑和修辞来。父亲这一席话倒把我纷乱的思绪理清了不少。

单位元旦茶话会如期举行，大伙都兴高采烈，我也得装得兴趣盎然，天真烂漫，该欢呼就欢呼，该拍手就拍手。今年增加了香蕉和五香花生，瓜子也不光是咸瓜子，还有奶油瓜子，这就更加激发了大伙的热情，领导也很高兴，说，今年在大家共同努力下，我们获得了县“文明单位”光荣称号，明年我希望大家再接再厉，争取更大的成绩，明年的茶话会还要上档次。下面一阵欢呼，憧憬美好的明年茶话会。我内心被这种气氛激动，激动之余又想，明年我会在哪里？想着想着，领导又说了，明年，许卫国可能就不参加我们的茶话会了，不过我们希望许卫国同志能记住我们这个小单位，记住朝夕相处的同事们，到时给我们发个贺年片吧。一阵掌声和噢噢噢。我变得空前安静和羞赧。领导又说了，下面有个通知，茶话会结束以后，到对面花园饭店大家聚一聚，六点半准时开始。掌声更为热烈，高潮奔涌，有的嗜酒者已经热泪盈眶，暗自对身旁的人说，你看，人家这才是真正的领导。

就在这时，四弟出现在门口，别人并不在意，我却觉得格外醒目，十分意外，老四不曾来过这里。我迅速走出去。我急问这时来干吗？他说父亲在医院了。我脑子一嗡，问怎么回事？他只说跌了一跤，到现在还眯眼不睁。啊，乐极生悲就是现在真实写照。此时欢乐的人们已经余兴不尽地散去，积极的人都直接往花园饭店去打牌了。我给领导说，我先出去有点事。我不会说父亲在医院。其他人一般亦不会在大庭广众说这样事情。这不是什么好事，再者你说了，人家是去看望好还是不去？去看的是真心的，还是勉强的？迫于面子还是随大流？这样双方都难免尴尬和不舒服。所以我说出去有点事，不说具体什么事，这是说话的进步。领导说，抓紧啊，你不来不热闹啊。这也算预先给你送行了，你是主角呢。

来到医院，尽管这里都是白衣天使，但世间俗人还是不愿和这些天使交往。除了遇到肉身解决不了的大事，才来求助天使。来求天使的，除了精神病者能开怀大笑，以及请求者必需的微笑，其余，几乎都愁云满面。

现在，除了饭店、桑拿生意好以外，就算医院了。每天，七点半，医院大门敞开——也不曾关过。救护车“吉娃吉娃”开始了一天的序曲。院前救护的护士们吃力地抬下一个病人，据说是和丈夫吵架，喝了农药。围观的人在窃窃私语，问什么原因，关系太近的人，心神都集中在死者身上，昏天黑地地熬时间，不是太近的亲属可以回答外人的提问，听她们说，男人在外面打工，找了个小老婆，两个孩子上学也不问事了。本想以喝药警告，谁知剂量控制不好，天使也无回天之力，哭声顿起，一个年轻的生命就算香消玉殒了。

来到医院，人们多少要受到约束，当事者愁眉苦脸不知道后果如何，陪同者也轻松不到哪里，平静的生活被打乱，正常的开支也被透支，一人当兵全家光荣，一人生病全家疼痛，凡是进过医院的都知道自己原来是一条生命。生命诚可贵，没有生命，爱情还有什么价格高低？没有生命又何谈自由？没有生命一切都没有了。这个诗人似乎没生过病，才把顺序颠倒了。进了医院门，生命大半交给了医生，活着的，原路返回，痛定思痛，知错改错，改变了以往的不良生活方式；没活过来的，也原路返回，但生活习惯不需改了，停留的地方却要永远地改变了，在家最多待上几日，在一片哭喊和音乐、香火结束后，就要转移到殡仪馆，随即到墓地，或含笑九泉，或饮恨长眠。年轻人偶感风寒，到医院依然年轻，指导医生开点银翘解毒丸、三九感冒灵，走路。年老的人就不能不令人担忧。父亲三十年前曾经做过一次手术，之后就基本没生病，老干部局每年送来体检表都被他当废纸扔了。他会说，有没有病我自己知道。我能吃能喝能有什么病？直到今天倒下，没人扶就起不来，父亲这才任人摆布，送到医院。医护人员一阵忙碌之后，说，先留下先观察观察再说。看到父亲很平静躺在那里。老四说，你们领导不是要你去花园饭店吗？我脑子彻底乱了，花园饭店？现在去钓鱼台也没有兴趣了。

病人和家属到了医院，最希望有个熟悉的医生，哪怕他技术一般，如果他能到床头慰问一下，说几句宽心的话，他们会很高兴，平添几分信心，面子也觉得满足。我是看到周围其他病人认识一个医生或者护士，就好似我们单位里人参加茶话会一样兴奋，才想到眼前这里有没有我熟悉的医生。我想起来去找内科主任周亚。他果然很给面子，说来就来了，他和我谈笑风生，还亲自为父亲听了心音，我们备受鼓舞，心情松弛好多，父亲好像也有点激动，要起来和周亚握手，居然也能讲话了，父亲和所有的泗洪老人一样，习惯问人家父亲的名字，果然，父亲一听，说，你爸和我还是战友呢，想当年……估计周亚在家也听过不少“想当年”，但他从医疗角度要父亲躺下，少说话，注意休息，随即走人。母亲居然想起来这孩子当年还是她接生的。顿时，关系又近了一层。我们都感觉高人一等了，其他病友都面露羡慕。

对于病人，医生叫休息是对的，而对于父亲却更在乎有人来看望，休息倒是次要的，他不需要看望的人给他什么慰问品或者红包，这对他已经没多大意思。他想利用这个闲暇，见一见多年不见的朋友、同事和领导。来人看一次，他就会兴奋一会儿，待这人走了，父亲会把这人基本情况对我们进行评介，直讲到手搓脑门几十圈依然一个字想不起来，这才望着白色天花板发呆。母亲会和隔床病友说，他一辈子就是话多。

父亲不是病，而是衰老，器官功能丧失，那些药水滴注到体内除了增加医院的收入和对我们安慰外，其实对父亲基本上没有多大作用。父亲因此反抗多次。第一次苏醒过来，父亲默不做声，安静得很。半年以后，第三次醒来，看到检测仪、大氧气瓶、呼吸机、心肺复苏机、吸痰机和吊针悬在头顶，像他曾经化肥厂的化验室或车间，父亲巡视之后，说，这是哪里？是化肥厂吗？我要找徐大才（父亲那时的厂长），你们弄这么多管子都插我身上干什么？能不能包我不死？医生说，老人家，这我们做不到，只是常规救治。父亲发怒，说，那，你们花这钱干什么？这不是白白浪费吗？走，回家！说着，把被子踢到地上，又把枕头扔了，输液的皮管也拽了，紫色的血从膀弯子（手面已无法扎针）上缓慢冒出来。医生拾起被子，说，没关系，你老花的都是公家钱，不要你一分钱。父亲说，你这个同志思想有问题了，公家钱是谁的？我问你？你是干什么的？

我们是来求医生的，父亲这样举动让我们很尴尬，我们连忙给医生赔不是，只说，人老了，讲话脑子不当家了，你就不要往心里去啊。医生说，理解，理解，没关系。我们又转过来脸来批评父亲，说，人家是为你好的，还说人家干什么？父亲发怒，说，我看你们是合伙来害我骗我！这时，医生拿过CT片子又反过来安慰我们了，说，老人家严重脑萎缩，你们要顺着他，不要刺激他。

父亲执意要回家，我们也想让他回家。那毕竟是他生活了几十年的地方，那里的一草一木都是他的心血浇灌的，那里一砖一瓦都是他省吃俭用挣来的，他感觉出这里的空气和家里的空气的差异（实际是气味）而不适应，这里的安静对于他却是不可容忍的噪声。他与这四面洁白又皆白的环境格格不入，对其恐惧且排斥，他喜欢他那布满灰尘的墙面，墙角的蛛网，堆放乱七八糟杂物的床铺，随时随地可以做到想卧则卧，想躺则躺，和衣而睡可以，裸身而眠亦行，在自己的天地里，隐私也光明正大，天地虽小，他是那里的皇帝，一切率性任性而为。在生命尚存的现在，自由真是比生命可贵了。我们和医生商议很久，医生说，那就回家住几天看看，给你们开点速效救心丸带回去，要看不行，立即打120急救电话。

果然，回家不到两天，父亲就发生了心梗，脸色苍白，汗珠纷落，痛苦不已，我们惊慌失措叫来了救护车，到了医院，医护人员一阵忙碌，父亲才平静下来。经过这次抢救，父亲说话明显出现断续和很多病句——语文中的病句概念估计是来自老年病人的话语。

这天来了一个老同志来看望他，这人离开父亲几十年了，在外面混得司局级，退休以后，返璞归真，觉得还是老家好，就落叶归根。在京城无人问津，回到县城和谁吃顿饭都成了重要新闻，县委书记既感到荣耀，又坐立不安，因为他在小县就是一个不可小觑的人物，接待不好怕惹恼他，县城很小，一点风吹草动，家长里短很快家喻户晓，司局级在饭桌上和老同事叙旧，听到父亲住院消息，第二天，他就来了。他原来是父亲上级，和父亲关系也很不错，他的到来，着实使父亲高兴了一阵子，像打了强心针。那位上级到了以后，就和父亲握手，父亲依稀熟悉来人，就极力挣扎起来，医生告诫最好平卧。但是，死，也得坐起来，若按父亲心愿，他还想下床站起来呢，实际上已经永远不可能了。

司局级说，老许，你不要激动，你睡倒，我问你。你还能认识我吗？父亲点点头，露出以前那俏皮的笑容。司局级还像作报告，抑扬顿挫地，说，要多休息，适当锻炼，经常吃一点保健品，没事看看书报，听听音乐，管住嘴，多动腿，唵。父亲一言不发，静静地听他做这迟来的报告。上级坐了一会儿，就走了。父亲着急，皱着眉头张着嘴，手指我，手指往里钩，意思要挽留上级领导，请他吃饭。其实人家吃饭早已不是问题，排队都排到来年春暖花开燕子归。看人家，满面红光，神采奕奕，鹤发童颜，和父亲同龄，简直就是两代人。

这次父亲没有准确介绍这位上级，他见有人来，就说，中央来人了，他证明我没有离开组织，我是真共产党。父亲指着我说，我最不放心的就是你，都这么大了，还没有个人形，你的组织呢？这时医生进来，医生问他病情，他说，中央来人你看到没有？医生实话实说，没看到。父亲追问，中央来人你都没看到？你是党员吗？医生机灵，说，看到了，看到了。父亲说，他是江司令派来的。江司令知道我是干什么的。那一年冬天，潘县长下着大雪来看我。说明我是真正的共产党员，我跟党走，听党话，不是共产党做的事我一件也不做。那一年我起早去宿县开会，伙夫给我多切一块牛肉做干粮，那时去宿县地区开会都是步跑的，来回三四百里，后来我在会上做过自我批评，我还退了一块钱。江司令说过的，靠劳动苦来的饭是香的，不劳而获的饭是臭的……以上这些话是经过我结合父亲多年的熏陶和反复讲述整理的，如果外人在现场听根本不知道他在说什么。父亲口齿越来越不清楚，最后只有母亲能听出一二。

父亲在完全不能说话之后，每次见到我，都用手指着我，还急躁地做敲打的动作。母亲说，问你那党还没入吗？是的，为什么见到其他人不这样？我只好借一个党员的徽章挂在胸前来见他，他看到斧头镰刀看到毛体“共产党员”四个字，他心里明白，这是怎么回事了，已经多日不进茶水的父亲，眼睛流出一滴泪水，微微地长叹一口气。从此，不再用手指我，也平静许多，有时用近似蔑视的眼神看我，母亲说，是叫你不要骄傲。

这期间，张侉子来过一次，此前几年，张侉子每年来我们家一次，他知道父亲的离休干部体检表从来不用，张侉子就是来拿体检表的。现在张侉子依然很瘦，但肚子明显也在改革开放后一天天大了起来，只是好像电线杆子挂一个冬瓜，远没有那些肚大腰圆，肩宽腿粗的常规胖子看上去顺眼。他听说，北京那高官来看父亲，他一直想结识这些高官。原因是他那儿子倒是继承父愿，入了党，当了官，问题是现在面临开除党籍、罢官、入狱的三座大山。此时他甘愿做愚公。父亲已经听不懂张侉子在说什么。但表情还是一如既往看不起张侉子。张侉子后悔干吗买那些苹果香蕉。

父亲在医院的最后日子，我是不忍叙述的。我想经过这些事情的诸位看官都各有各的惨痛体验。我喜欢大家都快乐，我不想让你们再来分享痛苦、悲伤。我也下不了手写这些。

父亲在一个风雪弥漫的夜晚，人们都开始入睡的时候，睁开眼睛，头缓缓来回转动一次，看完一家人以后，闭上眼睛。父亲静悄悄地回到他一手盖起来的房子里。他该休息了。四年以后，母亲在忍受四年的精神和肉体的折磨之后，在一个春暖花开的季节追随父亲而去，给父亲带去春天的气息。他们团圆了，接踵而来的将是我们，若干年以后，这一家人将在另一个世界永远永远地相守吧。到那时我们会为我们因短暂的分别悲伤，而感到幼稚和矫情，会为生老病死而愁肠百结感到惭愧害羞，你看，现在不是什么都完美了吗？

我们在为死者哭泣，哀伤，其实人家不需要你这样的，人家现在不冷不热，不苦不累，不疼不痒，不渴不饿，不忧不愁，不急不躁，倒是我们还在忍受这些如影随形的考验，我想他们都希望我们能坚强，能快乐。我也会继续父亲的革命，为他为之奉献的事业，贡献我的微薄之力。

图书在版编目（CIP）数据

父亲的革命 / 许卫国著. -- 北京：作家出版社，2018. 3（2023.2重印）
ISBN 978-7-5063-9946-3

Ⅰ. ①父… Ⅱ. ①许… Ⅲ. ①长篇小说 - 中国 - 当代
Ⅳ. ①I247.5

中国版本图书馆CIP数据核字（2018）第051242号

父亲的革命

作　　者： 许卫国
责任编辑： 宋辰辰
装帧设计： 意匠文化 · 丁奔亮
出版发行： 作家出版社
社　　址： 北京农展馆南里10号　　**邮　　编：** 100125
电话传真： 86-10-65930756（出版发行部）
86-10-65004079（总编室）
86-10-65015116（邮购部）
E-mail:zuojia@zuojia.net.cn
http://www.haozuojia.com（作家在线）
印　　刷： 固安兰星球彩色印刷有限公司
成品尺寸： 142×210
字　　数： 160千
印　　张： 8
版　　次： 2018年4月第1版
印　　次： 2023年2月第2次印刷
ISBN　978-7-5063-9946-3
定　　价： 38. 00元